KB270173

18번째 소송

18번째 소송

18번째 소송

초판 1쇄 발행일_2013년 01월 15일
초판 2쇄 발행일_2014년 01월 25일

지은이_안천식
펴낸이_최길주

펴낸곳_도서출판 BG북갤러리
등록일자_2003년 11월 5일(제318-2003-00130호)
주소_서울시 영등포구 국회대로 72길 6 아크로폴리스 406호
전화_02)761-7005(代) | 팩스_02)761-7995
홈페이지_www.bookgallery.co.kr
E-mail_cgjpower@hanmail.net

© 안천식, 2013

ISBN 978-89-6495-045-6 03810

이 도서의 국립중앙도서관 출판시도서목록(CIP)은 e-CIP홈페이지(http://www.nl.go.kr/ecip)
와 국가자료공동목록시스템(http://www.nl.go.kr/kolisnet)에서 이용하실 수 있습니다.(CIP제
어번호 : CIP2012006188)

18번째 소송

안천식 지음

BIG 북갤러리

짧지 않은 변호사 생활에서 너무도 혹독한 경험을 하였다. 그 고통을 다시금 정리하고 반추하는 시간마저도 너무도 가혹한 일이었다. 그것은 새로운 다짐의 시간이자 눈물과 고통의 시간이었다. 가장 위대한 교훈은 가장 큰 고통에서 나온다고 하였던가. 그렇다면 미래 세대들을 위해서 우리의 고통과 눈물은 모두 기록되고 전달되어 타산지석(他山之石)의 교훈으로 남길 필요가 있을 것이다.

주제넘게 몇 가지 개인적인 바람을 담아본다. 사법부가 모든 국민들의 존경과 신뢰를 한 몸에 받는 정의롭고 공정한 헌법기관으로 거듭나서, 우리 사회의 민주주의와 법치주의를 지키는 진정한 파수꾼의 소임을 다하기를 소망해 본다. 엄연히 존재하는 법관들의 인격적, 실력적 편차와 광범위하게 퍼져있는 연고주의에도 불구하고, 모든 법관들이 헌법과 법률과 그 양심에 따라 지혜롭고 명쾌한 판단을 하는 고결한 인품의 소유자라는 인식이 모든 국민의 가슴속에 자리 잡히기를 소망해 본다. 그리하여 법관에 대한 국민들의 인식과 예우가 날로 향상되고 개선되기를 소망해 본다.

재판의 독립은 반드시 지켜져야 할 헌법적 가치이나, 이 역시 국민의 기본권 보장을 위한 수단적 원리에 불과할 뿐이므로 판결에 대한 비판과 토론의 장이 활발하게 열리기를 소망해 본다. 그리하여 투명하고 공정한 사법절차를 통하여 우리 사회의 구석구석에 내재된 독선과 부정의와 불공정이 하나씩 해소되어 나가고, 판결의 결과에 기꺼이 승복하는 아름다운 미덕이 우리 사회에 뿌리내리기를 소망해 본다.

판결 무흠결주의를 극복하고 곳곳에서 오열하고 있는 이른바 사법피해자들의 절규를 우리 사회가 담아낼 수 있기를 소망해 본다. 그들은 어디에도 그 억울함을 호소할 길이 없는 현대판 유민들이다. 시국사건에만 쏠려있는 사법피해자들에 대한 인식이 일반사건에도 확대되어 그들의 한 맺힌 절규를 해소할 통로가 마련되고, 이를 계기로 우리 사회가 한 단계 성숙되고 통합되었으면 하는 바람을 담아본다.

천천히 계속해서 흐르는 물이 시간이 지남에 따라 가장 단단한 돌을 부수고 큰 돌덩이를 조약돌로 바꾸어 놓는다고 한다. 우리 안에 있는 모질고 단단한 껍질들이 허물을 벗고 둥글둥글하게 어울릴 수 있기를 소망해 본다.

2012년 12월 혹독한 한파에 붙여

변호사 **안천식**

차례

【 목차 도해 】

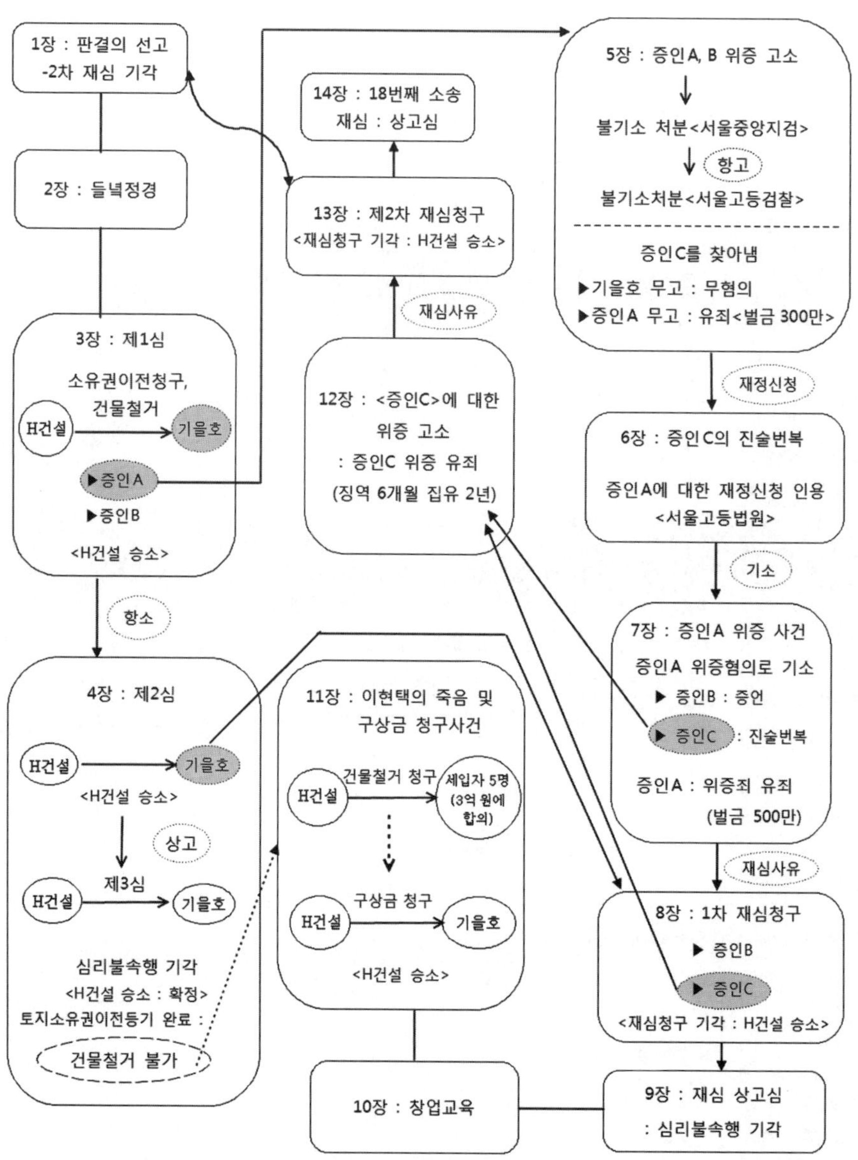

1장

판결의 선고

"18번째 소송"

2012년 9월 7일, 서울고등법원 서관 제306호 법정, 나는 서둘러 법정에 도착했다. 9시 45분, 아직 판결 선고 시간이 조금 남아 있었다. 법정 앞에 게시된 판결 선고 목록을 살펴보았다. 서울고등법원 2012재나23**호 재심사건은 선고 목록 맨 마지막에 기재되어 있었다.

2010년 4월 24일에 선고된 2009재나37** 사건 때도 그랬다. 당시에도 목록 맨 마지막에 사건이 기재되어 있었다. 우리는 그날 선고 시작 시간이 1~2분 가량 지난 뒤 법정에 도착했다. 당시 담당재판부는 선고 목록 마지막에 기재된 사건(2009재나37**호)을 가장 먼저 선고했다. 우리가 법정에 도착하기 직전이었다. 도착했을 때는 이미 다른 사건을 선고하고 있었다. 결국 선고를 듣지 못해 나중에야 결과를 알게 되었다. 패소였다!

이번에도 선고 목록에는 2012재나23**호 재심사건이 맨 마지막에 기재되어 있다. 지난번처럼 가장 먼저 선고될지도 모르겠다. 이윽고 기을호가 도착했다. 우리 두 사람은 법정 한가운데에 자리 잡았다. 잠시후 세 명의 판사가 차례로 입장했다. 재판장을 필두로 두 명의 배석 판사가 자리를 잡았다. 주변을 둘러보는 눈이 심상찮다. 방청객을 한번 쓱 둘러본 뒤 재판장이 판결을 선고하기 시작했다. 이번에는 선고 목록에 기재된 순서대로 판결을 내렸다.

마지막으로 우리 사건 차례였다. 순간 나는 긴장했다.

"2012재나23** 소유권이전 등기 청구 등 재심사건, 피고의 재심청구를 기각한다. 본건 재심에 관한 소송 비용은 모두 피고가 부담한다."

순간, 법정의 모든 시간과 공간이 멈춘 듯했다. 아무 생각도 나지 않았다. '어떻게 된 거지? 잘못 들은 건 분명 아닌데……'

옆에 앉아 있던 기을호가 맥없이 일어나 밖으로 나가는 것이 느껴졌다. 하지만 나는 딱딱한 법정 의자에 엉덩이가 달라붙은 것만 같았다. 미동조차 할 수가 없었다. 숨만 겨우 쉬고 있는 것 같았다. 그렇게 얼마간의 시간이 흘렀다. 어떻게든 움직여봐야 할 것 같았다. 무슨 말이든 해야 할 것 같았다. 다리에 힘을 주고 엉덩이를 들었다. 나는 겨우 일어나서 입술을 열었다.

"재판장님 2012재나23**호 판결 기각 이유가 무엇입니까?"

재판장은 나를 흘깃 쳐다보았다.

"무슨 사건이요?"

“2012재나23**호 재심사건입니다.”

“아, 그거요. 법리적인 문제가 복잡하기 때문에 말로 설명하기는 곤란하고, 판결문에 있으니까 읽어보세요. 간단히 얘기하자면, 형사사건에서 위증했다는 부분에 대해서는 당해 재심사건에 대해 법정에서 위증한 게 아니라서 법률상 재심 사유가 안 된다는 입장이에요. 민사사건에 위증한 부분은, 그 부분을 빼더라도 재심 대상 판결을 유지하는 데 문제가 되지 않기 때문에 재심 사유가 안 된다고 보고……”

재판장은 지난 2009재나37** 사건 판결이유와 똑같은 말을 하고 있었다. 나는 다시 물었다.

“그러면 불기소 기각한 부분에 대한 증거는……”

나는 변론 종결 후 〈증인C〉의 위증고소에 대한 검찰의 ‘공소권 없음 불기소 처분이유서’를 참고자료로 제출하면서 변론재개 신청을 한 것에 대해 묻고 있었다. 재판장이 내 말을 가로챘다.

“그 부분에 관해서는 판결문에 충분히 쓰여 있으니까 읽어보세요. 말로 다 설명을 하기에는 사안 자체에 법리적인 문제가 복잡하기 때문에…… 판결문을 한번 읽어보세요.”

‘판결문에 다 쓰여 있다……’ 나는 속으로 중얼거리면서 그대로 서 있었다. 무언가 할 말이 더 있는 것 같은데 떠오르지 않았다. ‘판결문에 다 쓰여 있다’고 일축하니 더 이상 할 말을 잃어버린 것이다. 법정 경위가 다가왔다. “저, 나가시죠.”

나는 얼어붙은 듯 그대로 서 있었다. 꼼짝도 할 수 없었다. 발이 움직이지 않았다. 손끝이 떨려오는 것을 느꼈다. 이어 이빨이 부딪치는 소리가 들리는 듯했다. 그렇게 계속해서 서 있었다.

잠시 뒤 재판장이 주위를 한번 둘러보더니 말했다.

"흠…… 다음 재판 준비가 될 때까지 잠시 휴정하겠습니다."

재판부는 우르르 법정을 빠져나갔다. 나는 한참 동안 그렇게 서 있었다. 겨우 눈을 들어 법정 안을 둘러보니, 사방이 텅 비어 있었다. 심호흡을 해보았다. 나는 비틀거리면서 겨우 법정을 빠져나왔다. 법정 밖에는 기을호와 그의 두 아들이 창문턱에 걸터앉아 있었다.

"판결문에 다 써 있다…… ." 나는 다시 중얼거렸다.

도저히 사무실로 들어갈 엄두가 나지 않았다. 기을호도 아무 말이 없었다. 나는 서울중앙지방법원과 검찰청 사이에 있는 야외 휴게실의 의자에 앉았다. 아무런 생각도 나지 않았다. 이럴 수는 없다고 끝없이 되뇔 뿐이었다.

"변호사님, 그동안 저희 가족을 위해 열심히 일하신 것 잘 알고 있습니다. 정말 수고하셨습니다. 저희 가족들은 모두 감사하게 생각하고 있습니다. 결과가 어처구니없지만…… 너무 상심 마세요."

언제 왔는지 기을호의 큰아들 준영이가 앞에 서 있었다. 2005년 H건설과의 소송을 처음 시작하였을 때, 준영이는 막 군대를 제대한 청년이었다. 그 사이 8년이 흘렀고 준영이는 서른을 훌쩍 넘긴 어엿한 직장인이 되었다. 그가 말을 이었다.

"그나저나 아버지가 걱정이에요. 병세가 점점 악화되는 것 같아요. 그저께는 새벽에 일어나시더니 갑자기 도둑이 들었다면서 온 집안사람들을 다 깨우고 한참 동안 난리도 아니었어요. 그나마 소송에서 이기면 좀 나아지시려나 했는데…… ."

　기을호는 1년 전부터 기면증이라는 희귀병을 앓고 있었다. 스트레스와 노화가 원인이라고 하였다. 기을호는 육군사관학교를 졸업하고 20년이 넘게 군대에서 장교 생활을 했다. 태권도와 검도로 단련되어 건강만은 누구 못지않다고 자신하던 그였다. 그런 그가 8년씩이나 계속된 송사를 견뎌내지 못하는 듯하였다.

　8년 동안 민사소송만 무려 열일곱 번이나 했다. 이해할 수 없는 판결이 계속되었다. 모두 패소하였다. 형사고소 사건까지 합하면 그보다 훨씬 더 많다. 단 한 건도 패소하지 말아야 할 사건들이었다. 기을호의 건강한 몸도 이해할 수 없는 오랜 송사 앞에서 무너져 내리고 있었다.

　며칠 뒤 사무실로 판결문이 도착했다. 서둘러 판결이유를 읽어보았다. 복잡한 수수께끼를 이리저리 흩어 놓은 듯하였다. 그러나 판결이유 어디에도 검찰의 공소권 없음 불기소 처분에 대한 변론재개 신청에 대해서는 언급이 없었다. 판결문에 충분히 써 있다고 했는데…… 아무리 찾아봐도 단 한 줄도 보이지 않았다.

　"이럴 수는 없다. 이건 아니다. 도저히 이건 아니다…… ."

　나는 힘없이 혼잣말을 되뇌이고 있었다. 잠시 후 길거리로 나선 나는 어딘지 기억조차 나지 않는 거리를 하염없이 걷고 있었다. 머릿속에서는 열일곱 번의 소송 과정이 바람처럼 지나가고 있었다.

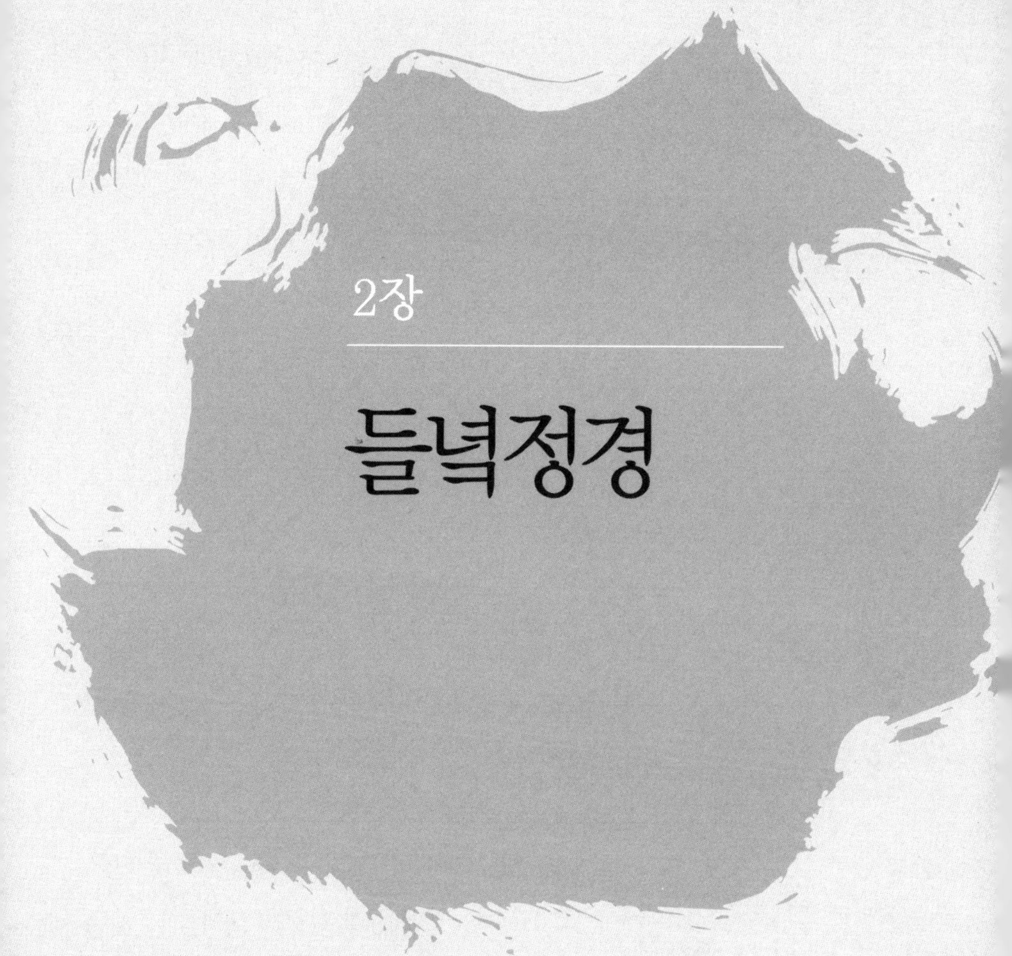
2장
들녘정경

"18번째 소송"

김포시 고촌면 향산리

2005년 5월, 나는 올림픽대로를 지나서 김포시 고촌면 향산리에 있는 좁은 길을 달리고 있었다. 며칠 전 주택건설업을 하고 있는 고등학교 선배가 방문을 청했기 때문이었다. 그는 고등학교 후배 변호사인 나에게 몇 가지 법률 상담을 하고 싶다고 했다. 나는 지도책을 옆에 놓고 보면서 낡은 중고 자동차를 몰아 시골길을 찾아가고 있었다. 초행길이라 낯설어 내일이라도 당장 내비게이션을 달아야겠다고 다짐하며, 겨우 선배가 있는 사무실 부근에 도착했다.

마음이 놓이자 잠시 바깥 풍경에 눈길이 갔다. 겉으로 보기에는 전형적인 시골 마을이었다. 논밭 사이로 드문드문 농가가 있고, 페인트칠이 벗겨져 볼품없지만 4, 5층짜리 연립주택도 몇 채 보였다.

그런데 아차, 한눈파는 사이에 차가 논바닥으로 내달았다. 자동차를 후진하며 몇 차례 애쓴 끝에 겨우 논바닥에서 끌어낼 수 있었다. 최 선배는 낡은 연립주택을 사무실로 사용하고 있었다. 직접 얼굴을 대하는 건 처음이었지만 아주 반갑게 맞아주었다.

선배는 몇 가지 법률 상담을 했고 토지와 관련한 소송거리도 한 건이 있었다. 나는 무조건 열심히 하겠다고 하였다. 최 선배는 실업계 공고를 졸업하고 사법시험에 합격한 나에게 대단한 인내력이라며 칭찬해주었다. 최 선배도 그동안 꽤나 고생을 했다고 하였다. 공고 졸업 후 어렵게 대학에 진학해 학사 장교 생활을 하다가 예편하여 건설업 쪽에 오래 몸담아 왔다고 했다.

우리는 차를 한잔 하면서 이런저런 살아온 이야기를 나누었다. 그러다 최 선배는 문득 골치 아픈 문제가 하나 있다고 하면서 나를 어디론가 데리고 갔다. 자동차로 5분 거리에 있는 '들녘정경'이라는 야생화 농장이었다.

마당 한가운데에서 깨진 기와를 정돈하고, 야생화를 옮겨 심느라 정신이 없는 기을호를 그때 처음 만났다. 50대 초반의 기을호는 굵은 목소리에 손바닥에 굳은살이 팍팍하게 박혀 있었다. 악수를 하는 손에는 유난히 힘이 들어가 있었다.

기을호는 예정에 없던 낯선 방문객인 나를 살갑게 맞아주었다. 앞 뜰에 놓인 커다란 항아리에 담긴 연꽃이며, 온갖 야생화들을 일일이 자상하게 설명해가며 보여주었다. 그는 앞으로 김포시를 야생화 정원의 본고장으로 키워볼 생각이라고 포부도 밝혔다.

옆에서 따라다니던 최 선배는 못 말린다는 표정으로 손을 내저으며 나를 고등학교 후배 변호사라고 소개하였다. 그러더니 뜬금없이 나한테 한번 상담을 받아보라고 한 뒤, 회사에 처리할 일이 있다면서 자리를 떴다.

향산리 지주 24명의 부동산 매매계약 전개 과정 요약

서울에서 88고속도로를 지나 김포 시내를 들어가는 초입에 위치한 김포시 고촌면 향산리에는 약 200가구의 주민이 모여 살고 있었다. 그곳은 서울외곽순환고속도로 김포IC에서 5분 거리로 북서쪽에는 한강을, 동쪽으로는 경인운하를 끼고 있어 아파트 주거지로서는 여러 지리적 장점이 있었다. 그때문에 1997년경부터 D건설주식회사에서 주택건설 사업을 준비하고 있었다고 했다.

D건설은 주택건설 사업을 준비하면서, 향산리 24가구의 지주들과 약 1만 4,550평의 토지에 대해 매매계약을 체결했다. 그후 계약금과 중도금 합계 약 72억 원을 지급했으나, 나머지 잔금을 주지 못하고 있었다. **기갑노(기을호의 부친)** 씨도 1997년경에 자기 소유의 땅 약 980평을 19억 6,000만 원에 매매계약을 체결한 뒤, 그중 9억 8,300만 원을 계약금과 중도금으로 지급받고, 나머지 잔금은 받지 못한 상태였다.

그런데 D건설은 1998년경 IMF 유동성 위기를 견디지 못하고 워크아웃 대상기업이 되어 토지매매 계약의 잔금을 지불할 수 없는 형편이

되었다. 당연히 지주들 사이에서는 매매계약에 대해 설왕설래 말들이 나오기 시작하였다. 이런 가운데 1999년 11월 24일, H건설주식회사가 D건설이 향산리 지주 24명과 체결한 부동산 매매계약을 포함해 지역 사업권을 36억 원에 양수하는 계약을 체결하였다. 이때 H건설과 D건설 사이에서 다리를 놓은 것이 'Y종합건설주식회사(대표이사 김정한)'라는 시행사였다.

Y종합건설은 위 사업권의 양도·양수 계약을 중간에서 연결하면서, D건설이 종전에 체결한 24건의 부동산 매매계약서의 매수인 명의를 H건설로 변경하는 새로운 부동산 매매계약서를 작성해주기로 했다. 그 대가로 약 36억 원의 용역 대금을 미리 지급받았던 것이다.

즉, Y종합건설은 H건설로부터 받은 총 72억 원의 돈 가운데 36억 원을 D건설에게 사업권 양수대금으로 지급하고, 나머지 36억 원은 향산리 지주 24명과 D건설의 종전 부동산 매매계약에 대하여, 매수인을 H건설 명의로 하는 새로운 매매계약서를 작성해주는 대가로 지급받은 것이다.

한편, Y종합건설은 1998년경부터 이미 향산리 지주 24명과 H건설 사이의 부동산 매매 재계약 작업을 시작하였고, 그중 21명의 지주들과는 1999년 11월 24일 이전에 이미 (승계)재계약을 체결한 상태였다. 다만 기갑노, 허일회, 허창 등 세 명만 D건설과 체결한 매매계약을 고집하면서 매매대금을 올려주지 않으면 H건설과 재계약을 하지 않겠다며 재계약을 거부하고 있었다.

이에 Y종합건설은 **2000년 7월 28일** 기갑노에게 **"귀하들이 승계계**

약에 협조해주지 아니하여 부득이 토지 수용권을 발동하려 한다"는 내용의 통고서를 내용증명 우편으로 발송하기까지 하였다.

그즈음 기을호는 군 장교로 근무하면서 가끔 고향집에 들르곤 했는데, 아버지 기갑노가 H건설과의 재계약을 극력 반대하던 모습을 선명히 기억하고 있었다.

🌸 기을호의 이야기

들녘정경 정원 안쪽에는 흙집으로 된 농가 한 채가 폐가처럼 서 있다. 기을호는 나를 다 쓰러져가는 흙집 방으로 안내한 뒤 손수 녹차를 내오면서 말을 이어갔다.

"1997년 당시 향산리에는 소위 말하는 부동산 광풍이 불었지요. 제가 군에서 대대장으로 근무할 때인데, 이곳에 아파트를 짓겠다면서 부동산 업자들이 마을 곳곳을 누비며 사람들을 들쑤시기 시작했습니다. 평생 농사나 지으면서 옹기종기 모여 살던 마을 사람들은 하나둘 이성을 잃고 쑥덕거리기 시작하였습니다. 옆집 땅은 평당 얼마에 팔았다더라. 건넛집은 집을 이미 팔아서 김포 시내로 이사 갈 준비를 한다더라. 또 누구 네는 집을 팔고 산 아래에 새로 근사한 이층집을 짓기로 했다 하면서요. 그런데 막상 소문의 주인공을 만나 땅을 얼마에 팔았느냐고 물어보면, 하나같이 받을 만큼 받았는데, 얼마인지는 말할 수 없다고 꽁무니를 빼는 바람에 소문만 무성했지요."

녹차 향이 방 안에 그윽하게 피어오르자 기을호는 찻잔을 채우면서 말을 이었다.

"저도 아버지의 부름을 받고 1997년 8월에 고향으로 내려와 친구(이병학을 말함 - 편집자 주)를 중간에 끼고 땅 980여 평을 D건설에 팔았습니다. 평당 200만 원씩 계산해 매매대금은 총 19억 6,600만 원이었고, 계약 당일에 계약금 1억 9,660만 원을 아버지 통장으로 지급받았습니다. 계약 내용은 친구 이병학과 제가 꼼꼼하게 검토한 뒤 아버지께 보고하고, 아버지가 직접 계약서에 인적 사항을 적고 인감도장을 찍었습니다.

그런데 당시 염려되는 문제가 하나 있었지요. 저희 땅에는 매년 도지세를 내면서 집을 짓고 사는 세입자 다섯 가구가 있었는데, 그 문제를 어떻게 처리해야 할지가 가장 큰 고민거리였습니다.

궁리 끝에, 세입자 가구의 철거 등 모든 문제는 매수자인 D건설에서 책임지기로 하였고, 다만 이주 보상비로 세대당 4,000만 원씩 계산해 합계 2억 원을 저희가 받을 잔금에서 지불하는 것으로 정리하였습니다. 이 내용은 계약서 말미에 특약사항으로 써 넣었지요.

그 뒤 중도금이 제 날짜에 지급되지 않아 제가 D건설 총무과장인가 하는 사람에게 직접 전화를 해, 아버지 통장으로 중도금을 받았습니다. 그렇게 해서 받은 총금액이 매매대금의 절반인 9억 8,300만 원입니다. 그런데 얼마 뒤 IMF가 터졌고, D건설이 워크아웃되어 잔금 지급은 요원한 상태가 되었던 것입니다.

그 후 2000년 무렵에 아버지로부터 전화를 받았지요. 내용인즉 나쁜 놈들이 돈도 주지 않으면서 남의 땅을 날로 먹으려 한다는 것이었습니다. 급히 올라와서 자초지종을 여쭤보니, 이병학이 잔금도 주지 않으면서 무슨 계약서를 또 작성하자고 하여, 얼씬도 못 하게 쫓아버렸다면서 노발대발하셨습니다. 그 해 11월, 아버지는 갑자기 뇌출혈로 쓰러지셨고 그 후로 반신불수가 되어서 병석에 누워 계시다가, 2004년 8월에 그만 돌아가셨지요.

저는 아버지가 돌아가신 뒤 재산상속을 위해 집문서와 토지 등기부를 떼어보았는데, 2000년 12월 21일자로 H건설에서 저희 부동산에 대해 가처분 신청을 해놓았다는 사실을 알게 되었습니다.

제가 아는 바로는 아버지가 1997년에 장남인 저와 상의하여 D건설과 토지매각 계약을 한 뒤로 다른 계약은 전혀 하지 않은 것으로 알고 있습니다. 더구나 아버지는 저 몰래 다른 계약을 맺을 분이 절대 아닙니다. 그런데 생뚱맞게도 H건설에서 왜 우리 땅에 가처분 신청을 해놓았는지 궁금해, 그 까닭을 설명해줄 것을 요구하는 서면을 보냈습니다. 그런데 지금까지도 아무런 답이 없습니다.

그렇지 않아도 D건설과 매매계약한 토지문제를 어떻게 해결해야 하나 여러 가지로 궁리하고 있는 중입니다. 게다가 동네의 다른 지주들은 매매대금을 높여 다시 계약한다는 말까지 간간이 들려오고 있는데 저는 이제 어떻게 해야 할까요? 현재는 최 사장(M건설 대표이사 최기철을 말함 - 편집자 주)에게 우리 땅을 사라고 해도 사지도 않는 실정입니다."

기을호는 말을 마친 뒤 부동산 등기부등본과 2000년 7월 28일자로

Y종합건설이 기갑노에게 내용증명 우편으로 발송했던 통고서를 나에게 보여주었다.

부동산 등기부에는 두 개의 처분금지 가처분이 되어 있었다. 하나는 1998년 8월 22일자 인천지방법원 98카합6920호로 D건설이 신청한 것이었고, 나머지 하나는 2000년 12월 20일자 서울지방법원 2000카합3534호로 H건설이 신청한 것이었다.

동일한 법률관계에 대하여 하나의 부동산에 두 개의 가처분이 되어 있는 것은 그 자체로도 이례적인 일이었다. 특히 기을호의 말대로 H건설과는 어떠한 계약도 체결하지 않았다면 두 번째 가처분은 그 이유가 적절하지 않은 것이다.

나는 그에게 자세히 법률 검토를 해보겠다고 약속하고 사무실로 돌아왔다.

3장
소송의 시작

"18번째 소송"

소송의 시작(서울중앙지방법원 2005가합990**호)

나는 사무실로 돌아오자마자 부동산 처분금지 가처분에 대한 법률 검토를 시작했다. 법원에 가처분 원인 서류에 대한 열람을 신청했으나, 해당 서류들은 이미 폐기되고 없었다. 2000년 12월경에 경료(필요한 절차를 마침 - 편집자 주)된 보전처분(가처분)은 5년 이내에 본안 소송을 진행하지 않은 경우, 사정 변경을 이유로 취소할 수 있도록 규정되어 있었다(현재는 그 기간이 3년으로 정해져 있다). 즉 H건설의 2000년 12월 20일자 가처분은 아직 5년이 경과되지 않아 사정 변경을 이유로 가처분의 취소를 구할 수 없는 입장이었다.

결국 나는 가처분 이의신청을 통해 다투어보기로 하였다. 2005년 8월 9일 나는 기을호의 동의를 얻어 H건설 명의의 가처분(2000년 12월

20일)에 대해 이의신청을 접수하였다.

H건설은 가처분 이의신청에 응했다. 그리고 2005년 11월 2일 기을호(기갑노의 상속인)를 상대로 서울중앙지방법원 2005가합990**호로 '경기도 김포시 고촌면 향산리 65의 2 대255㎡ 외 6필지 합계 3,251㎡ 토지(이하, '**이 사건 토지**'라 함)' 에 대한 소유권이전 등기절차 이행과 그 지상 6동의 건물 철거를 구하는 소송을 제기하였다. 이로써 본격적인 토지 인도 및 건물 철거 소송이 시작된 것이다.

소장과 답변서 등을 통한 주장과 반박 – 쟁점사항 1

가. H건설의 소장에서의 주장

H건설은 소장과 함께, 1999년 11월 24일자로 된 기갑노-H건설 명의의 이 사건 토지에 대한 부동산 매매계약서(이하 '**이 사건 계약서**'라 함) 등을 증거로 제출하였고, 다음과 같이 주장했다.

① 기을호의 선친인 기갑노는 1997년 8월경에 D건설과 이 사건 토지에 대한 부동산 매매계약을 체결하고 계약금과 중도금 합계 9억 8,300만 원을 지급받았다. 그 후 H건설은 1999년 11월 24일 기갑노와 위 계약에 대한 승계 사실을 확인하고 기 수수대금 승계 및 잔대금 지급방법을 다시 정했다. 이때 잔금 9억 8,300만 원을 승계계약 후 6개월 이내에 소유권이전 등기와 동시에 지급

하기로 하는 승계계약을 체결하기로 하였다.

② H건설은 기을호에게 2003년 7월 25일 매매잔금 중 500만 원을, 2003년 8월 22일에 500만 원, 12월 15일 1,000만 원, 2004년 2월 26일 500만 원, 5월 24일 1,000만 원, 7월 5일 500만 원 등 도합 4,000만 원을 지급하였다.

③ 따라서 기갑노의 상속인인 기을호는 H건설에게 나머지 잔금 9억 4,300만 원을 지급받음과 동시에 이 사건 토지의 소유권이전등기를 이행하고, 그 지상에 있는 건물을 철거할 의무가 있다.

나. 기을호의 반박

기을호로서는 이러한 H건설의 주장을 받아들일 수가 없었다. 왜냐하면 H건설이 제출한 1999년 11월 24일자 기갑노-H건설 명의의 부동산 매매계약서(이 사건 계약서)는 기을호로서는 처음 보는 생소한 것이었기 때문이다. 이 사건 계약서의 인적사항과 계좌번호 난에는 기갑노의 자필이 아닌 다른 누군가의 글씨로 기재되어 있었고, 날인 난에도 인감도장이 아닌 한글 막도장이 날인되어 있었다.

기을호로서는 아버지가 다른 사람에게 계약서를 대신 작성하게 하거나 중요한 서류에 한글 막도장을 날인하였다는 사실을 인정할 수가 없었다. 그동안 부동산 매매계약과 같은 중요한 계약서는 모두 장남인 기을호가 직접 상대방과 계약 사항을 확인한 뒤, 기갑노 앞에서 직접 자필로 인적사항 등을 기재하게 하고 인감도장을 날인해왔기 때문이다. 그런데 가장 중요한 이 사건의 계약서가 다른 사람의 필적으로 기재되고 막도장이 날인되었다는 것은 있을 수 없는 일이었다. 기을호의 반박 내용을 요약하면 다음과 같다.

① H건설이 제출한 기갑노 명의의 이 사건 계약서(1999. 11. 24)는 기갑노에 의해 작성되지 않았고 누군가 위조한 것이다. 계약서에는 기갑노의 자필도 없고 한글 막도장이 날인되어 있다. 더구나 기갑노는 2004년 8월 사망할 때까지 H건설로부터 어떠한 매매대금도 지급받은 사실이 없다. 또한 H건설로부터 달리 연락을 받은 사실도 없었다.

② 기을호는 주식회사 M건설(대표이사 최기철)로부터 2003년 7월 25일 500만 원, 8월 22일 500만 원, 12월 15일 1,000만 원, 2004년 2월 26일 500만 원, 5월 24일 1,000만 원, 7월 5일 500만원 등 도합 4,000만 원을 지급받은 사실은 있으나, H건설로부터는 어떠한 돈도 받은 사실이 없다.

당시 기을호는 군대 전역을 앞두고 김포에 들녘정경이라는 농원을 조성하면서 필요한 얼마간의 자금을 M건설 대표이사 최기철로부터 입금받은 것이다. 당시는 M건설이 향산리 토지를 매입하던 때였다. 기을호는 장차 이 사건 토지를 M건설에 매각하게 되면 그 매각대금에서 정산하면 되겠다는 생각에서 M건설 최기철로부터 급한 대로 위와 같은 돈을 받았던 것이다. 그러나 M건설과는 계약이 성사되지 않았고, 이것은 H건설과는 전혀 무관한 일이다.

〈증인A〉의 진술과 관련된 쟁점

기을호가 이 사건 계약서가 기갑노에 의하여 작성되었음을 부인하자, H건설은 Y종합건설 전무이사인 〈증인A〉와 H건설 직원 〈증인B〉의 진술서를 제출하였고, 이어서 이들을 증인으로 신청하였다. 〈증인A〉, 〈증인B〉의 진술서 내용과 증언을 요약하면 다음과 같다.

가. 〈증인A〉의 1차 진술서 [2005. 11. 16] – 쟁점사항 2

(1) H건설의 주장

H건설은 이 사건 계약서가 기갑노에 의해 작성되었음을 증명하기 위해 2005년 11월 16일자로 된 〈증인A〉의 진술서를 증거로 제출하였다. 그 내용은 다음과 같다.

> 1. 진술인(증인A)은 H건설과 김포 향산리 소재 토지매입 업무 및 인허가 용역관계에 있는 Y종합건설의 전무이사로 근무하면서 토지매입 업무를 담당하였기에 계약관계를 잘 알고 있다.

2. H건설과 기갑노의 계약관계는 1999. 10.**경부터 약 10여 차례** 기갑노의 자택을 방문하여 계약을 협의한 바 있었고, 아들과 상의하고 계약을 하겠다고 하였다.

3. 기갑노의 계약체결은 1999. 11. 24. 진술인과 망 이병학이 기갑노의 자택을 방문하여 이루어졌고, D건설과의 매매계약 대금을 좀 더 올려줄 수 있느냐는 대화가 있었으나, 설득하여 그대로 체결되었다.

4. 계약서에 날인 시 기갑노는 노환으로 불편하여 서랍에서 도장을 가져와 이병학에게 전달하여 직접 날인하는 것을 옆에서 지켜보았다.

그런데 H건설을 대신하여 계약을 체결한 이병학은 2001년 6월에 사망하였고, 기갑노마저 2004년 8월에 사망하였다. 결국 〈증인A〉의 진술의 요지는, H건설을 대리한 이병학과 기갑노가 1999년 11월 24일 기갑노의 자택에서 이 사건 계약을 체결하였다는 것이고, 〈증인A〉는 이를 지켜본 사람으로, 자칭 현재 생존하는 유일한 목격자라는 것이다.

(2) 기을호의 반박 〈Y종합건설의 2000년 7월 28일자 통고서〉

나는 기을호를 대리하여 Y종합건설이 2000년 7월 28일자로 기갑노에게 발송한 통고서를 증거로 제시하면서, 〈증인A〉의 진술을 반박하였다. 통고서 내용은 다음과 같다.

1. 당사(Y종합건설)는 1997년 3월부터……막대한 개발사업비를 부담하며 향산리 개발에 노력하였으나, 당사가 **D건설(주)로부터 양도**

> **승계받은 부동산 양도권리를 인정하지 않음에 따라** 개발이 지연되
> 어 이 내용증명을 발송합니다.
>
> 2. 현 향산리 개발면적의…… 90% 이상의 주민이 이에 동의하고 계약
>   을 완료한 반면, **귀하는 이에 불응하고 개인의 이익만을 추구하고
>   있으므로** 먼저 내용증명으로 당사의 사업경위와 취지를 설명하고,
>   도시개발법에 의해…… 토지수용권을 부여받아 사업시행을 하고자
>   합니다.
>
> 3. 지금까지 당사의 개발비 부담으로 향산리 전체의 막대한 개발이익
>   을 가져다준 공로를 인정하지 못하는 귀하에게 섭섭함을 표시하며,
>   아울러 아무런 물리적 마찰 없이 해결되기를 기대합니다.

위 통고서 내용에 따르면, 기갑노는 **2000년 7월 28일까지** D건설과
체결한 계약을 H건설로 승계하는 것에 반대하면서 다른 조건(개인의
이익추구)을 요구하고 있었다는 의미이다. 결국 **1999년 11월 24일** 기
갑노의 자택에서 이 사건 계약서를 작성하였다는 〈증인A〉의 진술은 사
실일 수가 없는 것이다.

나. 〈증인A〉의 1차 법정증언 (2006. 7. 25) – 쟁점사항 3

2000년 7월 28일자 통고서가 제시되자, H건설은 〈증인A〉를 증인
으로 신청하였다. 〈증인A〉는 세 차례나 증인신문에 불응하였고, 재판
장이 과태료를 부과하자 비로소 증인으로 출석하였다. 2008년 7월 25
일 변론기일에 있은 〈증인A〉의 증언 내용은 다음과 같다.

① 〈증인A〉는 1999년 Y종합건설의 전무이사로서 당시 공동 대표이사였던 망 정민경, 김정한 등과는 내부적으로 동업관계에 있었다.

② Y종합건설은 1999년 11. 24. H건설로부터 김포시 고촌면 향산리 일대 9만 3,000평의 아파트 신축사업과 관련한 매매계약 및 사업 인허가 등 제반 업무에 대한 용역을 맡았는데, D건설산업이 1997년경에 매매계약을 체결하였던 토지들에 대하여, H건설과 재계약을 체결하는 용역도 맡았다.

③ 위 D건설산업이 매수하였던 토지의 지주는 모두 24명이었는데, 그 중 기갑노, 허일회, 허창, 기석창은 재계약을 안 해주었으나, 마지막에 기갑노는 승인서에 날인을 해주었다.

④ 증인은 W공영주식회사의 이병학과 함께 10여 차례 기갑노의 자택을 방문하여 계약체결을 협의하였으나, 기갑노는 아들과 상의하고 계약을 하겠다고 하면서 잘 응하지 않았다.

⑤ 그러다가 증인과 이병학이 기갑노의 자택을 방문하여 매매계약이 성사되었다.

⑥ 당시 노환으로 몸이 불편했던 기갑노는 서랍에서 도장을 가져와 망 이병학에게 주었고, 이병학은 넘겨받은 도장으로 계약서에 날인하였다. 당시 기갑노가 넘겨준 도장은 막도장이었다.

⑦ 기갑노와 계약서를 작성한 시기는 2000. 9~10.경이었다. **늦가을**이라 문을 열어놓으면 약간 추울 정도였고 모기가 있어 문을 닫으라고 했다. 종전 진술서에서 1999. 11. 24.경에 계약을 체결하였다고 했는데, 이는 구체적인 날짜를 모르는 상태에서 H건설이 문안을

보내줘 사인한 것이다. 나중에 생각해보니 날짜 관계는 정확하게 기억이 나지 않은 상태에서 서명하였다.

⑧ 증인은 1999. 11. 24. 이후부터 D건설에서 매수하였던 토지에 대한 재계약 작업을 하였다. 따라서 종전 진술서에서 1999. 11. 24. 자로 기갑노와 매매계약을 체결하였다는 것은 사실일 수 없다(나는 이 부분에 대하여 기을로 측 대리인으로서 직접 2~3회에 걸쳐 신문하였고 〈증인A〉가 분명 위와 같이 진술하였다. 그러나 〈증인A〉의 증인신문조서에서는 이러한 증언 내용이 모두 삭제되고 없었다. 같은 변론기일의 〈증인B〉의 증인신문 조서에 기재된 〈증인A〉와의 대질신문 내용으로도 그 삭제 사실을 확인할 수 있다).

⑨ 당시 계약서는 이병학이 준비해왔다.

⑩ **계약서 제2조 라의 1항의 계좌번호는 계약서 작성 당시에 기갑노로부터 직접 듣고 이병학이 기재한 것으로 기억한다.** 계약서의 이름과 주소, 주민등록번호는 이병학이 미리 적어왔고, **계좌번호는 기갑노로부터 듣고 현장에서 적은 것이다.**

⑪ 당시 계약서 작성 업무는 미리 협의가 되었는지 그렇지 않은지에 따라 인적사항을 미리 적어갈 것인지 아닌지 결정했고, 인감증명 없이 주는 대로 도장을 받아 처리한 예가 많았다.

(1) H건설의 주장

H건설은, 당시 계약체결 현장에 직접 입회하였다는 〈증인A〉가 계약 당시 상황을 구체적으로 증언하고 있고, 계약 일자에 관한 종전 진

술 내용의 착오를 시정하고 있으므로 이 사건 계약서는 기갑노에 의해 작성되었음이 인정된다고 주장하였다.

(2) 기을호의 반박

나는 〈증인A〉에 대한 신문 뒤 기을호에게 기갑노가 생전에 사용하던 통장을 아직까지 보관하고 있는지 물어보았다. 마침 기을호는 기갑노의 통장을 모두 보관하고 있었다.

나는 기갑노의 통장을 확인한 결과 중요한 사실을 발견하였다. 이 사건 계약서의 계좌번호 난에는 기갑노의 **농협 241084-56-002254 계좌번호가** 기재되어 있었다. 그런데 그 계좌번호는 기갑노가 D건설로부터 계약금과 1차 중도금을 지급받은 뒤 **1997년 9월 24일자로 예금계약을 해지하고 폐쇄한 것**임을 발견하였다. 즉 기갑노는 그 후 다른 농협계좌를 개설하여 D건설로부터 2차 중도금을 지급받았고, 이를 2004년 8월 사망 시까지 사용한 것이다.

〈증인A〉는 이 사건 계약서를 **2000년 9~10월경**에 작성하였고, 당시 기갑노가 통장을 보고 계좌번호를 불러주어 이병학이 현장에서 직접 계약서에 기재하였다고 하였다. 그런데 계약서에 기재된 계좌번호는 기갑노가 **1997년 9월 24일자**로 예금계약을 해지하여 폐쇄한 것이었다. 결국 기갑노는 **2000년 9~10월경**에 이병학과 매매계약을 체결하면서 **1997년 9월 24일** 스스로 예금계약을 해지하여 폐쇄한 계좌번호를 불러주었다는 것이다. 이는 좀처럼 일어날 수 없는 일이었다.

나는 1997년 9월 24일자로 예금계약을 해지하고 폐쇄된 **기갑노의**

농협 241084-56-002254 통장과 그 후 개설하여 사용하고 있는 통장을 증거로 제출하면서, 이와 관련한 〈증인A〉의 증언은 사실일 수가 없다고 반박하였다.

아울러 〈증인A〉는 H건설로부터 토지 매매계약 용역을 담당한 Y종합건설 전무이사로서 사실상 H건설과 이해관계를 같이하여 증인의 중립성이 의심되며, 1999년 11월 24일자로 이 사건 계약서가 작성됐다는 2005년 11월 5일자 진술 내용을 번복하는 경위도 의심스럽다고 반박했다.

다. 증인A의 2차 증언 (2006. 11. 28) – 쟁점사항 4

계약서에 기재된 기갑노의 계좌번호가 1997년 9월 24일자로 예금계약이 해지되어 폐쇄된 것임이 밝혀지자, 담당재판부는 변론을 재개하고 직권으로 〈증인A〉를 다시 증인으로 소환하였다. 다시 소환된 〈증인A〉는 2006년 11월 28일자 변론기일에 다음과 같이 증언하였다.

> ① 증인(증인A)으로서는 남의 통장이 해지가 되었는지 전혀 알 수가 없고 보통 사람이면 남의 통장번호를 알 수가 없다.
>
> ② **기갑노가 불러주는 대로 이병학이 적는 것을 봤다는 것은 틀림이 없다.**
>
> ③ 증인이나 이병학은 승계 작업을 하면서 승계대상표만을 받아서 이를 토대로 다시 매도인들과 매매대금 등 매매조건을 협상하였고, 이 표에는 계좌번호가 없다.

④ 이병학이 기갑노의 통장 계좌번호를 임의로 기재한다는 것은 있을 수 없는 일이다. 증인이 참여한 가운데 망인이 불러주는 통장번호를 기재했기 때문에 이병학이 임의로 기재했다는 것도 사실일 수 없다.

⑤ 계약서 중간의 계좌번호는 실명제 때문에 직접 불러주어야 하고, 이 사건 계약서 작성 당시 기갑노로부터 직접 듣고 이병학이 기재하였다는 진술은 사실이다.

⑥ **증인은 기자 출신으로서 그것만은 정확하고 잘못 생각한 것이 없다.**

⑦ 남의 계좌번호를 현장에서 알 수 있는 방법은 전혀 없다.

⑧ 증인이 틀림없이 증언하는 것은, 기갑노의 집을 이병학과 둘이서 찾아가서 이 사건 계약서를 기갑노의 앞에서 작성하고 도장을 찍었다는 것이다.

⑨ **계약서에 적힌 농협 계좌번호는 이병학이 제일 먼저 물어보고 받아 적은 것이 틀림없다.**

⑩ 증인으로서는 왜 해지된 계좌번호가 적혀 있는지에 대해서는 알 수 없다. 다만 불러주는 대로 적었으니까 다른 것은 없다.

이 사건 계약서에 기재된 기갑노의 계좌번호가 1997년 9월 24일자로 예금계약이 해지되어 폐쇄된 계좌번호임이 밝혀졌음에도, 〈증인A〉는 자신의 진술을 굽히지 않았다. 즉 당시의 계약 상황에 대하여 무려 10여 차례나 "기갑노가 불러주는 대로 이병학이 적는 것을 봤다는 것은 틀림이 없다"라고 분명하게 증언하였다. "기자 출신으로서 그것만은 정확하고 잘못 생각한 것이 없다"고도 하였다.

(1) H건설의 주장

〈증인A〉는 분명히 기갑노가 불러주는 통장을 이병학이 적어 넣었다고 하고 있으므로 그 진정성립이 인정된다. 통장의 계좌번호는 첫 장을 열면 바로 알 수 있고, 그 폐쇄 여부는 맨 마지막을 보아야 알 수 있으므로, 당시 75세라는 고령의 기갑노가 폐쇄된 계좌번호를 착오로 잘못 불러줄 수 있는 것이다.

(2) 기을호의 반박

기갑노가 이미 3년 전인 1997년 9월 24일자로, 스스로 예금계약을 해지했는데 폐쇄된 통장의 계좌번호를 2000년 9~10월경에 불러주었다는 〈증인A〉의 증언은 도저히 사실일 수가 없다. 〈증인A〉는 H건설과 이해관계를 같이하는 자로서, 의도적으로 허위의 진술을 하고 있을 개연성이 높다. 〈증인A〉의 증언은 그 자체로 신빙성이 없다.

〈증인B〉의 진술과 관련된 쟁점

가. 〈증인B〉의 진술서 (2005. 10. 18) – 쟁점사항 5

H건설은 향산리 토지매입 담당자인 직원 〈증인B〉의 2005년 10월 18일자 진술서도 증거로 제출하였다. 그 내용은 다음과 같다.

① H건설은 1999년경 향산리 일대의 토지매입을 시작하였고, D건설이 당시 지주로부터 매수한 토지에 대한 매매계약을 인수하였는데, 기갑노 소유의 토지도 거기에 포함되어 있었다.

② D건설로부터 인수한 토지에 대한 매매계약은 Y종합건설이 나서서 성사시켰고, H건설은 위 회사가 인수한 내용을 확인하여 계약을 완성하는 방법으로 진행시켰다.

③ 기갑노와 맺은 1999. 11. 24.자 매매계약서도 Y종합건설을 통하여 이루어졌다. D건설로부터 매수한 토지 중에 계약의 양수 자체를 다투는 사례는 기갑노의 경우밖에 없다.

④ **기갑노 및 기을호가 H건설에게 잔금을 요청한 것은** Y종합건설에서 H건설에 16회차인 **2000. 3. 8. 지급 대상분 청구 시 소유권 이전이 협의되었다고 잔금 983,000,000원을 청구하였으나,** 기갑노 측의 지상물 철거 등 잔금 지불 전 이행사항이 완료되지 않아 지불되지 않았다.

(1) H건설의 주장

H건설의 토지매입 담당자인 〈증인B〉의 진술에 의하면, 기갑노는 이미 토지 매매계약이 체결되었다고 하면서 잔금 저급을 청구하기도 하였다. 따라서 이제 와서 계약의 성립을 부인하는 것은 이해하기 어렵다.

(2) 기을호의 반박

H건설 직원 〈증인B〉의 진술은 사실이 아니다. D건설로부터 매수

한 토지 중에 계약의 양수 자체를 다투는 사례는 기갑노밖에 없다고 하고 있으나, 확인한 바로는 허창, 허일회, 기석창 등도 계약 양수 자체를 다투고 있음이 확인되었다.

더구나 기갑노와 기을호가 2000년 3월 8일에 H건설과 소유권이전 협의가 되었다고 하면서 잔금을 청구하였다는 진술은 절대 사실이 아니다. 기을호는 그러한 사실이 없었다. 더구나 이는 Y종합건설이 2000년 7월 28일자 통고서를 통해 '귀하의 비협조로 토지 수용을 하려고 한다'고 한 내용과도 상충된다.

나. 〈증인B〉의 1차 법정증언 (2006. 7. 25) – 쟁점사항 6

2006년 7월 25일 H건설은 〈증인A〉와 함께 〈증인B〉에 대해서도 증인신청을 하였다. 〈증인B〉의 증언 내용은 다음과 같다.

① 2005. 10. 18.자 진술서는 사실대로 작성하여 공증해 제출한 것이다.

② H건설과 기갑노의 1999. 11. 24.자 부동산 매매계약은 꼭 그 시기에 승계계약을 했다는 의미는 아니고 이 날짜로 돈이 나왔기 때문에 그 날짜로 회계처리 하기 위해 명시한 것이다.

③ 증인은 H건설과 기갑노의 계약서를 **2000년 초가을쯤에** Y종합건설로부터 받은 것으로 기억한다.

④ 위 계약서를 받을 때는 계약 일자가 기재되어 있지 않았고, 나중에 증인이 1999. 11. 24.자로 기재하여 넣은 것이다.

⑤ 진술서에서 '계약양수 자체를 다투는 자는 기갑노밖에 없다' 라고

했는데, 허일회와 허창의 경우는 작은아버지와 조카 사이로 한 명으로 봐도 된다.

⑥ Y종합건설이 어떤 방식으로 계약을 체결하였는지 협의 과정은 모른다.

⑦ H건설은 Y종합건설이 작성한 계약서를 확인하여 계약을 완성시켰을 뿐, 기갑노에게 직접 계약 사실을 확인하거나 동의를 얻지는 않았다.

⑧ H건설은 IMF 유동성 위기로 1999년 말부터 2002년 5월 사이에 어려웠던 것은 사실이다.

⑨ **D건설로부터 인수한 향산리 지주와의 대부분의 계약은 1999. 11. 24. 이전에 승계계약이 되었는데,** 기갑노의 경우에는 그 이후에 되었던 것이고, 나중에 소급해서 1999. 11. 24.로 한 것이다.

⑩ 재판장 대질신문

증인B에게 : **증인A는 1999. 11. 24. 이후에 승계계약 작업을 했다며 증인과는 다른데 어떤 것인가요?**

증인B : 최초의 계약은 D건설을 인수하고 난 후에 개인별 토지 작업을 했기 때문에 **D건설에서 승계계약한 것을 보고 나서** 돈을 풀었습니다.

⑪ 〈증인A〉에게 : 〈증인B〉가 이렇게 구체적으로 이야기하는데 어떤가요?

〈증인A〉 : **증인은 그 이후에 한 것으로 알고 있습니다.**

〈증인B〉는 종전 진술서(2005년 10월 18일자)에서는 2000년 3월 경에 기을호 및 기갑노가 토지 매매계약이 협의되어 잔금까지 청구하였다고 하였다. 그런데 위 변론기일에서는 2000년 초가을쯤에 Y종합건설로부터 이 사건의 계약서를 건네받았다고 하고 있다. 〈증인B〉는 〈증인A〉의 번복 진술에 맞추어 계약 일자에 대한 진술을 번복하고 있는 것이다.

(1) H건설의 주장

〈증인B〉는 당시의 상황에 대하여, 이 사건 계약서를 2000년 가을쯤에 Y종합건설로부터 건네받아 '1999년 11월 24일' 이라고 소급하여 기재한 것이라고 진술하고 있다. 이는 〈증인A〉의 진술과도 일치한다. 따라서 이 사건 계약서의 진정성립은 인정된다.

(2) 기을호의 반박

〈증인B〉는 H건설의 토지매입 담당직원으로서, 증인의 중립성을 인정할 수 없다. 또한 〈증인B〉는 〈증인A〉와 말을 맞추기 위하여 이 사건 계약서 수령 일자에 대한 종전 진술을 번복하고 있을 뿐이다. 계약서에 직접 1999년 11월 24일자로 기재하여 넣은 이유도 합리적으로 설명이 되지 않는다.

특히 〈증인A〉는 1999년 11월 24일 이후에야 D건설로부터 승계한 매매계약 작업을 시작하였다고 하고 있음에 반하여, 〈증인B〉는 그 이전에 대부분의 승계계약 체결을 완료하였다고 하는 등, 두 사람의 진술이 정면으로 배치된다. 진술이 일치하는 부분은 상호간에 말을 맞추었기 때문이다. 결국 〈증인B〉가 한 증언의 증명력을 인정할 수 없다.

다. 〈증인B〉의 2차 법정증언 (2006.11.28) – 쟁점사항 7

이 사건 계약서에 기재된 기갑노의 계좌번호가 1997년 9월 24일자로 예금계약이 해지되어 폐쇄된 계좌임이 드러나자, 〈증인A〉와 함께 〈증인B〉도 재차 증인으로 소환되었다. 〈증인B〉의 증언 내용은 다음과 같다.

> ① 전 진술에서 기을호가 수차례 찾아왔다고 하였는데, 여러 번은 아닌 것 같고 1~2번 정도인 것 같다.
>
> ② 기을호가 증인을 찾아온 것은 H건설이 M건설에게 매수권을 양도한 전후인 2003. 7. 전후일 것이다.
>
> ③ 당시 기을호는 병환 중인 아버지 때문에 대금 지급이 시급하여, M건설에 양도한 사실을 설명하고 연결해주었다.
>
> ④ 그 후 M건설에서 대금의 일부를 지급하였다.

결국 〈증인B〉는 종전 진술서 및 변론기일의 증언 중 "2000년 3월경 기을호와 기갑노가 매매계약이 협의되었다고 하면서 H건설로 찾아와 잔금을 요청하였다"는 부분이 거짓임을 인정하는 듯했다. 즉 기을호가 찾아온 것은 2000년 3월이 아닌 2003년 7월 전후일 것이라고 진

술을 번복하였던 것이다. 그러나 나중에 기을호에게 문의한 결과 2003
년경에도 〈증인B〉를 찾아간 사실은 없었다고 하였다. 어쨌든 각 주장
을 정리하면 다음과 같다.

(1) H건설의 주장

〈증인A〉의 증언 및 〈증인B〉의 증언에 의하면 이 사건 계약서의 진
정성립은 인정된다. 기갑노가 착오로 이미 1997년경에 폐쇄된 계좌번
호를 잘못 불러줄 가능성도 있는 것이다.

(2) 기을호의 반박

〈증인B〉는 종전에는 2000년 3월 8일경 기을호, 기갑노가 소유권이
전 협의가 되었다고 하면서 H건설에게 수차례에 걸쳐서 잔금 지급을
청구하였다고 하였다. 그런데 이번 변론기일에는 2003년 7월 전후로
1~2차례 기을호를 만났고, M건설에게 연결해주었다는 취지로 진술을
번복하고 있다. 그러므로 증언 내용을 그대로 믿을 수 없다.

M건설과 H건설은 엄연히 다른 당사자다. 기을호는 M건설과 장차
계약체결을 염두에 두고 2003년 7월~2004년 5월경에 개별적으로 일부
돈을 받았을 뿐 H건설과는 무관한 일이다. 또한 이 사건 계약서의 위
조 여부는 1999~2000년의 일이므로 전혀 관련성이 없다.

🐾 판결의 선고

2006년 12월 12일 판결이 선고되었다.

"피고는 원고에게 별지 토지 목록에 기재된 각 토지에 관하여 2000. 9. 일자 미상 매매를 원인으로 한 소유권이전 등기절차를 이행하고, 위 각 토지를 인도하고, 별지 건물목록 기재 각 건물을 철거하라."

H건설의 전부 승소 판결이었다. 판결이유는 다음과 같았다.

(1) 〈증인A〉는 이병학이 2000년 9월경 기갑노와 부동산 매매에 관한 합의를 하고, 기갑노를 대신하여 이 사건 계약서에 기갑노의 이름, 주소, 주민등록번호를 기재하고, 기갑노로부터 막도장을 건네받아 날인을 하고, 기갑노가 가르쳐준 농협 계좌번호를 적었다고 증언하였고, 〈증인B〉는 이병학 등으로부터 위와 같이 작성된 계약서를 받아 원고가 Y종합건설에 대금을 지급한 날짜에 맞추어 이 사건 계약서의 작성일자 난에 1999년 11월 24일로 기재하였다고 증언하였다. 그 외 갑제6호증의 1~6 및 증인 최기철의 증언에 변론 전체의 취지를 종합하면, 이 사건 계약서는 기갑노의 진정한 의사에 따라 작성된 것으로 인정된다.

(2) 기을호는, 이 사건 계약서는 기갑노의 이름이 한글로 적혀 있고 막도장이 날인되었다고 주장하지만, 위조되지 않은 다른 계약서 중에도 막도장으로 날인된 것이 있다.

(3) 기을호는 이 사건 계약서에 기재된 농협 241084-56-002254 계좌
    는 1997년 9월 24일 예금계약이 해지되어 폐쇄된 계좌라고 주장
    하나, **계좌번호는 통장의 첫 장을 넘기면 바로 알 수 있지만 계좌
    의 폐쇄 여부는 통장의 마지막 면을 보아야 알 수 있는 관계로, 이
    사건 계약 당시 75세의 고령으로 병석에 누워 있던 기갑노가 착
    오로 폐쇄된 계좌번호를 불러줄 가능성도 존재한다.**

(4) **만약 H건설, Y종합건설, 혹은 이병학이 D건설로부터 받았거나
    매매계약 대행 과정에서 이미 알고 있던 기갑노의 계좌번호를
    이용하여 이 사건 계약서를 위조하였다면 위와 같이 폐쇄된 계
    좌가 아니라 2차 중도금이 지급된 계좌번호를 적었을 것이다.**

결국, 위와 같이 제출된 증거만으로는 증인A의 증언 등을 뒤집고
이 사건 계약서 등이 위조되었다고 인정하기에 부족하다.

판결의 비판

너무도 뜻밖의 판결이었다. 이 사건 계약서의 진정성립을 인정할
만한 객관적인 증거가 전혀 없었다. 누군가의 필체로 기재되고 막도장
이 날인된 계약서가 있을 뿐이었다. 기갑노는 H건설로부터 매매대금
을 받은 적도 없었다. 그동안 단 한 차례의 연락조차도 없었다. 느닷없
이 나타난 〈증인A〉가 자칭 유일한 목격자라고 하고 있을 뿐이었다. 그

런데 법원은 〈증인A〉의 증언만을 근거로 이 사건의 계약서는 기갑노에 의해 작성되었음을 인정하고, H건설에 승소 판결을 선고했다. 나로서는 도저히 승복할 수가 없었다. 그 이유를 살펴보자.

첫째, 이 사건 계약서가 기갑노에 의하여 작성되었음을 H건설이 명확하게 입증해야 한다. 대충 확실할 것이라는 추측 정도의 소명(疏明)으로는 부족하다. 통상적인 실생활에 적용될 수 있을 정도의 정확성, 또는 고도의 개연성의 확신, 즉 십중팔구는 확실하다는 정도까지 입증을 해야 하는 것이다.

그런데 이 사건 계약서에는 기갑노가 작성하였다는 흔적이 전혀 없다. 단 하나, 스스로 유일한 목격자라고 자처하는 〈증인A〉의 증언이 있을 뿐이다. 〈증인A〉는 이 사건 계약체결과 관련하여 다음과 같이 증언하였다.

- 2000년 9~10월경 기갑노와 이병학이 계약체결하는 현장을 입회하여 지켜보았다.
- 기갑노가 이병학에게 도장을 건네주어 이병학이 계약서에 날인하였다.
- 기갑노가 통장을 보고 불러주는 계좌번호를 이병학이 현장에서 계약서에 기재해 넣었다.

〈증인A〉는 H건설의 토지매입 용역회사인 Y종합건설의 전무이사로서 필연적으로 H건설에 치우쳐서 증언을 할 수밖에 없는 자이다. 애초에 증인의 중립성을 인정하기 어려운 사람으로, 공정하게 진술하지 않을 개연성이 충분히 예상된다. 다른 객관적인 증거 없이 이러한 사람의 증언에만 의존하여 이 사건 계약서의 진정성립을 인정하는 것은 판결의 위신과 적정성을 크게 해치는 것이다. 이는 옳은 판단 방법이 아니다.

둘째, 〈증인A〉는 소송 과정에서 계약일자에 대한 진술을 번복한 사실이 있다. 그에 대하여 합리적인 이유를 전혀 제시하지 못하였다.

즉 〈증인A〉는 2005년 11월 3일자 진술서에서는 "1999년 11월 24일자로 기갑노와 이병학이 이 사건 계약서를 작성하였다"라고 하였다. 그런데 이는 2000년 7월 28일자 통고서(Y종합건설 - 기갑노) 내용에 반하는 것이었다. 그제야 〈증인A〉는 2006년 7월 25일자 변론기일에서 계약일자가 2000년 9~10월경이었다고 진술을 번복하였다.

〈증인A〉는 진술 번복 이유로, H건설에서 보내준 문안에 그대로 사인을 했기 때문이라고 하였다. 그러고는 나중에 보니 잘못 생각한 것이라고 하였다. H건설과 같은 대기업은 법원에 제출하는 서류를 그렇게 함부로 작성하여 제출할 수 있는 것인가. 또한 언제든지 번복해도 아무런 제재도 받지 않는 것인가.

〈증인A〉에 따르면 D건설로부터 승계한 24명과 관련한 승계계약서 작업은 1999년 11월 24일자 H건설과 D건설 사이에 체결한 사업권 양도계약 이후에야 비로소 시작하였다고 했다. 그러나 이러한 진술은 같은 기일에서 뒤이은 H건설의 〈증인B〉에 의해 부정되었다. 결국 〈증인A〉가 계약일자에 관하여 진술을 번복한 합리적인 이유는 전혀 찾을 수 없었다. 따라서 이러한 〈증인A〉의 진술을 그대로 믿어서는 안 된다. 무엇인가 합리적인 이유를 제시해야 하는 것이다.

셋째, "2000년 9~10월 당시 기갑노가 통장을 보고 계좌번호를 불러주는 것을 이병학이 현장에서 직접 계약서에 기재하여 넣은 것으로 기억한다"는 〈증인A〉의 진술은 통상의 경험칙 상 도저히 믿을 수 없는 것이다.

1997년 9월 24일자로 기갑노가 스스로 예금계약을 해지하고 폐쇄한 통장의 계좌번호를 2000년 9~10월경에 이병학에게 불러주었다는 것은 보통의 실생활에서는 도저히 있을 수 없는 일이다. **폐쇄한 통장은 마그네틱 선 제거를 위하여 뒤표지 절반 정도가 찢겨 있었다.** 매매대금이 20억 원이나 되는 중요한 계약을 하면서, 예금계약을 해지해 뒤표지 절반이 찢긴 통장의 계좌번호를 보고 불러주었을 리는 없다. 이건 어린아이도 웃을 일이다.

"계좌번호는 통장의 첫 장을 넘기면 바로 알 수 있지만 계좌의 폐쇄 여부는 통장의 마지막 면을 보아야 알 수 있는 관계로" 기갑노가 착오를 일으켰을 수도 있다는 판결이유는 너무도 자의적이고 빈약한 논리다. 아니, 논리라기보다는 논리의 유희이고 억지일 뿐이다.

"이 사건 계약 당시 75세의 고령으로 병석에 누워 있던 기갑노가 착오로 폐쇄된 계좌번호를 불러줄 가능성도 존재한다"는 판결이유 역시 억지일 뿐이다. 어떻게 20억 원 상당의 매매계약서를 작성하면서 뒷면 절반이 찢긴 폐쇄된 통장의 계좌번호를 보고 불러줄 수 있다는 말인가. 그보다는 〈증인A〉가 거짓진술을 하였을 가능성이 100배는 더 높다. 법관의 자유심증도 경험칙과 논리칙에 제한을 받는 것이다. 지극히 예외적이고 일상 경험칙에 현저히 반하는 가정적인 사실을 언급하면서 사문서의 진정성립을 인정하는 것은 자유심증의 범위를 한참 지나친 것이다.

넷째, 무엇보다도 재판 과정에서 증인신문 조서가 조작되었다는 의혹을 떨쳐버릴 수가 없다. 〈증인A〉의 제1차 증인신문 조서(2006년 7월 25일자 변론기일)에는 〈증인A〉의 계약 일자에 관한 진술번복 경위에 관한 내용이 누군가에 의해 의도적으로 삭제되었다는 의혹을 지울 수가 없다.

당시 〈증인A〉는 **"1999. 11. 24. D건설과 H건설 사이의 향산리 사업권 양도계약 이후에야, D건설로부터 승계한 24명 명의의 승계계약 작업을 시작하였기 때문에, 1999. 11. 24.자로 계약이 체결되었다고 한 종전 진술서 내용은 사실일 수 없다"**고 하였다. 나는 이 부분에 대하여 두세 차례씩 집중하여 증인신문을 하였다. 그런데 〈증인A〉의 증인신문 조서에는 이에 관한 진술이 모두 삭제되고 없었다. 단지 증인신문 조서 정리 차원에서 삭제하였다고 하기에는 너무도 의혹이 많았다. 다시 말해 누군가 판결 결론을 염두에 두고 증인신문 조서를 조작했다는 의혹을 떨쳐버릴 수가 없다. 이는 뒤이어 증언한 〈증인B〉의 증인신문

조서 마지막 부분 대질신문 내용에서 확인된다.

재판장 대질신문

〈증인B〉에게 : **증인A는 1999년 11월 24일 이후에 승계계약 작업
을 했다며 증인과는 다른데 어떤 것인가요?**

〈증인B〉 : 최초의 계약은 D건설을 인수하고 난 후에 개인별 토지
작업을 했기 때문에 **D건설에서 승계계약한 것을 보고**
나서 돈을 풀었습니다.

〈증인A〉에게 : **증인B가 이렇게 구체적으로 이야기하는데 어떤가요?**

〈증인A〉 : **증인은 그 이후에 한 것으로 알고 있습니다.**

위 대질신문에서 재판장은 "**증인A는 1999. 11. 24. 이후에 승계
계약 작업을 했다며 증인과는 다른데 어떤 것인가요?**"라고 질문하였
다. 이에 대해 〈증인A〉는 "**증인은 그 이후에 한 것으로 알고 있습니
다**"라고 하였다. 그런데 "**증인은 그 이후에 한 것으로 알고 있습니다**"
라는 〈증인A〉의 진술 내용이 〈증인A〉의 증인신문 조서에는 없다.

〈증인B〉의 증인신문 조서에 기록되어 있으니, 단순히 증인신문 조
서 정리 차원에서 삭제한 것이라고 생각할 수 있다. 나도 처음에는 그러
한 생각으로 '조서기재 이의신청' 을 하지 않았다. 그러나 그게 아니었
다. 〈증인B〉의 증인신문 조서에는 단지 승계작업을 개시한 시점에 대
하여 〈증인A〉와 〈증인B〉의 인식이 다르다는 내용만이 기재되었을 뿐
이다. '1999. 11. 24. 이후부터 모든 승계작업을 하였기 때문에, 종전에

1999. 11. 24.자로 계약을 체결하였다는 진술은 사실일 수 없다'는 〈증인
A〉의 **진술번복 경위에 관한 내용**은 전혀 나타나지 않고 있다. 결국 〈증
인A〉의 증언을 증거로 채택하기 위하여, 진술번복 경위에 관한 〈증인
A〉의 증언을 삭제했다고 볼 수밖에 없다.

당시 조서기재 이의신청을 통하여 이를 바로잡지 못한 것은 나의
잘못이라고 할 수 있다. 그러나 설마 재판부나 사무관이 증인신문 조서
까지 조작하리라고는 상상조차 하지 못했던 것이다.

나는 제1심 법원의 잘못된 판단은 곧 상급심에서 바로잡힐 것이라
고 생각했다. 증인의 증언에 의해 문서의 진정성립을 인정하기 위한 대
법원 판례의 법리를 좀 더 세심하게 연구하고, 나아가 관련 증거를 철
저히 조사해 제출하면 상급심에서 충분히 바로잡힐 것이라 믿었다. 이
러한 마음으로 더욱 열심히 증거를 찾아다녔고, 대법원 판례 등 법리를
정리하였다. 나는 기을호에게 관련 대법원 판례까지 찾아 안내하면서,
제1심 판결서의 문제점을 조목조목 설명해주었다. 기을호도 내 말에
수긍하면서 항소에 동의하였다.

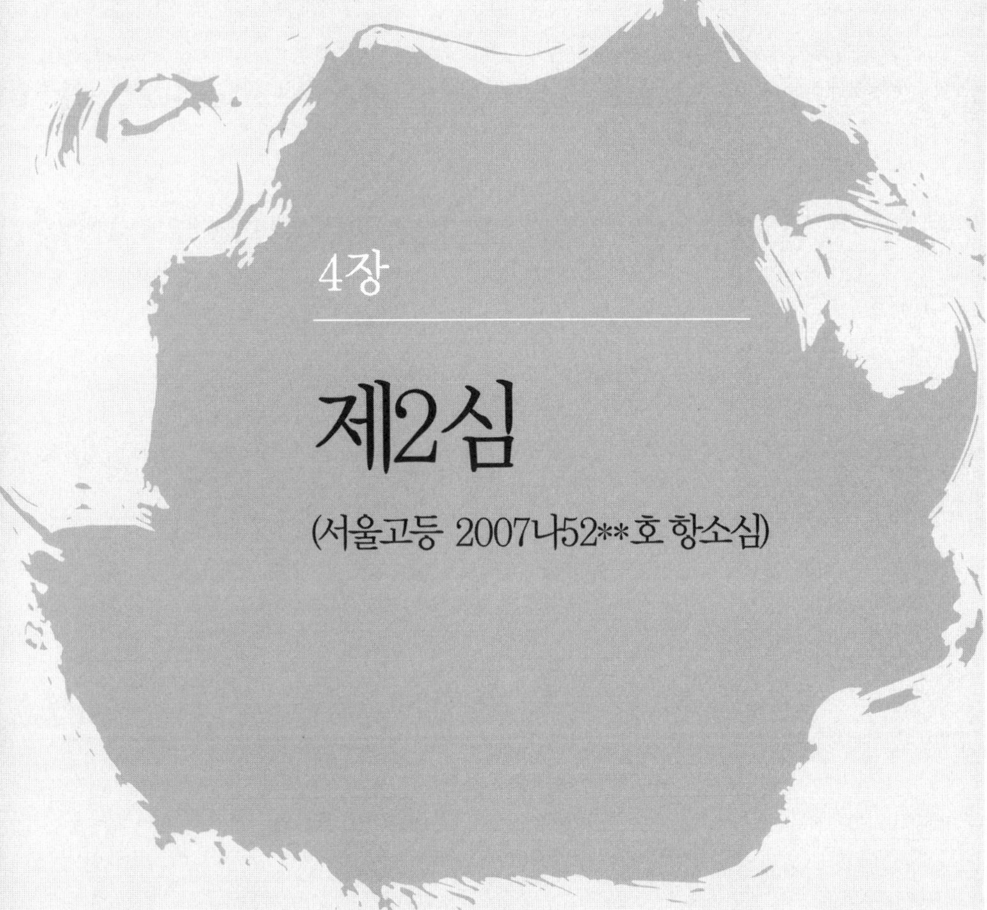

제2심

(서울고등 2007나52**호 항소심)

"18번째 소송"

항소심의 준비

나는 기을호의 항소 의사를 확인한 후 곧 항소장을 제출하였다. 그러나 새로운 증거자료의 제출 없이 항소심에서 제1심 판결을 쉽게 번복하지는 않을 것이라는 불안감이 엄습했다. 더구나 상대는 대한민국 최고의 건설회사인 H건설이 아닌가. 무언가 좀 더 명확한 증거를 확보해야 하는 사건이었다.

나는 향산리 주민들과 토지매매 관계자들을 찾아다니기 시작하였다. 2001년경 향산리의 토지소송 관련 정보를 입수하기 시작했다. 특히 Y종합건설 및 H건설과 **허창**(향산리 지주)과의 소송에 관한 정보를 집중적으로 캐기 시작하였다. **허창**은 기갑노의 바로 옆집에 사는 사람으로서, 2001년경에 Y종합건설 및 H건설과의 토지소송에서 승소한 인

물이었다. 그런데 허창은 이에 전혀 협조를 해주지 않았다. 공연히 H
건설의 심기를 건드리는 일은 하기 싫다는 것이었다. 향산리 주민들은
나를 보고 "어떻게 H건설과 같은 대기업을 상대로 소송에서 이길 수
있겠느냐"며 혀를 끌끌 찼다.

　나는 방향을 바꾸어 H건설 및 협력사들과 전 직원들을 찾아다니기
시작하였다. 좀처럼 만나주지 않으려는 그들을 수시로 찾아가 인사하
고, 대화의 물꼬를 트려고 노력하였다. 그들의 마음이 서서히 움직이기
시작했다. 마침내 그들로부터 **허창**과 관련하여 뜻밖의 소식을 듣게 되
었다. 2001년경에 허창-H건설 명의의 위조된 부동산 매매계약서가 있
었다는 것이다. 나는 귀가 솔깃해 정보의 출처를 캐묻기 시작했고, 마
침내 **2000년 1월 7일자로 된 허창-H건설 명의의 위조된 부동산 매매
계약서와 관련 서류**를 확보하게 되었다.

　더 놀라운 것은 2000년 1월 7일자로 된 허창-H건설 명의의 위조
된 부동산 매매계약서에 기재된 글씨는 기갑노 명의의 이 사건 계약서
의 필적과 동일한 것이었다. 한글 막도장의 형태도 동일하였다. 허창
은 2001년 4월경 Y종합건설과 토지 소송을 진행하던 중 H건설이 자신
의 부동산에 가처분을 한 사실을 알게 된 것이다. 그래서 H건설에게
그 취소를 요청하는 통고서를 내용증명 우편으로 보냈다. 허창은 2001
년 7월경에는 2000년 1월 7일자 허창-H건설 명의의 위조된 부동산 매
매계약서를 발견하고 H건설 대표이사를 사문서 위조죄로 고소하는 고
소장까지 작성해두고 있었다. 그 후 허창은 그 부동산에 경료된 가처
분을 제소명령 등을 통해 취소하였고, H건설은 이에 대해 아무런 이의

도 제기하지 않았다.

허창-H건설 명의의 위조된 부동산 매매계약서를 비롯하여, 각 당사자들이 항소심에서 제출한 주요 증거 서류는 다음과 같다.

기을호가 항소심에서 추가 제출한 증거 및 주장

가. 추가 제출한 증거

(1) 위조된 허창 명의의 계약서 관련 서류

• 2000년 1월 7일자로 된 허창-H건설 명의의 부동산 매매계약서 : 기갑노 명의의 이 사건 계약서에 기재된 필적과 동일한 필체, 동일한 형태의 한글 막도장이 날인되어 있다. 계좌번호 난에 기재된 계좌번호도 허창이 **1997년 12월경에 예금계약을 해지하고 폐쇄한 계좌번호가** 기재되어 있다. 이는 이 사건 계약서도 함께 위조되었을 것이라는 사실상의 강력한 추정력이 있는 증거다.

• 허창의 소 취하 요청서 : 허창이 2001년 4월 17일 H건설에 보낸 통고서다. 허창은 위 통고서에서 H건설과는 매매계약을 체결한 사실이 없으므로 H건설의 명의로 된 2000년 12월 21일자 가처분을 취하해 줄 것을 요청하는 통고서를 발송하였다. 위 통고서에는 문서의 도달을 증명하는 H건설의 직인도 날인되어 있었다.

• 허창 명의의 2001년 7월경 고소장 : 허창은 2001년 7월경 법원

가처분 관련 서류를 열람한 결과, 2000년 1월 7일자 허창-H건설 명의의 위조된 부동산 매매계약서를 발견하고, H건설 대표이사를 사문서 위조 및 동 행사죄로 고소하기 위하여 고소장을 작성해두었던 것이다.

•가처분 관련 서류 : 허창이 그 부동산에 경료된 가처분 관련 서류를 열람·복사해둔 가처분 서류들이다. 여기서 허창-H건설 명의의 위조된 부동산 매매계약서와 영수증이 발견되었다.

•가처분 취소 판결 : 허창은 2001년 5월경 그 소유 부동산에 경료된 가처분에 대해 제소명령을 신청하였고, H건설이 본안소송을 제기하지 아니하여, 2001년 8월 13일 그 가처분을 취소하는 판결서다.

(2) 향산리 주민 정일석 명의의 위조된 부동산 매매계약 관련 서류

나는 향산리 주민들을 수소문한 결과, **이병학은** 2000년 2월경 향산리 주민 **정일석의 통장과 계약서를 위조해 H건설로부터 토지 매매대금을 받아간 일이 있다는 사실을 알게 되었고,** 정일석의 협조를 얻어 관련 서류를 증거로 제출한 것이다. 이는 당시 이병학 등에 의하여 향산리 주민들의 각종 부동산 매매계약서가 위조되었다는 정황을 입증코자 하는 것이다. 정일석 이외에 3명의 위조된 계약서가 있었으나 당사자들의 비협조로 증거자료를 확보할 수 없었다.

(3) 기갑노의 진료기록

기갑노는 2000년 11월 29일 갑자기 뇌졸중으로 병원에 입원하였고,

그 이전까지는 병석에 누워 있었던 사실 자체가 없었다. 〈증인A〉는 2000년 9~10월경 **병석에 있던** 기갑노가 도장을 건네주었다고 증언하였으나, 기갑노는 2000년 9~10월경 병석에 있지 않았음을 입증하려는 것이다.

(4) 기갑노의 농협 예금인출 전표

기갑노는 1997년 9월 24일 기존에 사용하던 농협 241084-56-002254 계좌를 폐쇄한 뒤 새로운 통장을 개설해 사용하였다. 나는 새롭게 개설한 기갑노의 통장과 관련해 1998년경부터 2000년 8월 16일까지 기갑노가 손수 예금을 인출한 예금인출 전표를 모두 복사해 증거로 제출하였다. 기갑노는 2000년 8월 16일자 예금인출 전표도 손수 작성하였고, 거기에는 기갑노의 한문 자필과 인감도장이 날인되어 있었다.

〈증인A〉는 이 사건 계약서가 2000년 9~10월경에 작성되었다고 하였는데, 비슷한 시기에 기갑노가 손수 예금인출 전표를 한문으로 기재하고 인감도장을 날인하였다는 사실과 사뭇 대조적이다.

(5) Y종합건설의 주식변동상황 명세서

제1심 증인인 〈증인A〉는 Y종합건설의 전무이사인 동시에 같은 회사의 약 17%의 지분을 소유한 대주주로서, 사실상 H건설과 경제적 이해관계를 같이하는 사람이라는 사실을 입증하는 것이다.

(6) 이병학의 필적이 기재된 편지

나는 2001년 6월경에 사망한 이병학의 유족을 십여 차례 찾아가 어렵사리 이병학의 필적을 입수하게 되었다. 그런데 유족으로부터 전달받은 이병학의 필적은 이 사건 계약서에 기재된 필적과는 확연히 다름이 육안으로도 확인되는 사항이었다. 나는 〈증인A〉의 "**이 사건 계약서 작성 당시 기갑노가 불러주는 계좌번호를 이병학이 현장에서 직접 적어 넣었다**"는 증언의 신빙성을 탄핵하는 증거로 제출하였다.

나. 기을호 주장의 정리

첫째, 이 사건 계약서에 기재된 기갑노의 농협 241084-56-002254 계좌는 1997년 9월 24일자로 기갑노가 스스로 예금계약을 해지하고 폐쇄한 계좌다. 그런데 기갑노가 이를 2000년 9~10월경에 이병학에게 이러한 폐쇄된 계좌번호를 불러주면서 계약을 체결하였다는 것은 도저히 경험칙에 맞지 않는다. **이 사건 계약 당시 75세의 고령으로 병석에 누워 있던 기갑노가 착오로 폐쇄된 계좌번호를 불러줄 가능성도 존재한다**는 취지의 설시도 경험칙에 맞지 않는다. 또한 사문서의 진정성립은 그 주장하는 자가 이를 증명해야 하는데, 계약서에 기재된 계좌번호와 관련해서는 너무도 의혹이 많다. H건설은 이러한 의혹을 잠재울 수 있는 합리적인 주장이나 증거를 전혀 제출하지 못하고 있다.

둘째, 기갑노는 2000년 9~10월경 병석에 누워 있지도 않았다. 그는 2000년 11월 29일 뇌졸중이 발생할 때까지 아주 건강하였고 자식들이 모두 출타한 가운데 혼자서 많은 농사를 직접 짓기도 하였다. 진료기록에 의하면 2000년 11월 29일경에 갑자기 뇌졸중이 발생하였다고 기재되어 있다.

또한 기갑노는 2000년 8월 16일까지도 고촌농협에서 손수 자필로 예금인출 전표를 작성하여 예금을 인출할 정도로 건강하였다. 그런데 비슷한 시기인 2000년 9~10월경에 이 사건 계약서와 같은 중요한 서류에 기갑노의 자필이 전혀 기재되지 않고, 한글 막도장으로 날인되어 있다는 것은 도저히 믿을 수 없는 일이다.

셋째, 기갑노의 이웃에 사는 소 외 허창 명의의 2000년 1월경에 작성된 위조계약서도 발견되었다. 위 허창 명의의 계약서는 이 사건 계약서와 동일한 필체로 기재되어 있고, 한글 막도장이 날인되었으며, 1997년 12월경에 예금계약이 해지되어 폐쇄된 계좌번호가 적혀 있는 점에서도 동일하다. 또한 이 사건 계약서와 동일한 일자의 가처분 결정에 사용된 점도 같다. 허창은 현재까지 자기 소유의 토지를 갖고 있다. 허창-H건설 명의의 계약서가 위조되었다면 동일한 필체, 동일한 형태의 막도장, 동일하게 1997년경에 폐쇄된 예금 계좌번호가 기재된 이 사건 계약서도 위조되었음을 추정할 수 있다.

넷째, 이병학은 2000년 6월경 향산리 주민 정일석 명의의 부동산 매매계약서와 농협 통장도 위조한 사실이 있다. 당시는 부동산 매매계약서를 위조하는 일이 흔히 일어났고, 이 사건 계약서도 이러한 과정에서 위조되었을 가능성이 농후하다.

H건설의 추가 제출 증거 및 주장

가. 추가 제출 증거

(1) 가처분 이의 결정서

H건설과 기갑노 사이의 가처분 이의신청 사건과 관련하여 H건설의 가처분을 인용하는 항고심의 결정(2006라35호)이 선고되었다. H건설은 그 결정문을 증거로 제출하였다.

(2) 〈증인A〉의 2차 진술서(2007. 8. 29.)

H건설은 〈증인A〉의 2007년 8월 29일자 진술서를 추가증거로 제출하였다. 그 내용을 요약하면 다음과 같다.

> 계약서 내용의 일부에 속하는 기재사항(토지공부에 의하여 객관적으로 알 수 있는)은 사무실에서 직원이 기재한 것을 가지고 왔다는 의미이며, **계좌번호를 직접 기재하는 것을** (〈증인A〉가) **목격하였다는 내용입니다.**

(3) 불기소이유 통지서

기을호는 제1심 증인인 〈증인A〉, 〈증인B〉에 대하여 위증혐의로 고소하였는데, 검찰에서는 이에 대하여 증거불충분을 이유로 불기소 처분하였다. H건설은 검찰의 불기소 처분서를 증거로 제출하였다.

나. H건설의 주장

H건설과 Y종합건설, M건설 등과의 주택개발 사업 진행경과 및 향산리의 다른 주민들과의 계약 상황을 종합하면 기갑노가 이 사건 계약서를 작성해주었을 것으로 보인다. 그 외 다른 가처분 재판부의 결정, 검찰의 불기소 처분 등에 비추어보아도 이 사건 계약서의 진정성립을 인정하는 데는 무리가 없다.

판결의 선고

2007년 10월 11일 제2심 판결이 선고되었고, 기을호의 항소는 기각되었다. 판결이유는 다음과 같다.

첫째, 이 사건 계약서 계좌번호 난에 1997년 9월 24일자로 폐쇄된 기갑노의 계좌번호가 기재된 점과 관련해서는 제1심 판결문 내용을 그대로 기재하였고, 다만 허창 명의의 계약서와 관련해서만 다음과 같은 설시가 추가되었다.

둘째, H건설이 2000년 12년 13일, 기갑노의 옆집에 사는 허창 소유의 토지에 관해 D건설로부터 위 토지에 관한 매수인의 지위를 승계하였음을 이유로 이에 관한 계약서 및 영수증(이 사건 계약서 및 영수증과 형식이 동일하고, 매도인 및 영수인 허창 옆에 소위 한글 막도장이 찍혀 있으며, 작성일자는 2000년 1월 17일로 되어 있다)을 첨부하여 부동산 처분금지 가처분 신청을 하여 2000년 12월 20일 서울지방법원 2000카합353*호로 위 각 토지에 관하여 부동산 처분금지 가처분 결정이 내려졌다. 그러나 허창이 2001년 4월 17일경 위와 같은 원고의 지위 승계를 승낙한 바 없고, 위 계약서 등은 위조된 것이라고 주장하면서, 소 취하를 요구한 후 원고가 법원의 제소명령에도 불구하고 소를 제기하지 않았다. 그러므로 2001년 8월 13일 서울지방법원 2001카합153*호로 위 부동산 처분금지 가처분 결정이 취소된 점을 인정할 수 있다고 하더라도(**판결서 7면**)…… **허창에 관한 위와 같은 사정만으로 허창에 관한 위 계약서가 위조되었다고 단정하기 어려울 뿐만 아니라, 가사 허창에 관한 위 계약서가 허창의 승낙을 받지 않고 작성되어 위조된 것이라 하더라도, 이병학은 2000년경 매매계약의 체결을 위해 허창 및 기갑노의 집을 수차례 방문하였는 바, 기갑노의 이 사건 계약서의 작성을 승낙하였을 수도 있는 점** 등에 비추어, 그러한 사정만으로 이와 달리 보기 어렵다.

판결의 비판

제1, 2심이 〈증인A〉의 증언을 이유로 이 사건 계약서의 진정성립을 인정하는 것은 도저히 이해할 수 없다. 이는 대법원 판례의 취지에도 반한다. 부동산 매매계약서와 같은 사문서(처분문서)는 진정성립이 인정되면 그 기재 내용에 따른 의사표시의 존재 및 내용을 인정해야 하므로, 그 진정성립을 인정함에 있어 신중해야 하고, 그 증명방법은 신빙성이 있어야 한다. 특히 증인의 증언에 의해 사문서의 진정성립을 인정하는 경우 증언 내용의 합리성, 증인의 증언 태도, 다른 증거와의 합치 여부, 증인의 사건에 대한 이해관계, 당사자와의 관계 등을 종합적으로 검토하여야 한다(대법원 2005년 12월 9일 선고 2004다40306 판결 등).

또한 사건의 실질적인 이해관계인인 증인은 공정한 증언을 하지 아니할 가능성을 배제할 수 없으므로, 이러한 증인의 신빙성 없는 증언에 의하여 문서의 진정성립을 인정하는 것은 일반적인 채증법칙에 반하는 것이다(대법원 1994. 10. 11. 선고 94다23746 판결).

이 사건을 돌이켜 하나씩 짚어보자.

첫째, ① Y종합건설은 H건설과 향산리 지역 토지매매 등을 대행하는 용역계약을 체결하면서 36억 원을 수령했다. ② 이 사건 부동산 매매계약도 위와 같은 토지매매 대행 용역의 범위에 포함되어 있다. ③ Y종합건설은 H건설에게 이 사건 부동산 매매계약을 체결해주어야 할 의무가 있다. ④〈증인A〉는 Y종합건설의 전무이사 겸 위 회사의 지분 17%를 소유한 대주주다.

따라서 〈증인A〉는 이 사건 부동산 매매계약과 관련한 직접적인 이해 당사자로서 공정한 증언을 하지 아니할 가능성을 배제할 수 없다.

그런데 제1·2심 재판부는 〈증인A〉가 자신의 이해관계에 따라 공정하지 않은 증언을 할 가능성이 전혀 없다는 취지인 것 같다. 왜 그럴까? 〈증인A〉가 법정에서 선서를 하고 증언하였기 때문일까? 선서하고 증언한 자는 절대로 거짓증언을 하지 않는 것일까? 무엇 때문에 재판부는 〈증인A〉에 관해 공정한 증인으로서의 중립성에 대한 확신을 얻은 것일까?

사실상 〈증인A〉는 H건설의 부탁을 받고 나온 증인일 가능성이 농후한 사람이다. 이미 계약일자에 대한 진술을 번복한 바 있다. 게다가 진술번복의 경위에 관하여서도 〈증인B〉와 진술이 엇갈렸다. 증언 자체가 이미 이른바 '짜고 치는 고스톱' 같아 보였다. 좀 더 객관적인 증거가 있어야 하지 않겠는가? H건설이 〈증인A〉와 말을 맞추면 그것을 그대로 믿을 수밖에 없다는 말인가? 약 20억 원의 매매대금이 걸린 소송인데, 이해관계에 따라 얼마든지 거짓말을 할 수 있을 것이라는 의심은 당연히 할 수 있는 것이 아닌가.

그런데 재판부는 〈증인A〉의 증언에 대해서는 조금도 의심을 하지 않는다. 〈증인A〉가 훌륭한 인격을 갖춘 자로 보여서는 아닐 것이다. 그렇다면 무엇을 보고 〈증인A〉의 증언을 그렇게도 신뢰하였단 말인가.

둘째, ① 〈증인A〉는 이 사건 계약서를 1999년 11월 24일경 기갑노의 자택에서 작성했다고 진술하였으나, 2000년 7월 28일 Y종합건설에서 기갑노에게 발송한 통고서가 제시되자, 돌연 계약일자가 2000년 9~10월경이라고 진술을 번복하였다. 진술번복에 대한 이유 또한 석연치 않다.

② 〈증인A〉는 2000년 9~10월경 계약서를 작성하면서 기갑노가 통장을 보고 계좌번호를 불러주었고, 이병학이 이를 현장에서 직접 계약서에 적어 넣었다고 진술하였다. 그런데 계약서에 기재된 계좌번호는 기갑노가 1997년 9월 24일자로 예금계약을 해지하고 폐쇄한 계좌다. 비록 75세 고령의 노인이지만 스스로 3년 전에 예금계약을 해지하고 폐쇄한 계좌번호를, 20억 상당의 중요한 매매계약을 체결하면서 불러준다는 것은 도저히 불가능한 일이다. 그 정도의 분별력이 없는 사람은 아니기 때문이다. 이미 사망하였다고 사람을 바보 취급해서는 안 되는 것이다. 그러면 나중에라도 벌 받을 일이다.

③ 기갑노는 1997년 9월 24일 이후 새로운 계좌를 개설하여 사용하였고, 2000년 8월 16일경에도 농협에서 직접 자필로 예금인출 전표를 작성하고 인감도장을 날인하여 예금을 인출하였다. 그런데 비슷한 시기에 작성된 이 사건 계약서에는 기갑노의 필적이 전혀 없고 한글 막도장이 날인되었다. 이게 가능한 일인가.

④ 기갑노 명의의 모든 계약서에는 기갑노의 자필로 되어 있고, 인감도장이 날인되어 있다. 그런데 유독 이 사건의 계약서에만 기갑노의 자필도 없고 한글 막도장이 날인되어 있다. 매매대금이 20억 원이나 되

는 중요한 계약서다. 아마도 기갑노가 살아가면서 작성한 서류 중 가장 중요한 계약서 중 하나일 것이다. 그런데 한글 막도장이 날인되어 있다는 게 말이 되는가.

⑤ 〈증인A〉 등은 H건설로부터 토지 매매계약 체결 용역을 맡은 자로서 부동산 매매계약과 관련해서는 소위 전문가들이다. 이와 같이 부동산 매매계약을 전문으로 하는 〈증인A〉 등이 계약체결을 극구 반대하는 기갑노와 매매계약을 맺으면서 기갑노의 자필 서명도 전혀 받지 않고, 한글 막도장을 날인하면서 아무런 의문을 제기하지 않았다는 말인가. 게다가 보통 사람도 아니고 기갑노가 끝까지 매매계약 체결을 거부하였음은 〈증인A〉 등도 인정하고 있다. 도저히 말이 되지 않는다.

결국 〈증인A〉의 증언 내용은 그 자체로서 매우 이례적인 것이었다. 통상의 경험칙으로는 일어날 수 없는 일에 관한 것이었다. 그 증언 자체가 일반 경험칙에 반하고 신빙성이 없는 진술이었던 것이다. 적어도 내가 보는 견지에서는 그렇다.

그런데 제1, 2심 재판부의 판결은 〈증인A〉의 증언이 조금도 이상하지 않다는 취지이다. 선서를 하고 증언을 하였으니 모두 사실이라고 믿는 것 같다. 그럼 기갑노가 2000년 8월 16일경에 고촌농협에서 직접 예금인출 전표를 작성하고 인감도장까지 날인하여 예금을 인출해 사용한 것은 어떻게 설명할 수 있는 것일까. 판결이유에는 아무런 기재 내용이 없다. 그냥 설명하지 않으면 되는 걸까? 그냥 무시하면 되는 내용일까?

셋째, 왜 재판부는 2000년 1월 7일자 허창-H건설 명의의 부동산 매매계약서가 위조되었다고 단정하지 못하는가. 계약명의인인 허창 자신이 그러한 계약서를 작성하지 않았다고 하는 진술서도 증거로 제출되었다. H건설과 같은 대기업이 아무 이유 없이 허창의 부동산에 경료된 가처분을 취소해 주었단 말인가. 꼭 법정에서 증언을 해야 믿을 수 있다는 것인가. 그래서 법정에서 뻔히 거짓말을 하는 〈증인A〉의 증언만을 신빙성 있는 증거로 채택한 것인가. 허창에 대한 계약서가 위조되었다고 하더라도 이 사건의 계약서가 위조되었다고 단정하지 못한다는 또 무슨 말인가.

나는 이 사건 계약서가 **위조되었을 개연성**을 주장한 것이었다. 계약서가 기갑노에 의해 작성되지 않았을 개연성에 대해 변론을 한 것이다. 따라서 **계약서가 위조되지 않았다는 사실은 H건설이 명확하게 입증해야 하는 것이다. 즉 계약서가 위조되지 않았음을 단정할 수 있어야 한다. 그런데 재판부는 거꾸로 계약서가 위조되었다고 단정할 수 없다고 한다. 계약서가 위조되지 않았음을 단정할 수 있어야 그 진정성립이 인정되는 것임에도 불구하고, 재판부는 거꾸로 계약서가 위조되었다고 단정할 수 없기 때문에 그 진정성립이 인정된다는 취지다.** 문제의 본질을 교묘하게 비켜가고 있다.

재판부는 왜 〈증인A〉의 증언을 그렇게 맹종하는 것인가. 왜 아무런 의심조차 하지 않을까. 〈증인A〉가 그렇게도 인격이 훌륭한 자인가? 아무래도 〈증인A〉의 증언 그 자체의 문제는 아닌 것 같다. 무엇인가 보이지 않는 다른 이유가 있을 것이라고 짐작할 뿐이다.

결국, 이 사건 계약서는 기갑노가 작성했다는 아무런 객관적인 증거도 없이, 오히려 수많은 반대 증거에도 불구하고, 오로지 〈증인A〉의 증언만을 근거로 그 진정성립이 인정되었다. 대기업 H건설은 승소하였고, 기을호는 패소하였으며, 나는 패소한 기을호의 소송대리인으로 사건을 수행했다.

상고심 심리불속행 기각

나는 기을호로부터 상고에 관한 동의를 받고, 열심히 상고이유서를 작성해 제출하였다. 상고이유서에서 나는 사법연수원 출신 무관의 변호사라는 사실이 본 소송절차에서 어떠한 불이익도 초래하지 않기를 바란다고 하였다. 그러나 2008년 1월 17일 결국 심리불속행 기각되었다.

모르겠다. 내가 상고이유서에서 사문서의 진정성립에 관한 채증법칙만을 주로 다루어 심리불속행 기각을 당한 것인지, 아니면 감히 국민의 기본권을 보장하는 최후의 헌법기관인 법원 판결에 반기를 들어서인지……

아무튼 비록 소송에서 패하였어도 논리적 주장이나 실체진실에 대한 증명에 있어서는 절대로 지지 않았다고 스스로를 위로할 수밖에 없었다.

그즈음 나는 〈증인A〉에 대한 위증고소 사건을 대리하면서 연이어

불기소 처분을 당했고, 결국 이 사건 계약서의 실제 작성자를 찾아 나
서고 있었다. 비록 상고가 기각되었어도 이것이 끝이 아니라고 믿고
있었다.

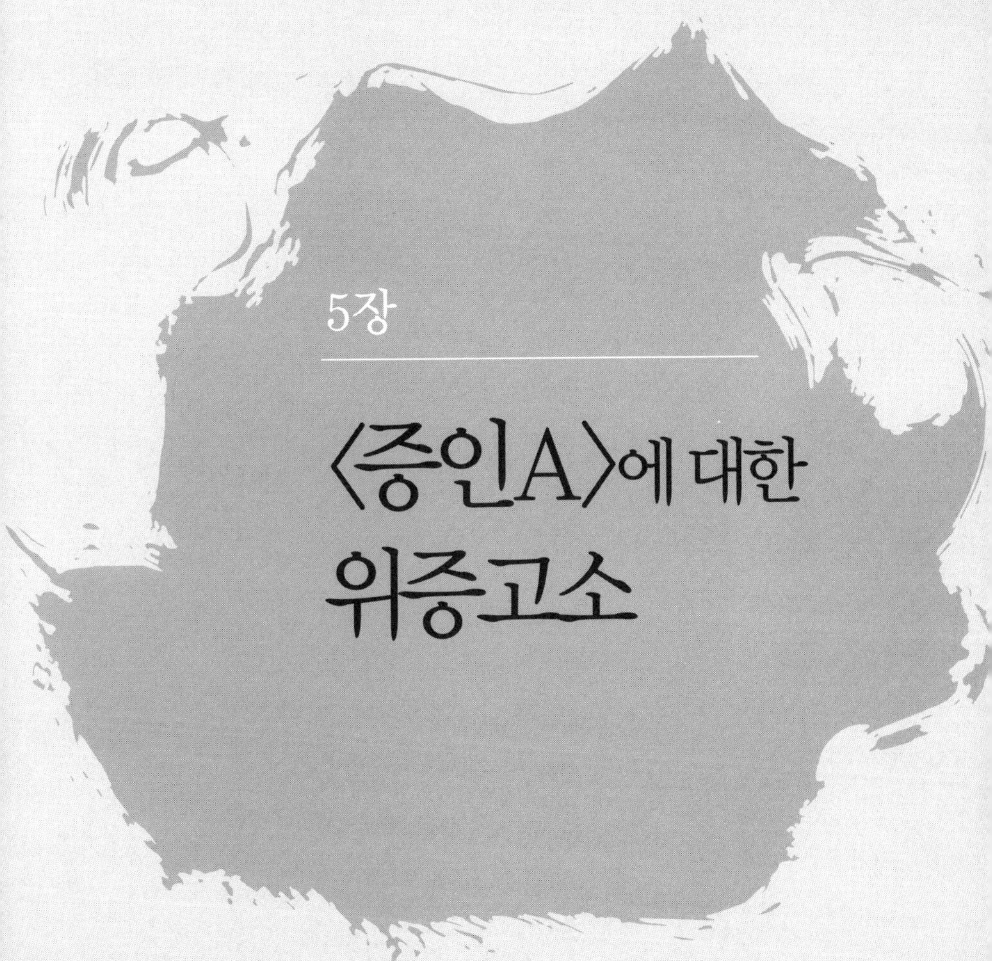

5장

〈증인A〉에 대한
위증고소

"18번째 소송"

🐾 〈증인A〉, 〈증인B〉 등에 대한 위증고소

제1심 소송에서 패소를 하고 난 뒤 나는 충격에 휩싸였다. 이 사건의 계약서가 기갑노에 의해 작성되었다는 아무런 객관적인 증거도 없었다. 단지 H건설의 용역업체인 Y종합건설 전무이사 〈증인A〉의 믿기 어려운 진술만이 있었을 뿐이었다. 그런데 법원은 이 사건의 계약서는 기갑노가 작성한 것으로 판결하였다. 너무도 어이가 없었다. 법원 판결을 불신하게 된 첫 번째 사건이었다.

2007년 2월 16일 나는 사태가 심상치 않음을 느꼈고, 기을호에게 〈증인A〉를 위증혐의로 고소할 것을 제안하였다. 기을호도 동의하였다. 그 역시 너무나도 뜻밖의 판결에 아연실색을 하고 있었던 것이다. 판결문을 읽으면서 부친인 기갑노가 통장 계좌번호도 구별할 줄도 모르는 천치 취급을 당하였다고 매우 분개하고 있었다. 나는 〈증인A〉를 위증혐의로 고소하는 것 외에 또 다른 제1심 증인인 〈증인B〉(H건설 차장)도 함께 위증혐의로 고소하였고, H건설 대표이사에 대해서는 위조 사문서 행사죄로 함께 고소했다.

특히, 〈증인A〉의 계좌번호와 관련한 진술, 즉 "2000년 9~10월경 **기갑노의 자택에서 기갑노가 통장을 보고 계좌번호를 불러주었고, 이병학은 현장에서 이를 직접 계약서에 기재하여 넣었다**"라는 진술과 관련하여, 이미 사망한 이병학의 유족들을 다시 찾아가 생존 시의 필적을 다수 입수하여 사설 문서감정원에서 필적감정을 해보았다. 필적감정 결과는 **이 사건 계약서의 계좌번호 난에 기재된 글자는 이병학의 글자가 아니라는 것이었다**. 이러한 결과에 의하면 적어도 "**이 사건 계약서의 계좌번호는 이병학이 현장에서 직접 기재해 넣었고, 당시 이를 지켜보았다**"는 〈증인A〉의 증언은 분명히 거짓이었다.

고소인 조사는 방배경찰서에서 이루어졌다. 나는 고소대리인으로 참석하여 조사관에게 그동안의 사정을 설명해주었다. 조사관은 매우 호의적이었다. 그런데 얼마 후 다시 보충조사를 위해 찾아갔을 때 조사관의 태도는 180도 바뀌어 있었다. 법원의 판결까지 났는데 어떻게 위증일 수 있느냐는 것이었다. 사설 문서감정원의 감정결과를 증거로 제출하면서 이를 검토해보라고 하였으나 막무가내였다. 단지 법원 판결이 났으니 불기소 의견으로 검찰에 송치하겠다는 것이다. 너무도 어이가 없었다. 결국, 얼마 뒤 검찰에서 불기소 처분서가 날아왔다.

나는 검찰 항고를 하면서, 서울시 내 5개 문서감정원의 필적감정 결과를 보충 증거로 제출하였다. 나는 고소대리인으로서 담당검사를 찾아가 자초지종을 설명했다. 담당검사는 재조사를 하겠다고 하였다. 그러면서 대검찰청 문서감정실에 필적감정을 의뢰해보겠다며 이병학의 글씨가 기재된 수첩 등 원본 제출을 요구하였다. 나는 이병학의 유족에게 부탁하여 수첩 등 원본을 제출했다.

얼마 뒤 대검찰청 문서감정실의 감정결과가 도착했다. 결과는 이 사건 계약서의 계좌번호 난에 기재된 글씨와 이병학의 글씨는 상당부분 다르지만, 비슷한 부분도 조금 있으므로, 각기 다른 사람에 의해 작성되었다고 단정하지 못하겠다는 애매모호한 것이었다.

기가 막힐 노릇이었다. 이미 서울시 내 5개의 문서감정원이 일치하여 이병학의 필체와 전혀 다른 필체임을 상세히 설명하는 감정결과를 내놓았다. 그런데 대검찰청 문서감정실만 애매모호한 결과를 도출하고 있었다. 대한민국 법무부 대검찰청 문서감정실이 이렇게 허술하단 말인가. 담당검사는 문서감정 결과를 바탕으로 또다시 증거 불충분을 이유로 불기소 처분을 하였다.

2007년 12월 4일 나는 다시 검찰 항고를 하면서, 항고이유서를 구구절절하게 작성하고 있었다. 그리고 고소대리인 자격으로 고등검찰청 담당검사에게 전화를 해 찾아뵙고 자세한 설명을 하고 싶다고 했다. 그러나 담당검사는 찾아올 필요가 없다고 말했다. 자신이 내용을 살펴보았는데 곧 불기소 처분을 할 것이라고 했다. 눈앞이 캄캄했다. 이렇게 억울하게 당할 수도 있구나 하는 생각이 들었다. 그 사이 이 사건은 민사 항소심에서도 패소하여, 대법원에 상고 중이었다.

증거를 찾아서(〈증인C〉를 찾아냄)

나는 대검찰청 문서감정실의 감정결과에 적잖이 충격을 받았다. 사설 문서감정원장들도 대검찰청 감정결과 내용을 조목조목 반박하면서 도저히 수용할 수 없는 결과라고 하였다. 무엇인가 거대한 힘이 이 사건 전체를 지배하는 듯한 느낌이었다.

나는 직접 이 사건 계약서의 작성자를 찾아 나서기로 하였다. 어딘가에 반드시 단서가 있을 것으로 생각되었다. 다시 향산리 주민들을 만나기 시작했다. 당시의 사정에 대해 처음부터 다시 정리하기 시작하였다. 나는 H건설의 협력업체 등을 찾아다니기도 하였다. 만나줄 때까지 몇 번이고 다시 찾아갔다. 정 만나주지 않으면 조그마한 선물이라도 들고 찾아갔다. 그렇게 관계자들을 만나면서, 〈증인A〉가 H건설의 여러 소송에서 증인으로 불려 다니고 있다는 사실도 새로이 알게 되었다. 〈증인A〉는 H건설을 위해 그 전에도 몇 번인가 진술을 번복한 사실이 있었다고 했다. 관계자들은 〈증인A〉에게 그러다가 한번 크게 혼이 날 것이라고 충고까지 하였다고 했다.

2007년 11월 말부터 2008년 2월 중순까지 나는 하루걸러 한 번씩 향산리에 드나들었다. 2000년경에 향산리 현장에 있었던 H건설, Y종합건설, W공영(Y종합건설의 하청 용역업체) 직원들의 명단을 작성하고 하나씩 그 필체를 수집해나가기 시작하였다. 그리고 2008년 2월 중순경 관계자들의 협조로 1999~2001년 사이에 H건설과 협력업체에서 작성한 부동산 매매계약서를 비롯한 각종 전표, 영수증 등 모든 부속서류를 한꺼번에 볼 수 있는 기회를 갖게 되었다. 마당 가득히 쌓인 서류들을 아침부터 하나씩 대조하며 찾아나갔다.

오후 3시가 조금 지나 발견한 한 장의 영수증은, 내 눈을 번쩍 뜨게 하였다. 영수증에 쓰인 '이경규' 라는 단 세 글자가 이 사건의 계약서에 기재된 글자와 동일한 것임을 한눈에 알아보았다. 다시 그 주변 서류들을 샅샅이 찾아보았다. 동일한 필체로 '이병학' 이라고 쓰인 영수증도 발견하였다. 정말 뛸 듯이 기뻤다. 심장이 요동치는 소리가 들려왔다. 손가락이 덜덜 떨릴 지경이었다. 나는 이제 두 장의 영수증을 가지고 다시 관계자들을 찾아다니면서 영수증을 작성한 경위를 탐문하기 시작하였다.

그 결과 두 개의 영수증을 작성한 사람은 다름 아닌 주식회사 W공영에서 직원으로 근무했던 〈증인C〉임을 알아냈다. 나중에 확인한 결과 〈증인C〉는 1998년경부터 주식회사 W공영의 등기이사 겸 총무로 근무한 자였던 것이다. 나는 여러 경로를 수소문하여 〈증인C〉의 전화번호를 입수하였다. 사설 문서감정원에서 필적감정을 한 결과, 이 사건 계약서의 필체는 영수증 상의 필체와 완전히 일치하는 것으로 나타났다.

2008년 3월 25일 나는 〈증인C〉에게 전화를 했다. 그에게 전화를 하게 된 경위를 설명하고, 이 사건 계약서에 기재된 필체가 〈증인C〉의 필체인지를 확인하기 위해 방문을 요청하였다. 그러자 〈증인C〉는 당

황하면서 급히 전화를 끊었다. 나는 다음 날 다시 전화를 했지만 그는
받지 않았다.

〈증인A〉, 〈증인B〉의 기을호에 대한 무고혐의 고소

내가 이 사건의 계약서에 기재된 글자가 〈증인C〉의 것이었다는 사
실을 알게 될 즈음, 서울고등검찰청은 기을호의 〈증인A〉 등에 대한 위
증 고소사건에 대해 또다시 불기소 처분을 하였다. 나는 새롭게 찾아
낸 영수증과 이 사건 계약서에 기재된 각 글씨가 동일한 필적임을 증명
하는 자료들을 모아서 서울고등법원에 접수할 재정신청서를 준비하고
있었다.

그런데 의외의 사건이 발생하였다. 2008년 3월 중순경 방배경찰서
조사관이 기을호에게 무고죄로 피소되었으니 피의자 자격으로 경찰서
에 출두하라고 한 것이다. 서울고등검찰청이 〈증인A〉, 〈증인B〉의 위
증 고소사건에 대하여 불기소 처분을 하자, 오히려 〈증인A〉와 〈증인
B〉가 기을호를 무고죄로 고소한 것이다.

'적반하장 유분수(賊反荷杖有分手)'라고 하였던가. 뻔히 법정에서
선서까지 하고도 거짓진술을 서슴지 않은 〈증인A〉와 H건설이, 경찰·
검찰이 수사 미진으로 불기소 처분을 하였음을 근거로, 정당한 고소권
자인 기을호를 무고죄로 고소하는 너무도 뻔뻔한 상황을 연출하고 있
는 것이었다.

소위 말해서 힘없고 배경 없는 서민들은 멀쩡히 눈을 뜬 채 재산 잃고 억울한 죄까지 뒤집어쓰게 되는 것이 대한민국의 사법 현실인 것이다. 당시 내가 〈증인C〉를 찾아내지 못하였으면, 기을호는 꼼짝 없이 억울하게 무고죄까지 뒤집어쓰게 되었을 것이라는 생각을 하면 아찔할 따름이다. 지금까지 수많은 사법 피해자들이 그렇게 억울하게 가슴을 치면서 당했을 것이다.

나는 변호인의 자격으로 기을호의 피의자 조사에 참여하였다. 그동안 수집한 〈증인C〉의 필적과 감정 결과를 제출하면서, "계좌번호는 기갑노가 **통장을 보고 불러주는 것을 이병학이 현장에서 직접 계약서에 기재해 넣었다**"는 〈증인A〉의 진술은 거짓증언이었음이 분명하다고 정리해주었다. 결국 기을호가 무고를 한 것이 아니라 수사기관에서 제대로 수사를 하지 못한 것이라고 항변하였다.

아울러 거짓증언을 한 것이 분명함에도 뻔뻔하게 정당한 권리를 행사하는 기을호를 무고죄로 고소한 〈증인A〉와 〈증인B〉야말로 선량한 국민을 무고하는 것이라고 하면서, 역으로 〈증인A〉와 〈증인B〉를 무고죄로 고소하였다.

〈증인C〉의 방문과 진술서의 작성

나는 〈증인A〉, 〈증인B〉를 무고죄로 고소하는 한편, 증거자료를 정리하여 서울고등법원에 재정신청을 접수하였다. 문제는 〈증인C〉를 어떻게 증인으로 불러오는가였다.

나는 재정신청 재판부에 증인신청을 할 수 있는지 문의했다. 당시는 재정신청 범위가 일반 고소사건으로 확대된 지 얼마 되지 않아, 재판운영 실무가 모호할 때였다. 담당재판부도 아직 실무적으로 정리되지 않았으니, 우선 증인신청을 하면 살펴보겠다고 하였다. 나는 〈증인C〉의 증인신문 필요성을 기재한 신청서를 소명자료와 함께 제출하였다. 그런 뒤 〈증인C〉에게 전화를 하였다. 그는 여전히 받지 않았다. 나는 "서울고등법원 재정신청 재판부에 증인신청을 해놓았다"는 음성메시지를 남겼다.

한편, 방배경찰서에 〈증인A〉, 〈증인B〉를 무고죄로 고소하면서 〈증인C〉를 참고인으로 조사해줄 것을 요청하였다. 그리고 이와 같은 사실도 〈증인C〉에게 음성메시지로 남겼다.

며칠 뒤 〈증인C〉로부터 전화가 왔다. 나는 그간의 사정을 설명하였다. 이미 계약서를 작성한 지 8년이 지난 일이므로 문서위조죄와 관련한 공소시효가 모두 완료되었다는 점도 알려주었다. 그러므로 〈증인C〉 등 관련자에게 어떠한 불이익도 발생할 여지가 전혀 없다고 안심시켰다. 그리고 가급적 서초동 사무실을 방문하여 관련기록들을 살펴보고 사실확인을 해줄 것을 요청했다. 〈증인C〉는 다음 날 오후에 방문하겠다고 하였다.

2008년 4월 4일 오후, 〈증인C〉는 내가 근무하는 서초동 사무실로 왔다. 나는 〈증인C〉에게 기갑노 명의의 이 사건 계약서, 허창 명의의 계약서 그리고 〈증인A〉의 증인신문 조서, 제1·2심 판결서 등 관련 서류를 차례로 보여주었다. 그리고 판결이유에는, "이 사건 계약서의 계좌번호는 2000년 9~10월경 기갑노의 자택에서 기갑노가 불러주는 통장번호를 이병학이 현장에서 직접 기재해 넣는 방식으로 작성되었다"는 것으로 사실이 정리되었고, 결국 H건설이 승소하였음을 알려주었다.

〈증인C〉는 도무지 이해할 수 없다고 하였다. 기갑노 명의로 된 이 사건 계약서는 자신이 2000년 1월경 이병학의 지시에 의해 W공영 사무실에서 직접 작성한 것이 분명하다고 하였다. 당시 〈증인C〉는 기갑노가 누구인지도 모르는 상태에서 이병학이 시키는 대로 기갑노의 인적사항과 계좌번호를 기재하였고, 이병학이 가지고 있던 기갑노의 막도장을 날인하였다고 했다. 우리는 당시의 상황에 대해 2시간이 넘게 이야기를 나누었다.

〈증인C〉는 2001년 6월경 이병학 사장이 갑자기 심장마비로 사망한 뒤 각종 위조 계약서가 별견되었다고 말했다. 이로 인하여 W공영 및 이병학의 가족들은 향산리 주민들에게 고소를 당하기도 했고, 당시 〈증인C〉도 경찰 조사를 받은 사실이 있다며, 그때 일은 생각조차 하기 싫다고 하였다. 그리고 이 사건의 계약서는 자신이 직접 작성한 것이 분명하다고 거듭 말했다.

이병학은 당시 향산리 주민들의 막도장을 비닐봉지에 넣어서 가지고 다니면서 주민동의서 등 필요한 서류를 작성했다고 한다. 이 사건 계약서에 날인된 기갑노의 막도장도 이병학이 가지고 다니던 것을 날인한 것이라고 하였다.

나는 장시간의 대화 끝에 〈증인C〉가 한 말을 진술서로 작성해줄 것을 요청하였다. 〈증인C〉는 흔쾌히 승낙했다. 나는 그의 진술을 토대로 진술서를 작성한 뒤, 이를 〈증인C〉에게 보여주면서 수정할 부분을 고치게 하였다. 그렇게 해서 작성한 진술서 내용 중 이 사건의 계약서와 관련한 진술의 요지는 다음과 같다.

"이 사건 계약서의 계좌번호 등 필체는 진술인의 필체가 분명하고, 이병학의 지시에 의하여 2000년 1월경에 W공영 사무실에서 작성한 것이다. 인장은 당시 이병학이 가지고 있던 막도장을 날인한 것으로 기억한다."(본문 100페이지 참조)

〈증인C〉는 사무실 여직원의 안내를 받아 위 진술서를 인근 공증사무실에서 인증서로 3통을 작성하였고, 그중 1통은 〈증인C〉가 가지고 갔다. 이로써 나는 H건설과의 긴 싸움이 끝난 것이라고 생각하였다.

〈증인A〉의 무고사건 처리 결과

그 후 기을호에 대한 무고사건과 〈증인A〉, 〈증인B〉에 대한 무고사건이 동시에 서울 방배경찰서에서 조사되기 시작하였다.

2008년 4월 18일 〈증인C〉는 방배경찰서에 참고인으로 출석하여, "이 사건 계약서는 자신이 2000년 1월경에 이병학의 지시에 따라 W공영 사무실에서 작성한 것이다. 당시 이병학이 기갑노의 막도장을 날인하였다"라고 하였고, 동일한 취지의 진술 조서가 작성되었다.

또한 경찰은 〈증인C〉의 필적에 대해 국립과학수사연구소에 필적감정을 의뢰하였고, "이 사건 계약서의 필체와 〈증인C〉의 필체는 개인적으로 특이한 습성까지 동일한 필체이다"라는 감정 결과를 받았다.

이와 같은 수사결과를 바탕으로 기을호에 대한 무고 고소 건은 당연히 무혐의로 종결되었다. 〈증인A〉 등은 검찰 항고까지 하였으나 결국 무혐의 불기소 처분으로 종결되었다.

그런데 문제는 〈증인A〉, 〈증인B〉에 대한 무고 고소사건이었다. 〈증인A〉는 법정에서 선서한 후 거짓증언을 한 것이 분명해졌고, 그럼에도 정당하게 권리를 행사하는 기을호를 무고죄로 고소하였으니 그 자체로 당연히 무고죄가 인정되는 것이다. 그런데도 방배경찰서 조사관은 〈증인A〉와 〈증인B〉에 대한 무고혐의에 대해서도 불기소 처분 의견으로 검찰에 송치했다. 또한 담당검사는 기을호에게 전화해 경찰에서 불기소 의견으로 송치되었으니 고소를 취하해줄 것을 종용하였다.

도저히 이해할 수가 없었다. 나는 담당검사에게 전화를 하여 논리적으로 무고죄가 분명하고 증거도 충분하다는 의견을 피력하였다. 담당검사는 할 말이 있으면 검사실로 올라와서 직접 하라고 했다.

며칠 뒤, 나는 기록을 들고 서울중앙지방 검찰청 담당 검사실로 향했다. 정중히 인사를 하고 증거자료를 보여주면서 그동안 기을호가 H건설과 〈증인A〉 등에게 고통을 받은 정황을 설명했다. 담당검사는 멀뚱히 내 얼굴을 보더니 큰 소리로 질타하기 시작했다.

"그래서, 그래서 어쩌란 말이야. 당신 변호사 몇 년 했어? 왜 그렇게 말귀를 못 알아들어? 우리가 당신들 뒤치다꺼리하는 사람들이야?"

담당검사는 대놓고 반말을 했다. 나는 당황하였으나 다시 설명을 계속했다.

"제 말은 뻔히 자신이 거짓증언을 했다는 것을 알고 있으면서, 기을호를 무고죄로 고소한 것이 분명하지 않느냐 하는 것입니다."

그러자 검사가 다시 큰 소리로 말했다.

"대리인이면 대리인답게 사건에서 멀찍이 떨어져 있어야지 왜 이렇게 집착하는 거야? 도대체 꿍꿍이가 뭐야? 뒷조사 한번 해볼까?"

나는 의아해 하며 물었다.

"무슨 소리십니까? 저는 단지 정의를 위해서……."

그러자 다시 검사가 말했다.

"뭐, 정의? 웃기고 앉아 있네. 당신이 무슨 정의를 안다고 설쳐대는 거야? 왜 그렇게 말을 못 알아들어? 우리가 얼마나 바쁜 줄 알아? 특경법(특정경제범죄 가중처벌 등에 관한 법률) 위반 사건도 처리하기 바쁜데 이따위 민사사건을 우리가 처리해야겠어?"

담당검사는 검사실의 계장과 여직원들도 모두 듣는 장소에서 공개적으로 나에게 망신을 주었다. 나는 더 이상 할 말이 없었다. 간단히 목례를 하고 검사실을 나왔다. 화가 머리끝까지 났다. 아직도 저런 검사가 있다는 것이 믿기지 않았다. 사무실에 돌아와서도 여전히 분이 풀리지 않았다. 지방변호사회에 진정을 할까도 생각해봤다. 하지만 조금 비겁하게 느껴졌다. 정면으로 부딪치기로 하였다.

나는 곧바로 고소대리인 의견서를 작성해 검찰청에 접수했다. 그때 작성한 의견서 중 담당검사의 부당함을 지적한 내용은 다음과 같다.

"검사직을 수행해본 사실이 없는 본 소송대리인이 감히 배운 바로는, 무릇 바람직한 검사의 기본자세는 첫째, 공익의 대표자로서 국민 전체의 봉사자임을 명심하여 불편부당한 자세로 직무를 공정·성실하게 수행하여야 하며 둘째, 강한 정의감으로 부정을 용납하지 아니하고 이를 끝까지 추적하여 척결하는 끈기를 갖추어야 하며 셋째, 국민이 납득할 수 있게 양식 있고 민주적인 방법으로 검찰권을 행사하여야 한다고 알고 있습니다.

본 고소사건 담당검사가 2008년 9월 4일경 고소인에게 전화하여 경찰에서 불기소 의견으로 송치되었으니 고소를 취하하라고 종용한 행위는 이해하기 어려운 일입니다. 같은 날 고소대리인이 담당검사에게 전화했을 때에도, 담당검사는 고소대리인인 제가 고소를 유지하는 저의가 의심스럽다면서 불기소 처분할 예정이니 다른 할 말이 있으면 별도로 찾아오라고 하였습니다.

이에 고소대리인은 2008년 9월 10일 사건 설명을 위하여 담당검사실을 찾아가, 사건 경위에 대해 설명하고 불기소의 부당함을 주장하였습니다. 그러나 담당검사는 오히려 호통과 야단을 치면서 **변호사 생활 몇 년이나 했느냐, 대리인이 왜 사건에 몰입하려고 하는 것이냐, 검찰이 당신네들 뒤처리하는 기관이냐,** 특경법 등 할 일이 태산같이 쌓여 있다, 무고의 기소가 이루어진들 고소인에게 무슨 실익이 있느냐, 결국 피의자 〈증인A〉가 불지 않으면 모두 허탕이 아니냐, 고소를 유지하려는 진짜

저의가 무엇이냐, 말귀를 왜 그렇게 못 알아듣느냐'고 하면서 이루 말할 수 없는 모욕적인 언사를 했습니다. 이와 같은 일은 본 변호인으로서는 도저히 이해할 수 없는 부당한 처사임을 언급하지 않을 수 없습니다.

비록 업무의 과중함을 고려하더라도, 이미 설명한 고소인의 재산피해액 및 현재까지 이어지는 정신적 고통 등 억울한 사연, 그리고 계속되는 H건설 측의 민·형사사건을 그대로 방치한 채, 개인에 불과한 고소인에게 고소 취하를 종용하여 무장해제를 요구하는 것은 이해할 수 없습니다.

또한 경찰의 불기소 의견을 근거로 취하하지 않으면 불기소할 것이라고 공언하는 것은 대한민국의 검사로서 온당한 처사는 분명 아닌 것으로 보입니다. 위와 같은 담당검사의 처신은 대기업 관계인을 봐주기 위한 축소수사 의도를 드러낸 것이 아닌가 하는 의구심마저 갖게 합니다.

더구나 본 소송대리인이 방배경찰서 담당조사관에게 확인한 바에 의하면, 불기소 의견으로 송치한 것은 담당검사의 수사지휘에 따른 것이라고 진술하고 있는 바, 누구의 말이 진실인지에 대해서도 상당한 의구심을 가지고 있습니다.

이에 본 고소대리인은 이 사건의 담당검사는 사건을 공정하고 불편부당하게 처리할 의지가 없는 것으로 사료되므로, 재배당을 통해 사안의 진상을 명백히 하여 죄 있는 자를 처벌하고, 죄 없는 자를 해방시키며, 아울러 이 사건에 연루된 배후에 대하여도 철저히 조사하는 검찰 본연의 자세를 확립해주시기를 요청하는 바입니다."

며칠 뒤, 담당검사는 또다시 기을호에게 전화를 했다. 설명할 일이 있으니 검사실로 방문해달라는 것이었다. 기을호는 변호인 없이 혼자서 검사실로 향했다. 담당검사는 사건이 많아서 간단하게 처리하려고 한 것이 오해를 불러일으켰다고 기을호에게 설명하였다고 했다. 안천식 변호사라는 사람은 찔러도 피 한 방울 안 나올 사람 같다고 말했다고 하였다.

그 후 검찰은 〈증인A〉의 위증 형사사건 공판이 끝날 때까지 〈증인A〉, 〈증인B〉의 무고 건에 대해 어떠한 처분도 하지 않았다. 뒤이어 발령을 받은 후임검사는 〈증인A〉에 대해서만 벌금 300만 원의 약식기소를 하였고, 곧 확정되었다. 〈증인A〉가 형사 위증사건에서 벌금 500만 원이 선고되고 확정된 뒤의 일이었다. 당시 후임검사는 나에게 〈증인A〉에 대한 무고죄를 약식명령으로 청구하겠다는 양해를 구하기도 하였다. 나는 〈증인A〉를 반드시 엄벌에 처해야 한다는 입장은 아니었다.

만일 〈증인A〉의 무고사건을 진행중인 형사위증사건에 병합하여 기소했다면, 〈증인A〉는 경합범으로 실형을 받았을 것이다. 당시는 대법원 양형위원회에서 양형기준을 발표한 뒤였고, 그에 따르면 무고죄와 위증죄의 경합범은 특별가중 사유로 실형을 선고하도록 되어 있었다. 그러나 〈증인A〉에 대해서는 500만 원과 300만 원 두 개의 벌금형만이 선고되었을 뿐이다.

6장

〈증인C〉의
진술번복

“18번째 소송”

〈증인C〉의 참고인 진술 조서(방배경찰서)

2008년 4월 4일 나는 서초동 사무실을 방문한 〈증인C〉에게 사건 관련 서류를 열람하게 하였고, 〈증인C〉는 그동안 있었던 일을 나에게 말해주었다. 〈증인C〉는 1996년부터 주식회사 W공영에서 직원으로 일했다고 하였다. 주식회사 W공영 사장은 원래 이신학(이임범의 아버지)이었으나, 사망 후 아들 이임범과 이병학이 공동으로 운영했다는 사실도 알려주었다. 또한 그는 이 사건 계약서의 작성 과정에 대해서도 상세히 말해주었다. 다음은 당시 〈증인C〉의 진술을 토대로 작성한 진술서의 내용이다.

1. 진술인은 1996. 6.경부터 2001. 10.경까지 김포시 사우동 251-5에 소재하는 주식회사 W공영에서 직원으로 일한 사실이 있다.

2. 주식회사 W공영은 1997. 7. 3.경부터 사망한 이병학과 이임범이 공동 대표이사로 회사를 운영하였다.

3. 주식회사 W공영은 이병학의 주도하에 1999.경부터 Y종합건설 및 H건설로부터 김포시 향산리의 토지주들과의 토지 매매계약 체결의 용역을 수차례 받아 처리한 사실이 있다.

4. 위 과정에서 H건설이 D건설산업으로부터 승계한 24건의 계약에 대하여도, 매수인을 H건설 명의로 하는 승계계약서 작성 용역도 대행하여 처리하였는데, H건설과 기갑노와의 매매계약서도 이러한 과정에서 처리한 것으로 보인다.

5. 첨부한 H건설과 기갑노의 부동산 매매계약서에 기재된 계좌번호, 주소, 성명, 주민등록번호의 필체는 진술인의 필체가 분명하며, 진술인의 기억으로는 2000. 1.경에 이병학의 지시에 의하여 W공영 사무실에서 작성한 것으로 기억하며, 인장은 당시 이병학이 가지고 있던 막도장을 날인한 것으로 기억한다.

6. 진술인은 기갑노를 본 적이 없으며, 누구인지도 기억이 없다.

〈증인C〉는 2008년 4월 4일 내 사무실을 처음 방문하였고, 그날 곧바로 이와 같은 진술서를 작성해주었다.

2008년 4월 18일 〈증인C〉는 〈증인A〉의 무고사건과 관련하여 방배경찰서에서 조사를 받았는데, 그때 작성한 참고인 진술 조서의 내용은 다음과 같다.

① 기갑노는 진술인이 전혀 모르는 사람이다.

② 진술인은 이병학이 사장으로 있는 W공영의 직원이었다.

③ 진술인은 기갑노 소유의 김포시 고촌면 향산리 65-2 외 5필지와 관련하여 H건설과 기갑노 사이의 부동산 매매계약에 대하여 모른다.

④ 주식회사 W공영은 향산리에서 지주작업을 하였고, 지주작업이 100% 되면 이에 대한 용역대금을 받기로 하였고, 김포시청 도시과, 건설과 등의 인허가에 관계된 일도 하였다.

⑤ 진술인은 2008. 4. 4. 안천식 변호사 사무실에서 진술서를 작성한 사실이 있다. 그때 진술인이 하는 말을 변호사가 작성하였다. 진술서의 내용은 모두 사실이다.

⑥ H건설과 기갑노 사이의 계약서는, 이병학 사장이 진술인을 사장실로 불러 계약서를 보여주며 주소와 계좌번호 등을 적으라고 하여 진술인이 적은 것이다. 계약서의 도장도 분명 이병학이 사무실에서 찍은 것이다. 이병학은 기갑노의 막도장을 가지고 있었다.

⑦ 아무 생각 없이 W공영 이병학 사장의 지시에 의하여 진술인이 작성한 기갑노의 은행 계좌번호와 주소 때문에 기을호 씨가 물질적, 정신적 피해를 입었다는 것이 가슴이 아프다.

방배경찰서 조사관은 〈증인C〉의 위와 같은 참고인 진술 조서가 사실인지 여부를 확인하기 위해, 이 사건 계약서에 기재된 글씨와 〈증인C〉의 글씨가 동일한 필체인지를 가리기 위해 국립과학수사연구소에 필적감정을 의뢰하였다.

그 결과 국립과학수사연구소 문서감정실에서는 **"각 필체의 개인적 특이한 습성까지도 동일하다"**는 감정결과를 내놓았다. 완전히 동일하다는 것이었다.

서울고등법원의 재정신청
(서울고등법원 2008초재73** 위증)

나는 2008년 3월경 〈증인A〉의 위증 고소사건(서울고등검찰청에서 불기소 처분한 사건)에 대하여, 새로 발견한 〈증인C〉의 필적 등을 정리하여 서울고등법원에 재정신청을 하였다.

이어서 2008월 4월 4일자로 작성된 〈증인C〉의 진술서를 담당재판부에 제출하였고, 뒤이어 국립과학수사연구소의 필적감정 결과를 제출하였다.

2008년 6월 12일 서울고등법원은 〈증인A〉에 대한 위증고소 건과 관련하여 다음과 같은 범죄 사실로 기소를 명하면서 재정신청을 일부 인용하였다(**서울고등법원 20008초재73**호 재정신청**).

"피의자(증인A)는 2006. 7. 25. 14:00경 서울중앙지방법원 359호 법
정에서…… 선서한 다음 증언함에 있어, 사실은 이병학이 기갑노에게
찾아가 토지 매매계약서에 기갑노가 불러주는 계좌번호를 기재하고 기
갑노가 건네주는 도장을 날인하는 것을 본 사실이 없음에도 불구하고,
'2000. 9.와 10. 사이에 기갑노의 집에 이병학과 함께 찾아가, 이병학의
사무실에서 기갑노의 이름과 주소, 주민등록번호를 미리 기재하여 가
지고 온 이 사건 매매계약서에 이병학은 기갑노가 불러주는 계좌번호
를 기재하고 기갑노가 건네주는 도장을 날인하였고 피의자(증인A)는
이를 모두 지켜보았다' 고 기억에 반하는 허위의 진술을 하여 위증을 하
였고, 2006. 11. 28. 같은 장소에서 같은 사건의 증인으로 출석하여 선
서한 다음 증언함에 있어 위와 같은 취지의 기억에 반하는 허위의 진술
을 하여 위증하였다."

🌸 기록에 나타난 〈증인C〉의 행적

2008년 4월 4일 〈증인C〉는 서초동에 있는 내 사무실을 다녀간 이
후, 김포에 있는 기을호의 들녘정경 농원을 잠시 다녀갔다고 하였다.
그 뒤 2008년 4월 18일경에는 방배경찰서에서 참고인 조사 및 국립과
학수사연구소의 필적감정 절차도 밟았으며, 그때 잠시 서초동 사무실
을 방문하기도 하였다.
그리고 2008년 6월경 〈증인A〉의 위증고소 건에 대하여 서울고등법

원의 재정결정이 있었고, 곧 〈증인A〉에 대한 기소가 이루어졌다.

2008년 8월경 나는 기을호로부터 한 통의 전화를 받았다. 〈증인C〉가 직장 사장과 함께 와 있다는 내용이었다. 〈증인C〉는 '2008년 6월 말경 H건설의 〈증인B〉가 찾아와 안천식 변호사에게 써준 진술서 내용을 번복하는 진술서를 써달라는 부탁을 했다'고 하면서, 이번 일로 경찰 조사를 받는 등 직장을 제대로 다닐 수 없을 지경이니 장차 보상금으로 3,000만 원을 보장해줄 것을 요구한다고 하였다. 그래서 기을호는 나에게 어떡하면 좋을지 자문을 구하는 것이었다.

나는 깜짝 놀랐다. 아무리 객관적인 증거가 뒷받침되는 진술일지라도, 그것이 돈과 관련되면 진술 자체의 신빙성이 크게 훼손될 수 있음을 경고하면서, 절대 그와 같은 약속을 해서는 안 된다고 충고하였다.

잠시 후 기을호는 〈증인C〉에게 현재의 사정을 이야기하면서 잘 설득해서 돌려보냈다고 하였다. 〈증인C〉는 그 후에도 기을호를 한 차례 더 찾아왔다고 하였다.

나는 H건설의 〈증인B〉가 〈증인C〉를 찾아가서 진술서 내용의 번복을 요구한다는 말을 듣고 내심 적잖이 놀라고 있었다. 어떻게 알고 〈증인C〉를 찾아간 것인지 그 자체가 놀라왔다. 이제까지의 진행 과정으로 미루어볼 때 H건설에서 〈증인C〉를 매수할 가능성도 전혀 배제할 수 없기 때문이었다. 그러나 이 사건 계약서의 계좌번호 난에 기재된 글씨가 이병학이 아닌 〈증인C〉의 필체임을 확인하는 국립과학수사연구소의 필적감정 결과까지 도출된 상황이었다. 나는 설사 〈증인C〉가 매수되더라도 그 필적감정 결과까지 부인하지는 못할 것이라고 생각하면서 애써 불안감을 떨쳐버리고 있었다.

2008년 9월 10일 오전, 나는 다른 고소사건과 관련하여 인천지방검찰청을 다녀오는 길에 〈증인C〉로부터 전화를 받았다. 그는 꼭 만나서 할 이야기가 있다고 하였다. 나는 간단한 사항이면 전화로 이야기하라고 하였다. 하지만 〈증인C〉는 꼭 만나서 할 이야기라고 우겼다. 나는 할 수 없이 다음 날 오후에 방문하라고 하였다.

전화를 끊고 난 뒤, 또다시 불안감에 휩싸였다. 〈증인C〉가 소송대리인에 불과한 나를 찾아올 이유가 도무지 떠오르지 않았기 때문이다. 〈증인C〉가 H건설의 〈증인B〉에게 진술번복을 권유받고 있다는 사실과 함께 기을호로부터 보상금 요구를 거절당한 사실이 떠올랐다.

어쩌면 이미 H건설에 매수되었을지도 모른다는 생각이 들었다. 기을호에게 시도하였으나 여의치 않자 소송대리인인 나까지 함정에 빠트리려는 것인지도 모른다는 생각도 들었다. 나는 사무실에 돌아와서 곧바로 남부터미널 부근 전파상을 찾아가 녹음기를 구입하였다. 만약을 위해서 다음 날 대화를 모두 녹음하기로 하였다.

〈증인C〉는 다음 날 오후 2시를 조금 넘어서 사무실에 도착하였다. 그는 예전에 처음 방문할 때보다 무척 불안해 보였다. 무엇엔가 쫓기는 듯한 얼굴이었다. 약 15분 정도의 대화를 나누었는데, 그 내용은 다음과 같다.

> ① 현재의 직장이 일용직 비슷한 단순 근무직인데, 이 사건과 관련하여 며칠 동안 회사를 빠지다 보니 퇴직당하였다. 그래서 새로운 직

장을 들어갔는데 그곳도 월급이 나오지 않아서 무척 어렵다.

② 처음 기을호(피고)로부터 전화를 받았을 때 기을호가 **'나를 한 번 도와주면 나도 선생을 도와주겠다'** 는 말을 해서 2008. 7~8.에 두 번 찾아갔는데, 기을호는 '금전적으로 어떻게 하는 것은 지금 어렵다'고 하였다.

③ 2008. 4. 4.자 진술서를 써주면서 **진짜 정의를 위해서, 올바른, 어떻게 보면 거짓말 치는 사람이 진짜 큰소리치는 사회를 어떻게 좀 해볼까 하는 그런 심정에서 이렇게 해드렸던 부분이었다.**

④ 나는 지금 당장 너무 절박한 심정이다. 오늘 방문한 목적은 변호사님이 여유가 있으면 200만 원만 차용해주었으면 좋겠다.

⑤ 나중에라도 기을호에게 잘 말해달라.

⑥ 어제 전화로도 말할 수 있는 부분이지만 예의도 아닌 것 같고 또 민감하고 그렇기 때문에 이렇게 찾아왔다.

대화는 주로 〈증인C〉의 주도로 이루어졌으며, 사무실을 들어오는 순간부터 나가는 순간까지 모두 녹음되었다. 대화 내용 자체로는 특별히 비밀이라고 할 것도 없었다.

2008년 12월 18일 〈증인C〉는 이 사건 계약서의 인장 날인에 관한 진술을 번복하는 새로운 진술서를 H건설 〈증인B〉에게 작성해주었고, 이는 〈증인A〉의 위증 형사사건 재판부에 제출되었다. 그 내용은 다음과 같다.

1. 진술인(증인C)은 김포시 사우동 소재 주식회사 W공영 직원으로 1995년 10월부터 근무하였고, W공영은 H건설이 시행·시공하는 향산리 개발사업과 관련하여 토지 매매계약 체결업무를 Y종합건설과 공동으로 추진하였다.

2. 진술인은 당시 총무과장으로 토지계약 업무를 직접 관여하지는 않았지만, 2000년 1월경 대표이사 이병학의 지시에 의하여 H건설과 기갑노의 부동산 매매계약서 양식에 매도인 기갑노의 인적사항(주소, 주민등록번호, 성명)을 진술인 자필로 기재한 사실이 있다.

3. 계약서 양식에 인적사항을 기재한 사실과 관련하여, 기갑노의 상속인 기을호와 변호인 안천식이 2008년 3월 초부터 어떻게 알았는지 여러 차례 진술인을 만나자고 연락을 해와서 **3회 정도 만난 후 진술서 작성을 요구하기에** 안천식 변호사 사무실에서 작성해준 내용(2008. 4. 4.자 진술서)대로 날인하여 준 적이 있다.
그러나 진술서 내용 4-1항 '인장은 당시 이병학이 가지고 있던 막도장을 날인한 것으로 기억합니다' 라고 하는 내용은 잘못된 내용이고, 도장을 직접 날인하는 것을 보지 못하였기에 이를 정정하는 진술을 한다.

4. 계약서 작성 당시, 이병학은 향산리에서 태어나고 자라서 기갑노와는 어려서부터 잘 아는 친구(기을호) 아버지 관계이고, 토지계약 업무로 인하여 수시로 만나고 있었다. 따라서 계약서 표기 내용을 기갑노로부터 직접 입수하여 잘 알고 있을 것이므로 내용은 이병학이 불러주는 대로 작성한 것이다.

5. 상기 4항의 작성된 계약서가 H건설에 직접 제출되었는지는 진술인

이 알 수 없으나, 이후에도 이병학, 〈증인A〉, 허형 등 계약 담당자들이 계속해서 수개월 동안 기갑노를 만나고 다녔으며, **2000년 가을경**에 기갑노와는 승계계약이 체결되었다고 하여 이병학 등 관련 직원들 모두가 **자축**하는 의미에서 김포시 내 식당에서 **회식**을 하였던 것으로 기억한다.

〈증인C〉는 나를 만난 첫날 곧바로 작성해준 2008년 4월 4일자 진술서의, "당시 이병학이 가지고 있던 기갑노의 막도장을 날인한 것으로 기억한다"는 내용이 사실이 아니라고 하면서, 이러한 번복 진술서를 H건설 〈증인B〉에게 작성해준 것이다.

나에게는 그 진술 내용이 잘못되었다는 일언반구의 말도 없었다. 내게 써준 진술서 내용이 잘못되었다면 나(혹은 기을호)에게 먼저 말했어야 하는 것이 아닌가. H건설이 도대체 어떻게 하였기에 이러한 번복 진술서를 써주었단 말인가. 어느새 염려가 현실로 나타나고 있었다.

〈증인A〉의 형사사건에 대한 자세한 내용은 장을 달리해서 살펴보자.

7장

〈증인A〉의 위증사건

"18번째 소송"

〈증인A〉의 위증사건(서울중앙 2008고단37** 위증)

2008년 6월 12일 검찰은 서울고등법원의 재정신청 인용 결정(서울고등법원 2008초재73**)에 따라 〈증인A〉를 위증혐의로 기소하였다(서울중앙지방법원 2008고단37**호). 담당재판부는 형사 6단독이었다. 〈증인A〉(피고인)를 위해서는 2명의 부장판사 출신 변호사가 선임되었다.

〈증인A〉는 2008년 8월 27일 제1회 공판기일에서 공소사실을 전면 부인하였다. 2008년 9월 17일 제2회 공판기일에서 검찰은 기을호, 허창, 허농에 대한 증인신청만을 하였다. 〈증인C〉에 대하여는 증인신청을 하지 않았다.

2008년 10월 15일 제3차 공판기일은 기을호에 대한 송달문제로 기일이 속행되었다.

2008년 11월 12일 제4차 공판기일에서, 기을호에 대한 증인신문을 진행하였다. 허창, 허룡은 출석하지 않았다.

2008년 12월 17일 제5차 공판기일에, 증인 허창은 또다시 불출석하였다. 허룡은 사망한 사실이 확인되어 사망증명서로 대체되었다. 그리고 〈증인C〉, 〈증인B〉, 최기철이 증인으로 채택되었다.

2008년 12월 18일 〈증인C〉는 이 사건 계약서의 인장 날인에 관한 그동안의 진술을 번복하는 내용의 진술서를 작성하였고, 〈증인A〉의 위증 형사사건 공판에 증거로 제출하였다. 앞에서 이미 살펴보았지만 다시 한 번 그 주요 내용을 보자.

1. 진술인(증인C)은 김포시 사우동 소재 주식회사 W공영 직원으로 1995년 10월부터 근무하였고, W공영은 H건설이 시행·시공하는 향산리 개발사업과 관련하여 토지 매매계약 체결업무를 Y종합건설과 공동으로 추진하였다.

2. 진술인은 당시 총무과장으로 토지계약 업무에 직접 관여하지는 않았지만, 2000년 1월경 대표이사 이병학의 지시에 의하여 H건설과 기갑노의 부동산 매매계약서 양식에 매도인 기갑노의 인적사항(주소, 주민등록번호, 성명)을 진술인 자필로 기재한 사실이 있다.

3. 계약서 양식에 인적사항을 기재한 사실과 관련하여, 기갑노의 상속인 기을호와 변호인 안천식이 2008년 3월 초부터 어떻게 알았는지 여러 차례 진술인을 만나자고 연락을 해와서 **3회 정도 만난 후 진술서 작성을 요구하기에** 안천식 변호사 사무실에서 작성해준 내용(2008. 4. 4.자 진술서)대로 날인하여 준 적이 있다.

그러나 진술서 내용 4-1항 '인장은 당시 이병학이 가지고 있던 막도장을 날인한 것으로 기억합니다' 라고 하는 내용은 잘못된 내용이고, 도장을 직접 날인하는 것을 보지 못하였기에 이를 정정하는 진술을 한다.

4. 계약서 작성 당시, 이병학은 향산리에서 태어나고 자라서 기갑노와는 어려서부터 잘 아는 친구(기을호) 아버지 관계이고, 토지계약 업무로 인하여 수시로 만나고 있었다. 따라서 계약서 표기 내용을 기갑노로부터 직접 입수하여 잘 알고 있을 것이므로 내용은 이병학이 불러주는 대로 작성한 것이다.

5. 상기 4항의 작성된 계약서가 H건설에 직접 제출되었는지는 진술인이 알 수 없으나, 이후에도 이병학, 〈증인A〉, 허형 등 계약 담당자들이 계속해서 수개월 동안 기갑노를 만나고 다녔으며, **2000년 가을경**에 기갑노와는 승계계약이 체결되었다고 하여 이병학 등 관련 직원들 모두가 **자축**하는 의미에서 김포시 내 식당에서 **회식**을 하였던 것으로 기억한다.

2009년 1월 21일 제6차 공판기일에서 〈증인C〉, 〈증인B〉에 대한 증인신문이 종료됨으로써 사실상 증거조사는 마감되었다. 피고인(증인A)의 변호인은 변론요지서까지 제출하였다. 그러나 변론은 종결되지 않고 다음 공판기일이 2009년 3월 4일로 지정되었다. 2월 법원 정기인사 이후다. 여섯 차례의 공판기일을 통하여 기을호, 〈증인C〉, 〈증인B〉 등 핵심 증인들에 대한 증거조사까지 마친 담당판사가 재판에서 손을 떼겠다는 것이다. 나는 서서히 불안해지기 시작했다.

〈증인C〉, 〈증인B〉의 증인신문 내용을 살펴보자.

〈증인C〉, 〈증인B〉의 증인신문 내용

가. 〈증인C〉의 증인신문 (2009. 1. 21)

〈증인C〉의 2009년 1월 21일 공판기일에서의 증언 내용은 다음과 같다.

검사의 주 신문에 대한 답변

1. 증인은 기을호를 2008. 4.에 처음 알게 되었다.

2. 증인은 기갑노를 모른다.

3. 기갑노 명의 부동산 매매계약서의 작성일자 '2000' 과 '경기도 김포시 고촌면 향산리 67, 261123-125315 기갑노' 라는 부분과, '농협 241084-56-002254' 는 2000년 초경 W공영 사무실에서 이병학 사장이 증인에게 불러주는 대로 계약서에 기재해달라고 해서 기재한 것이다.

4. 계약서에 도장을 날인하는 것은 본 적이 없다. 2008. 4. 4. 안천식 변호사 사무실에서 이병학 본인이 직접 도장을 꺼내서 날인했다고 진술했는데, 당시 착각하고 잘못 진술한 것이다.

5. 증인은 허걸이라는 사람의 계약서도 대필한 기억이 있다. 당시 2건의 계약서를 대필했다.

변호인 반대신문에 대한 답변

1. 증인이 2000년에 대필한 계약서가 사문서 위조이기 때문에 협조를 해주지 않으면 신상에 불이익이 갈 것이니 협조해달라고 해서, 2008. 4. 4. 기갑노의 아들 기을호와 안천식 변호사가 기갑노의 매매계약서와 허걸의 매매계약서를 보여주어 증인이 작성한 계약서라는 사실을 인지하게 되었다.

2. 안천식 변호사에게 작성해준 진술서는 증인의 말을 토대로 안천식 변호사가 타이핑을 한 것인데, **진술서 내용을 자세히 확인하지 않고** 날인한 것 같다.

3. 증인이 매매계약서에 기재한 후, 이병학이 기갑노를 몇 개월간 쫓아다녔는데 매매계약서에 날인을 해주지 않아서 애를 먹었다는 얘기를 많이 하였다. 이병학이 증인에게 대필해 달라고 해서 기갑노의 인적사항을 기재했기 때문에 관심이 있어서 기억하는 것이다.

4. 2000년 여름이 지나서 이병학이 기갑노와 승계계약이 성사되었다고 하여 **이병학, 피고인, 허형, 매매계약자 몇 명이 김포시내에서 회식을 하였다.**

5. 2008. 3.경 기을호가 이 건에 대하여 협조를 해주면 증인이 평생 먹고 살 수 있게 보장해주겠다고 했고, 안천식 변호사는 협조해주지 않으면 신상에 불이익이 있을 것이라고 하였다.

6. 안천식 변호사 사무실에는 진술서에 도장을 찍어준 후 두 번 더 갔다.

7. 증인은 2008. 12. 18.자 진술서를 〈증인B〉에게 작성해준 사실이 있다. 이는 **2008. 7.경 〈증인B〉를 만나고 나서 집에 돌아와 보관 중이던 진술서 사본을 보니 일부 사실과 다른 부분이 기억났기 때문이다.**

8. 증인은 방배경찰서에서는 안천식 변호사에게 작성해준 진술서 내용대로 진술하였다. 증인이 안천식 변호사에게 작성해준 진술서는

증인의 필체가 맞는지만 집중적으로 보았기 때문에 별 생각 없이 날인하였다.

재판장 직권신문에 대한 답변

1. 증인은 **안천식 변호사에게 이병학이 도장 찍는 것을 본 것 같다는 말을 하지 않았다.** 증인은 그런 말을 안 했는데 그 내용을 자세히 못 읽고 도장을 찍었다.

2. 방배경찰서에서 이병학이 도장 찍는 것을 본 것 같다고 진술한 것은, 당시에는 기억이 잘 나지 않아서 그렇게 진술한 것이다.

3. **증인은 안천식 변호사에게 이병학이 기갑노의 막도장을 찍은 것 같다는 말을 하지 않았다. 그런데 안천식 변호사가 임의로 그 내용을 타이핑했고,** 그 내용을 증인이 확인하지 못하고 진술서에 도장을 찍었던 것이다.

4. 그 무렵 방배경찰서에서 조사받을 때에는 이병학이 기갑노의 도장을 찍었다고 진술하였는데, 이는 정확히 기억나지 않아서 진술서대로 진술한 것이다.

변호인의 반대신문에 대한 답변

1. 방배경찰서에는 혼자 갔다. 그 전에 안천식 변호사가 진술서 대로 일관되게 진술해달라는 얘기는 했다.

2. 증인은 당시 다른 사람의 인적사항을 기재한 것도 위법이고, 날인까지 하는 것은 범법자라고 생각하였다.

재판장 직권신문에 대한 답변

문 : 증인이 말한 대로 남의 도장을 대신 찍는다는 것은 중대한 일이고 그런 것을 알고 있는 증인이, 이병학이 날인했다는 내용이 있는 진술서에 서명해주고 방배경찰서에서도 그렇게 진술했는데, 안천

식 변호사가 압박을 했다거나 기억이 안 난다고 하기에는 설명이 안 되는데, 어떤가요?

답 : 이병학이 도장을 찍었다는 부분을 **향산리 주민동의서에 찍은 것과 착각하고 그렇게 진술했습니다.**

검사의 재 주신문에 대한 답변

1. 문 : 증인은 기갑노를 모른다고 했는데, 2000년경 여름이 지나서 기갑노와의 계약이 성사되었다고 피고인, 이병학 등이 회식을 한 것을 아는 것인가요?

   답 : **이병학이 기갑노가 승계계약서에 날인했기 때문에 자축하는 의미에서 회식을 하게 됐다는 말을 했습니다.**

2. 증인이 안천식 변호사 사무실에 가서 이 사건에 관하여 얘기를 나눌 때 **인장에 대한 얘기가 오간 것은 사실이다.**

3. 당시 도장을 찍지 않았느냐고 표현한 것 같다.

4. **안천식 변호사가 증인이 진술하지 않은 내용을 허위로 작성한 것은 아니다.** 당시 이병학이 향산리 주민의 막도장을 가지고 다니면서 찍었기 때문에 착각하고 진술한 것 같다.

5. 당시 이병학이 주민동의서 작성을 위해서 향산리 주민들의 막도장을 가지고 있었던 것은 맞다.

6. 안천식 변호사 사무실에서 계약서를 보면서 얘기가 오갔고, **증인은 안천식 변호사에게 "당시 인장은 이병학이 가지고 있던 막도장을 날인한 것으로 기억한다"라고 진술한 것도 사실이다.**

7. 그런데 지금 생각해보니까 기억을 잘못하고 착각해서 진술하였다.

변호인의 재 반대신문에 대한 답변

1. 안천식 변호사에게 준 진술서에 이병학이 도장 날인한 것을 보았다

는 내용이 기재되어 있는 것은 **2008. 6. 말경에 〈증인B〉와 전화 통화를 하고 알게 되었다.**

2. 〈증인B〉는 지난번에 작성한 진술서(2008. 4. 4.자)가 잘못되었으니 다른 내용의 진술서를 작성해달라는 말을 한 적 없고, **증인이 먼저 작성해주겠다고 하였다.**

3. 2008. 7.경에 바로 작성해준 것이 아니고 진술서를 작성해달라고 했는데도 작성해주지 않다가 2008. 12.에 가서야 작성해주었다.

설명 : 〈증인C〉는 처음 검사의 주 신문에서 이병학이 기을호의 막도장을 날인하였다는 진술은 **"착각"**에 의한 것이라고 하였다. 그런데 그 후 변호인의 반대신문에서는 **"진술서 내용을 자세히 확인하지 않고 날인"**하였다고 했다. 그 다음 재판장 직권신문에서는 **"도장 관련 진술은 아예 하지도 않았는데 안천식 변호사가 임의로 기재한 것이다"**라고 하였다. 그리고 검사의 재 주신문에서 **"안천식 변호사에게 인장은 이병학이 가지고 있던 막도장을 날인한 것으로 기억한다고 말한 것은 사실이다"**라고 하였다. 그 외에도 앞뒤가 전혀 맞지 않는 진술이 무수히 많았다.

나. 〈증인B〉의 증인신문 [2009. 1. 21.]

2009년 1월 21일 공판기일에서 〈증인B〉의 증인신문 내용은 다음과 같다.

변호인 주 신문에 대한 답변

1. H건설은 1999. 11.경 D건설산업으로부터 토지주들에 대한 매매계
   약을 양수한 사실이 있었고, 기갑노 소유의 이 사건 토지도 D건설
   로부터 인수한 토지에 포함되어 있었다. 토지매수 용역작업은 Y종
   합건설에서 맡아서 하였다.

2. **기갑노는 2000. 3.경 계약 대행사인 Y종합건설(대표이사 김정한)을
   통해서 이 사건 토지에 대해 H건설 측과 승계계약을 체결하였으니
   이 사건 토지 잔금 983,000,000원을 지급해달라고 H건설에게 요청**
   하였다.

3. 당시 기갑노는 계약서를 먼저 작성하지 않고, **유일하게 돈을 먼저
   가지고 오라고 하였다.**

4. 당시 H건설은 승계계약 및 이전등기 등과 동시에 위 잔금을 지불
   하려고 내부적으로 지불승인 및 수표인출까지 하였으나, 지상물 철
   거 등 잔금 지불 전 이행사항이 완료되지 못하여 결국 지불되지 않
   았다.

5. 증인은 이 사건 계약서의 인적사항은 이병학이 기재한 것으로 알고
   있었는데, 2008. 3.경 방배경찰서에서 조사를 받으면서 〈증인C〉가
   기재했고, 그에 관한 진술서까지 제출되었다는 사실을 조사관으로
   부터 들었다.

6. 증인은 〈증인C〉를 수소문하여 2008. 7. 초경에 만났다. **당시 진술
   서 내용을 듣고 잘못된 부분을 항의하자** 그때 가서 인정하는 부분이
   많이 있었다.

7. Y종합건설이 H건설에 제공한 승계계약서 중에 잘못된 것이 있었
   고, 확인이 되어 없었던 일로 한 것이 있다.

검사 반대신문에 대한 답변

1. 증인은 지금도 H건설 김포사업 추진팀장이고 직위는 차장이다.

2. D건설로부터 승계한 24건의 부동산 계약은 모두 1999. 11. 24.자로 맞추었다.

3. 매매계약서에는 막도장을 찍고 소유권이전 할 때 인감도장을 찍는데, 인감도장도 막도장을 사용하는 분도 있다. 기갑노도 추인계약이고 이병학이 아들 친구이기 때문에 중요하게 생각하지 않았던 것 같다.

4. 용역회사에서 계약서를 가지고 오면 형식상 미심쩍은 부분이 있을 경우 지주에게 직접적이든 간접적이든 확인하는 절차를 거친다.

5. **기갑노의 경우는 증인이 직접 확인하지는 않았지만** 이병학과 피고인 등 담당자로부터 들었고, **세입자들에게 정황을 확인해보았더니 실제 명도협의가 이루어지고 있고, 돈을 달라는 연락이 여러 차례 왔기 때문에** 당시에는 계약된 것으로 믿을 수밖에 없었다.

판사 직권신문에 대한 답변

1. 문 : 매매계약서에 기갑노의 인적사항을 다른 사람이 기재하고 막도장이 찍혀 있는데, 이런 경우에 H건설에서는 계약이 문제없이 잘된 것으로 판단하나요?

   답 : **계약 전에 하자가 있을 경우에 Y종합건설에서 책임을 지도록 되어 있었기 때문에 계약서에 하자가 생기는 일은 쉽게 하지 못했을 것입니다.**

2. 문 : 매매계약서 작성 이후에 기갑노가 돈을 달라고 요구하였나요?

   답 : **피고인이나 이병학을 통해서 계약서에 찍어줬는데 돈을 주지 않느냐고 했다고 들었고, 세입자 관계도 확인했기 때문에 잔금을 빨리 지급해야 할 이유가 없었습니다.**

3. 기갑노로부터 직접 들었는지 정확히 기억나지 않지만 회의석상에
   서 진행현황을 체크할 때마다 Y종합건설 측 담당자들이 기갑노는
   돈을 줘야 한다는 말을 했다.

4. 문 : 기갑노의 인적사항을 Y종합건설 측 직원이 기재하고 막도장을
      찍어서 기갑노의 의사가 확인된 것으로 처리하는 것이 그 당시
      에는 문제가 없는 것이었나요?

   답 : 당시 D건설에서 이 사건과 같이 계약한 건이 여러 건이 있었
      는데, D건설로부터 한꺼번에 승계계약한 것이기 때문에 계약
      한 사실을 부인하지 않았습니다.

5. 문 : 기갑노가 끝까지 작성해주지 않고 돈부터 가져오라고 하는 분
      쟁이 일어나고 있는 상황에서도 그렇게 말할 수 있나요?

   답 : 대부분의 토지들은 모두 해결이 되었습니다. 그 당시에는 **하
      자가 생기는 것 자체를 Y종합건설에서 책임지기로 했기 때문
      에 깊이 관여하지 않고 Y종합건설에서 해온 것을 믿을 수밖에
      없었습니다.**

설명 : 〈증인B〉는 변호인의 주 신문에서 또다시 "**2000년 3월경에
기갑노가 H건설과 승계계약이 체결되었다는 이유로 잔금을 청구**"하였
다고 한다. 그러면 Y종합건설이 2000년 7월 28일자로 기갑노에게 보
낸 통고서는 무엇인가. 또 2000년 9~10월경에 계약이 체결되었다는
〈증인A〉의 증언은 무엇인가.

〈증인B〉는 검사의 반대신문에서 "기갑노의 경우 계약체결 사실을
직접 확인하지 않았다"고 하였다. 그렇다면 승계계약이 체결되었다고

하면서 잔금을 청구하였다는 말은 또 무엇인가. 이는 계약체결 사실과 무관한 것인가.

판사 직권신문에서는 "세입자 관계도 확인했기 때문에 잔금을 빨리 지급해야 할 이유가 없다"고 하였다. 과연 그럴까. 이 점에 대하여는 뒤에서 살펴보기로 하자.

공판갱신 후 진행사항

법원의 정기인사 이후 공판 절차가 갱신되고 2009년 3월 6일 제7회 공판기일에 3명의 증인이 모두 출석하였으나, 웬일인지 증인 최기철에 대해서만 증인신문을 실시하고, 나머지 2명의 증인에 대해서는 다음 기일로 증인신문을 연기하였다. 최기철과 다음 기일에 진행하는 2명의 증인신문에서 검찰의 반대신문도, 재판장의 추가신문도 없었다.

증인 최기철의 증언 내용만 간단히 보자.

변호인 주 신문

1. 증인은 M건설 주식회사의 전 대표이사이고, 위 회사는 아파트 건립사업 등을 시행하는 회사이다.

2. 2002. 12. 16. M건설, H건설, D산업주식회사는 3사간 김포시 고촌면 향산리 7-1번지 일대 94,000평에 대한 주택건설을 공동사업하기로 약정한 사실이 있다.

3. 위 공동사업 약정상 토지매입 업무는 M건설이 담당하기로 하였고, 그 후 증인은 지주들을 만나서 앞으로 증인이 토지매입을 하게 되었다는 내용을 설명하고 협조를 부탁하였다. 당시 증인이 찾아간 지주도 있었고 증인을 찾아온 지주도 있었다.

4. 지주들 중에는 기갑노도 포함되어 있었는데 **기갑노에게는 위와 같은 말을 한 적이 없고,** 2003. 3. 7. 다른 토지 46평을 살 때 딱 한 번 보았다.

5. **당시 기갑노는 자신의 땅을 D건설에 팔았는데 돈을 주지 않는다고 하여서** 증인이 "앞으로 여기는 증인이 H건설에서 인수하여서 사업을 하게 되었습니다. 증인이 돈을 드리겠습니다"라고 하니까 기갑노는 사업을 잘해서 돈을 달라고 하였다.

6. 증인은 M건설이 이 사건 사업을 더 이상 추진하기가 어렵게 되자 2005. 2.경 H건설 담당자 〈증인B〉를 만나 기을호에 대한 매매대금을 증액해주어 원만히 합의해줄 것을 요청한 사실이 있다.

2009년 3월 27일 제8차 공판기일이 진행되었다. 〈증인A〉는 이때까지도 위증죄의 공소사실을 전면 부인하고 있었다.

피고인 신문 및 변론 요지

2009년 4월 24일 제9회 공판기일에서의 피고인 신문을 끝으로 변론이 종결되었다.

〈증인A〉는 마지막 공판기일에서야 계좌번호와 관련한 증언에 대한 위증을 인정하였다. 나머지 인장 부분에 대하여는 끝까지 위증혐의를 부인하였다. 당시 피고인 〈증인A〉의 신문 내용은 다음과 같다.

1. 공소사실 중 이병학이 이 사건 계약서에 기갑노가 불러주는 계좌번호를 기재하는 것을 보았다는 증언 부분이 사실이 아니라는 점은 인정하나, 나머지 부분, 즉 당시 이병학이 위 매매계약서에 기갑노가 건네주는 도장을 날인하는 것을 보았다는 증언 부분은 진실이다.

2-1. 이병학이 기갑노의 집에 갈 때는 피고인이나 허형 등이 동행했는데, **이는 그 전에 이병학이 Y종합건설에 제출한 허창의 매매계약서에 대해 말썽이 있었기 때문에** 그 후 Y종합건설 측이 이병학 혼자서 계약한 것은 인정 안 하겠다고 했기 때문이다.

-2. 허창의 매매계약서는 이병학이 Y종합건설에 제출하여 Y종합건설이 이를 H건설에게 넘겼는데, 그 후 허창이 Y종합건설 사무실로 찾아와 계약체결 사실을 부인하였다.

-3. 당시 Y종합건설로서는 허창의 매매계약서의 진위를 판단할 수는 없었지만, 위 계약서를 넘겨받은 H건설이 그 후 여러 매매계약자를 상대로 처분금지 가처분을 하면서 허창에 대해서도 가처분을 하였다가 결국 본안소송은 제기치 않은 것으로 알고 있다.

3. 기갑노의 집은 대문 양쪽에 창고 같은 사랑채가 있고, 대문을 통해 마당에 들어서면 본채 현관 입구에 계단이 몇 개 있었고, 현관 안쪽이 바로 마루인데, 마루 왼쪽 안방이 있고, 그 뒤에는 부엌이 있었고, 마루 오른편에도 방이 1~2개 있는 것으로 보였다.

4. 그날 마루에 세 사람이 앉아 이병학이 매매계약서를 꺼내놓자 기갑
   노는 **대금을 좀 올려줄 수 없느냐고 잠깐 이야기하더니** 선선히 안방
   으로 들어가 **도장**과 **예금통장**을 가지고 나왔다.

5. 당시 이병학이 통장 계좌번호를 계약서에 기재하였는지에 대해서
   사실 피고인은 정확한 기억이 없다.

6. 계약서 작성이 끝나 피고인은 "**곧 통장으로 돈이 들어갈 겁니다**"라
   고 얘기한 후 기갑노의 집을 나왔다.

7. **위 계약체결 후 기갑노가 Y종합건설 사무실로 두 차례 찾아와 피고
   인에게 왜 돈이 안 나오느냐고 물어, 피고인은 "본사(H건설)에 서류
   를 넘겼으니 곧 돈이 나올 겁니다"라고 하였다.**

8. 그런데 나중에 알고 보니, 위 돈은 2000. 3.경에 이미 나와서 H건설
   영업부에 보관 중이었는데, 이 사건 토지상에 지장물 5채의 철거가
   안 되어서 지급이 안 되었다고 들었다.

9. 2006. 7. 25.자 증언 시, 상대 변호사가 당시 계좌번호도 적었느냐고
   묻기에 피고인은 이 사건 당시 기갑노가 안방에서 통장을 들고 나
   왔던 것은 확실하고, 사실 정확한 기억은 없지만 이병학이 그걸 볼
   당시 손에 볼펜을 들고 계약서에 무언가 적는 것 같았던 기억이 있
   기에, "계좌번호도 당시 이병학이 통장을 보고 적은 것이다"라고
   증언하였던 것이다.

10. 피고인은 2008. 8. 27. 이 사건 제1차 공판기일에 공소사실을 모두
    부인하였으나, 이는 계약 당시 기갑노가 이병학에게 통장을 건네
    준 것은 분명 사실이고 피고인의 기억으로는 그때 이병학이 매매
    계약서에 무언가를 적는 것으로 생각되었기 때문이다.

11. 지금 생각해보면, 당시 이병학이 매매계약서에 적혀 있는 계좌번
호를 기갑노로부터 넘겨받은 통장과 대조하면서 볼펜으로 계좌번
호 기재 부분을 확인하며 짚어나간 것을 피고인이 잘못 본 것이
아닌가 추측되나, 사실 이 부분에 대하여는 정확한 기억이 없다.

12. 피고인은 위 계약 당시 이병학에게 용역을 의뢰한 입장에서 이병
학이 진정 토지 소유자와 계약하는 것이 사실인지 확인하기 위하
여 계약 장소에 갔기 때문에 기갑노의 도장 날인 사실은 분명히
확인하였고, 이에 관하여 하등의 거짓증언할 이유가 없다.

여기서 두 가지만 살펴보자.

첫째, 2-1항에서 **"그 전에 이병학이 Y종합건설에 제출한 허창의 매
매계약서에 대해 말썽이 있었기 때문에"** 2000년 9~10월경 기갑노의 집
에 갈 때도 이병학 혼자서 가지 않고 피고인도 함께 갔다고 한다.

그런데 정작 허창의 매매계약서의 위조 여부가 문제된 것은 **2001년
4월 이후**의 일이었다. 이 사건 계약서가 작성되었다고 주장하는 2000
년 9~10월경에 허창은 그 명의의 부동산 매매계약서가 존재하는지조차
몰랐다. 즉 기갑노 및 허창의 부동산에는 2000년 12월 21일자로 H건
설 명의의 가처분이 이루어졌고, 허창은 2001년 4월 16일경에서야 등
기부 등본에 가처분된 사실을 발견하고 H건설에게 소 취하 통고서를
발송하였던 것이다.

그 후 허창은 법원 가처분 서류를 열람한 결과 자신 명의의 부동산

매매계약서가 위조된 것임을 알았고, 당시 H건설 대표이사를 사문서 위조 및 동 행사죄로 고소하기 위한 고소장을 작성한 것이다.

그런데 〈증인A〉는 **2000년 9~10월경**에 이 사건 계약서를 작성하게 된 현장에 입회하게 된 **동기**가, 2001년 4~5월경에서야 발견된 허창 명의의 위조된 매매계약서가 말썽이 있었기 때문이라고 하고 있다. **그렇다면 타임머신을 타고 2001년 4~5월을 미리 다녀왔다는 말인가.** 〈증인A〉는 사건 자체의 전후 관계를 전혀 모르면서, 또다시 거짓말을 만들고 있는 것이다.

둘째, 제6, 7, 8항에서 2000년 9~10월경 계약서 작성 후 피고인은 기갑노에게 "곧 통장으로 돈이 들어갈 겁니다"라고 말하였고, 며칠 뒤 Y종합건설을 두 차례 찾아온 기갑노에게 "H건설에 서류를 넘겼으니 곧 돈이 나올 겁니다"라고 하였다 한다.

그런데 뒤에서 보는 바와 같이, H건설은 2000년 5월경부터 급격한 유동성 위기에 직면하고 있었고, 이러한 H건설의 부실은 H그룹 전체 부실의 고리가 되던 시기였다. 좀 더 구체적으로 보면, H건설은 2000년 6월경 이미 현금이 바닥이 난 상태에서 모든 현장의 사업이 중단된 상태였으며, 같은 8월경부터는 보유하고 있는 각 계열사 지분을 전량 매각하는 방법으로 유동성 위기를 극복하고자 하던 시기였다.

금융감독원 공시자료에 의하면, H건설은 2000년 8월 29월경 **1,500만 원** 상당의 H강관 지분을, 2000년 10월 12경에는 **약 12억 원** 상당의 H강관 지분을, 같은 달 13일경에도 **약 2억 원**의 H강관 지분을, 같은 달 17일경에는 **120만 원** 상당의 H강관 지분을, 같은 달 19일경에는 **2,000만 원** 상당의 지분까지 매각하면서까지 현금을 마련하고 있었고, **그럼에도 결국 2000년 10월 31일 제1차 부도를 맞은 시기였던 것이다.**

이와 같은 극심한 금융위기 상황에서, H건설이 기갑노와 부동산 매매계약을 체결하고 약 10억 원의 잔금을 곧 지급하겠다고 하였다는 것이다. 게다가 이를 **축하**하기 위하여 W공영, Y종합건설, H건설 관계자들이 시내 음식점에서 **회식(증인C)**까지 하였다는 것이다.

변호인과 〈증인A〉, 〈증인C〉는 그렇게 빤한 거짓말로 법원을 기망하고 있었고, 법원은 알면서도 모른 척 이를 묵인하고 있는 것이다.

판결의 선고

2009년 5월 22일 판결이 선고되었고, 내용은 다음과 같다.

주문
"피고인을 벌금 500만 원에 처한다."

범죄 사실
피고인은 2006년 7월 25일 오후 2시 40분경 서울 서초구 서초동에 있는 서울중앙지방법원 359호 법정에서 같은 법원 2005가합990**호 소송의 증인으로 출석하여 선서한 다음 증언함에 있어, 사실은 이병학이 기갑노에게 찾아가 토지 매매계약서에 기갑노가 불러주는 계좌번호를 기재하는 것을 본 사실이 없음에도 불구하고, '2000년 9~10월 사이에 기갑노가 집에 이병학과 함께 찾아가 이병학의 사무실에서 기갑노의 이름과 주소, 주민등록번호를 미리 기재하여 가지고 온 토지 매매계약서에 **이병학은 기갑노가 불러주는 계좌번호를 기재하였고, 피고인은 옆에서 이를 모두 지켜보았다**' 고 기억에 반하는 허위진술을 하여 위증하고, 2006년 11월 28일 같은 장소에서 같은 사건의 증인으로 출석하여 선서한 다음 증언함에 있어 위와 같이 취지의 기억에 반하는 허위의 진술을 하여 위증하였다.

무죄 부분

공소사실의 요지 및 피고인의 주장

이 부분 공소사실의 요지는 "피고인은 2006년 7월 25일 오후 2시 40분경 서울 서초구 서초동에 있는 서울중앙지방법원 359호 법정에서 같은 법원 2005가합990**호 소송의 증인으로 출석하여 선서한 다음 증언함에 있어, 사실은 이병학이 기갑노에게 찾아가 토지 매매계약서에 기갑노가 건네주는 도장을 날인하는 것을 본 사실이 없음에도 불구하고, '2000년 9~10월 사이에 기갑노의 집에 이병학과 함께 찾아가 이병학의 사무실에서 기갑노의 이름과 주소, 주민등록번호를 미리 기재하여 가지고 온 토지 매매계약서에 **이병학은 기갑노가 건네주는 도장을 날인하였고, 피고인은 옆에서 이를 모두 지켜보았다**' 고 기억에 반한 허위의 진술을 하여 위증하고, 2006년 11월 28일 같은 장소에서 같은 사건의 증인으로 출석하여 선서한 다음 증언함에 있어 위와 같이 취지의 기억에 반하는 허위의 진술을 하여 위증하였다”라는 것이고, 이에 대하여 피고인은 이 법정에 이르기까지 **일관되게** 기갑노의 집에 이병학과 함께 찾아가 이병학이 이 사건 매매계약서에 기갑노로부터 건네받은 도장을 날인하는 것을 보았다고 주장하면서 위 공소사실을 부인하고 있다.

판단

(1) 이 부분 공소사실에 부합하는 듯한 증거들 중, 2008년 4월 4일자 〈증인C〉의 진술서는 2008년 12월 18일자 인증서 및 제6회 공판 조서 중 〈증인C〉의 진술기재에 비추어 이를 선뜻 유죄의 근거로 삼기 어렵고, 다음으로 고소장, 기을호의 경찰진술 조서 및 제4회 공판 조서 중 증인 기을호의 일부 진술기재 등은 그 내용 취지가 ‘기갑노는 계약서 등을 작성할 때에는 반드시 인감도장을 사용하였는데 이 사건 매매계약서에 날인된 인장은 막도장으로 기갑노가 평소 사용하던 것이 아니고, 위조된 인장이 날인된 이 사건 매매계약서는 위조된 것이다’라는 것으로, 이는 기을호의 주장 내용일 뿐이어서 역시 선뜻 유죄의 근거로 삼기 어렵다.

(2) 한편, 제출된 증거들에 의하면 이 사건 매매계약서에 매매대금의 입금 계좌로 기재된 농협 계좌는 1997년 9월 1일 D건설로부터 계약금 및 1차 중도금 2억 9,490만 원이 송금된 뒤 1997년 9월 24일 해지되

어 폐쇄된 계좌로서 〈증인C〉가 2000년 초 이병학이 불러주는 대로 이 사건 매매계약서에 미리 위 계좌번호를 기재해두었던 사실, 기갑노의 옆집에 사는 허창 소유의 김포시 고촌면 향산리 61-2 외 6필지 토지를 매수한 D건설로부터 위 각 토지에 관한 매수인의 지위를 승계하였음을 이유로 H건설주식회사가 이에 관한 계약서 및 영수증을 첨부하여 부동산 처분금지 가처분 신청을 하여 2000년 12월 20일 서울지방법원 2000카합353*호로 위 각 토지에 관하여 부동산 처분금지 가처분 결정이 내려졌으나, 허창이 2001년 4월 17일경 위와 같은 H건설 주식회사의 지위 승계를 승낙한 바 없고 위 계약서 등은 위조된 것이라고 주장하면서 H건설 주식회사에 소 취하를 요구한 후, H건설 주식회사가 법원의 제소명령에도 불구하고 소를 제기하지 않아 2001년 8월 13일 서울지방법원 2001카합153*호로 위 부동산 처분금지 가처분 결정이 취소된 사실은 인정되나, 이러한 사정들만을 가지고는 기갑노의 도장과 관련한 피고인의 위 진술이 피고인의 기억에 반하는 허위의 진술이라고 단정하여 이 부분 공소사실을 유죄로 인정하기에는 부족하다(**또한, 이 사건 매매계약서에 〈증인C〉가 미리 계좌번호를 기재하였음에도, 피고인이 위에서 본 바와 같이 '이병학은 기갑노가 불러주는 계좌번호를 기재하였고 피고인은 옆에서 이를 지켜보았다' 라는 취지로 기억에 반하는 허위의 진술을 한 바 있다고 하더라도, 이를 가지고 바로 피고인의 도장 관련 위 증언도 피고인의 기억에 반하는 허위의 진술이라고 단정할 수는 없다**).

판결의 비판

재판이란 누구를 위한 것인가. 법관은 공소사실에 대하여 피고인이 죄가 있는지 여부에 대한 실체진실을 밝혀야 할 어떠한 책무도 없다는 것인가. 오로지 '의심스러울 때는 피고인의 이익으로' 라는 형사소송법상의 원칙만을 고수하면 정의와 인권을 담보할 수 있다는 것인가. 만일 재판이 정의와 인권을 담보할 수 없다면 우리는 왜 재판을 통해 최종적인 판단을 받는 것일까. 법관이 너무 무책임한 것은 아닌가.

법관은 공소사실에 대하여 얼마나 확신하여야 유죄를 선고할 수 있을까. 법률 교과서에는 "합리적인 의심을 배제할 수 있는 고도의 개연성이 있는 확신의 정도", 즉 "십중팔구는 그러할 것이라는 고도의 개연성"이 있는 경우에는 유죄를 선고할 수 있다고 밝히고 있다.

따라서 비록 공소사실에 대한 상당한 개연성이 있을지라도, 위와 같은 확신에 이르지 못할 때에는 "의심스러울 때는 피고인의 이익으로"라는 형사소송법의 대원칙에 따라 무죄를 선고하여야 한다는 것이다. 이것은 법관은 사건의 실체에서 가장 멀리 떨어져 있는 자로서 오판으로 인한 억울한 형사 피해자를 최소화하여야 한다는 인권의식에 바탕을 둔 역사적인 합의의 소산일 것이다. 결국 공소사실에 대해 상당한 개연성이 있는 피고인에게 무죄를 선고하는 것은 실체적 진실, 즉 정의롭지는 못할지라도 좋은 판결일 수가 있다는 것이다.

그렇다면, 〈증인A〉의 '인장 관련 진술'에 대해 무죄를 선고한 위 판결은 비록 정의롭지는 못하더라도 좋은 판결일 수 있을까? 나는 결코 동의할 수 없다. 이유는 다음과 같다.

가. 절차적, 제도적 측면의 불합리성이다

위 사건은 검찰이 세 차례나 불기소 처분을 한 것이었고, 서울고등법원이 재정신청을 인용하여 기소된 사건이다. 즉 검찰의 의지에 반하여 기소된 사건이었다. 검찰은 〈증인A〉와 H건설에게 일방적으로 유리한 진술을 하는 〈증인C〉에 대한 증인신문 이후로, 피고인(증인A)의 위증혐의에 대한 유죄를 입증하기 위해 어떠한 노력도 하지 않았다. 법정에서 기껏 한 말이라고는, 공판기일 말미에 재판장의 "검찰은 더 할 게 있나요?"라는 말에 "없습니다"라고 한 한마디뿐이었다. 그렇게 공판기일은 아홉 차례나 진행되었다.

검찰뿐만 아니라 재판부의 석명요청도 없었다. 보다 못한 나는 '의견요청서'라는 형식으로 사건의 진상을 재판부에 알렸으나, 재판부는 오히려 의견요청서를 참작하지 않겠다고 하였다.

2009년 1월 21일 〈증인C〉, 〈증인B〉에 대한 증인신문은 증거조사의 핵심이었고, 이로써 공판 일정은 사실상 모두 진행되었던 것이다. 변호인도 변론요지서까지 제출하였다. 변론을 종결하고 선고를 해도 된다는 것이다. 그런데도 재판부는 다음 기일을 법관 정기인사 이후인 2009년 3월 초경으로 지정하였다. 핵심적인 증거조사를 모두 마친 법관이 재판에서 스스로 물러나겠다는 것이다. 이는 아무래도 자연스러워 보이지 않는다.

결국 유죄를 입증하여야 할 검찰은 입증 활동에 관심이 없었고, 핵심적 증거조사를 통해 유무죄에 대한 선명한 인상을 가진 재판부는 그 판단을 다음 법관에게 의도적으로 인계하였다는 인상을 지울 수가 없다. 피고인을 위해 선임된 소위 잘나가는 부장판사 출신 2명의 변호사가 사실상 재판을 좌지우지하였다는 인상을 지울 수 없고, 결과도 그러하였다.

나. 실체적 측면에서 부당함이다

판결서에서 무죄를 선고한 이유는 다음과 같다.

① 〈증인C〉의 2008년 4월 4일자 진술서에서 "이병학이 가지고 있던 기갑노의 막도장을 이 사건 계약서에 날인하였다"는 진술 부분은 〈증인C〉의 2008년 12월 18일자 인증서 및 제6회 공판 조서 중 〈증인C〉의 진술기재에 비추어 선뜻 유죄의 근거로 삼기 어렵다.

② 기을호의 고소장, 경찰진술 조서, 제4회 공판 조서 중 기을호의 진술은 그 내용의 취지가 '기갑노는 계약서 등을 작성할 때에는 반드시 인감도장을 사용하였는데, 이 사건 매매계약서에 날인된 인장은 막도장으로 기갑노가 평소 사용하던 것이 아니고, 위조된 인장이 날인된 것이다'라는 것으로, 이는 기을호의 주장 내용일 뿐이어서 역시 선뜻 유죄의 근거로 삼기 어렵다.

③ 매매계약서에 기재된 농협 계좌번호는 1997년 9월 24일 예금계약이 해지되어 폐쇄된 계좌번호인 사실, H건설은 기갑노의 옆집에 사는 허창 소유의 부동산에 대한 매매계약서를 D건설로부터 승계하였다고 하면서 그 부동산에 처분금지 가처분까지 하였으나, 허창이 이를 부인하고 소 취하를 요구하자 H건설이 이를 취소해준 사실은 인정된다. 그러나 이러한 사정들만 가지고는 기갑노의 도장과 관련된 피고인이 진술이 허위진술이라고 단정하여 공소사실을 유죄로 인정하기에는 부족하다.

④ 이 사건 매매계약서에 〈증인C〉가 미리 계좌번호를 기재하였음에도, 피고인이 '이병학은 기갑노가 불러주는 계좌번호를 기재하였고 피고인은 옆에서 이를 지켜보았다'는 취지로 기억에 반하는 허위의 진술을 한 바 있다고 하더라도, 이를 가지고 바로 피고인의 도장 관련 증언도 피고인의 기억에 반하는 허위 증언이라고 단정할 수는 없다.

첫째, 〈증인C〉는 제6회 공판기일에서 2008년 4월 4일자 진술서를 자신의 의사에 의하여 작성하였음을 인정하였다. 따라서 위 진술서는 증거능력이 인정되는 것이다. 그렇다면 증명력이 있는지 보자.

〈증인C〉는 약 8개월이 지난 2008년 12월 18일경 이에 반하는 진술서를 작성하여 H건설에 제출했다.

2009년 1월 21일, 제6회 공판기일에서는 ① '안천식 변호사의 협박과 기을호가 평생 먹을 것을 주겠다고 회유하여 진술서를 작성해주었다'고 하였다. ② '안천식 변호사에게 이병학이 도장 찍는 것을 보았다는 말을 하지도 않았는데, 진술서에 임의로 기재하였고, 그 내용을 자세히 읽지 못하고 작성해준 것이다'라고 하였다. ③ '방배경찰서에서도 기억이 잘 나지 않아서 그렇게 진술한 것이다'라고 하였다.

그런데 같은 공판기일에서 〈증인C〉는 ④ '안천식 변호사에게 이병학이 도장을 찍은 것 같다는 말을 한 것은 사실이다'라고 전혀 상반된 증언을 하였다. ⑤ '안천식 변호사가 증인이 진술하지 아니한 내용을 허위로 작성한 것은 아니다'라는 사실도 인정했다. ⑥ '당시 인장은 이병학이 가지고 있던 막도장을 날인한 것으로 기억한다고 안천식 변호사에게 말한 것도 사실이다'라는 사실도 인정하였다.

즉 진실만을 말하겠다고 선서까지 한 〈증인C〉가, 의도적으로 〈증인A〉(피고인)와 H건설에 유리한 거짓말을 하고 있음을 스스로 자인했다. 또한 〈증인C〉는 2008년 4월 4일자 진술서를 작성하기까지 기을호를 한 번도 만난 사실이 없었다. 그런데 평생 먹을 것을 보장하겠다는 회유 때문에 진술서를 작성했다는 증언은 신빙성이 있다는 것인가.

이러한 〈증인C〉의 전후 모순된 진술을 근거로, 〈증인C〉가 2008년 4월 4일자로 자발적으로 작성하였음을 인정한 진술서의 증명력을 배척할 수 있다는 말인가.

대법원 1985. 6. 25. 선고 85도801 판결에 의하면, **"사람이 경험한 사실에 대한 기억은 시일이 경과함에 따라 흐려질 수는 있을지언정 처음보다 명료해진다는 것은 이례에 속하는 것이고,** 경찰에서 처음 진술할 시 내용을 잘 모른다고 진술한 사람이 후에 검찰 및 법정에서 그 진술을 번복함에는 그에 관한 충분한 설명이 있어야 하고, **그 진술을 번복하는 이유에 관한 납득할 만한 설명이 없다면 그 진술은 믿기 어려운 것이다**"라고 판시하고 있다(동지, 대법원 1993. 3. 9. 선고 92도2884 판결 참조).

그런데 〈증인C〉는 그 진술을 번복하면서도 납득할 만한 어떠한 설명도 이유도 없었고, 오히려 계속되는 거짓말만 있었을 뿐이다. 그런데도 이러한 〈증인C〉의 법정진술을 근거로 종전 진술서의 증명력을 모두 배척하는 재판부의 판단이 과연 옳다고 할 수 있다는 말인가.

둘째, 재판부는 기을호의 고소장, 경찰 진술 조서, 법정증언 내용은 단지 '기갑노는 계약서를 작성할 때 인감도장을 사용한다. 그런데 이 사건 계약서에 날인된 것은 인감도장이 아니다'라는 단순한 주장일 뿐이므로, 이를 근거로 이 사건 계약서가 위조되었다고 단정할 수 없다고 한다.

또한 매매계약서에 기재된 농협 계좌번호는 1997년 9월 24일 예금계약이 해지되어 폐쇄된 계좌번호인 사실, 이 사건 매매계약서의 계좌번호는 〈증인C〉가 W공영 사무실에서 기재한 것임에도 불구하고, "이병학은 기갑노가 불러주는 계좌번호를 현장에서 기재하였고 피고인은 옆에서 이를 지켜보았다"라고 거짓증언한 사실, 이 사건 계약서와 동일한 필체로 기재되고 동일한 형태의 한글 막도장이 날인되고, 동일하게 1997년경 예금계약이 해지되어 폐쇄된 계좌번호가 기재된 허창 명의의 부동산 매매계약서에 대하여 H건설에서 그 위조 사실을 인정하였다는 점도, 이 사건 계약서가 위조되었다는 증거로 부족하다고 판단하고 있다.

그렇다면 어떻게 해야 이 사건 계약서가 기갑노의 의사에 따라 작성되지 않았다는 사실, 즉 도장 관련 〈증인A〉의 진술이 거짓이라는 사실을 인정할 수 있다는 말인가.

결국, 이 사건 계약서를 위조하는 현장 동영상을 촬영해오지 않는 한 이를 인정할 수 없다는 말이다. 즉 100% 정확한 증거자료를 제출하지 않는 한, 절대로 유죄를 인정하지 않겠다는 것이다. 유죄의 확신 정도가 이렇듯 엄격하였던가. 그렇지 않다고 생각한다. 다른 사건이었다면 백 번 유죄로 선고하였을 것이다. 최소한 나는 그렇게 생각한다.

다. 양형의 부당함이다

위 재판부는 피고인 〈증인A〉의 위증에 대하여 벌금 500만 원을 선고하였다. 벌금형 선택의 이유로 ① 전과가 없는 점 ② 고령인 점 ③ 무죄 부분 관련 피고인의 증언이 위 민사소송에 더 핵심적인 부분이었던 점을 감안하였다고 적고 있다. 이 사건을 돌아보자.

첫째, 피고인 〈증인A〉의 행위자 특성을 살펴보자.

〈증인A〉는 제1회 공판기일부터 제8회 공판기일까지 범죄사실 자체를 모두 부인하였다. 너무도 객관적이고 분명한 계좌번호 관련 거짓진술에 대해서도 완강하게 공소사실을 부인하였다. 반성의 기미는 전혀 없었다. 마치 무언가 믿는 구석이 있다는 태도였다. 피해자에게 미안함도 표시하지 않았다. 오히려 피해자를 무고죄로 고소까지 하였다. 마지막 9회 공판기일에서야 거짓진술임이 명백한 계좌번호 기재 진술에 대하여만 공소사실을 인정했다.

고령의 나이(65세)라면 그만큼 시대의 어른으로서 성숙하게 행동하여야 한다. 최소한 법정에서 선서까지 하고 명백한 거짓말을 해서는 안 된다. 양형기준에 고령의 나이를 정상참작 사유로 규정하고 있지도 않다. 무엇보다도 공소사실 자체를 전혀 인정하지 않고 반성의 기미가 전혀 없었다. 판결선고 시에도 판사에게 할 말이 있다고 하였다. 형사처벌 전력이 없고, 단지 고령이라는 이유만으로 벌금형이라는 관대한 처벌을 할 수 있는 사안이었는가.

둘째, 유죄로 인정된 범죄 행위의 특성을 보자.

대법원 양형위원회는 2009년 4월 24일경 사회적으로 중요한 8개의 범죄유형에 대하여 양형기준을 발표하였고, 그중에는 위증죄와 무고죄가 포함되어 있었다. 그만큼 위증죄와 무고죄는 헌법상 사법질서의 근간을 무너뜨리는 중요한 범죄행위라는 것이다.

〈증인A〉는 같은 심급에서 변론기일을 달리하여 두 번씩이나 거짓증언을 하였다. 그것도 모자라서 피해자(기을호)를 무고죄로 고소까지 하면서 자신의 범죄를 은폐하려고 하였다. 비록 위증 선고기일까지 검찰은 무고죄 관련 기록을 병합기소하지 않았지만, 나는 관련 자료는 모두 재판부에 제출하였다. **즉 죄질이 아주 나쁘다.** 행위 자체로 이미 가중사유가 포함되어 있었다. 그런데 결과는 벌금 500만 원이다.

셋째, 판결이유에서는 무죄 부분 관련 피고인의 증언이 위 민사소송에 더 핵심적인 부분이었던 점을 감안하였다고 한다. 이는 도무지 이해할 수가 없다. 그렇다면 유죄로 선고된 부분은 민사소송에서 전혀 핵심적이지 않다는 말인가. 자유심증의 이름으로 억지로 무죄 부분을 만들어서 양형으로 참작한 것은 아닌가. 왜 형사법원이 민사사건의 증명력을 미리 판단하여 주는 것인가.

유죄로 확정된 〈증인A〉의 거짓진술만을 보자. 〈증인A〉는 각기 다른 변론기일에서 두 번씩이나 반복적으로 적극 가담하여 거짓증언을 하였다. 특히 기갑노의 **농협 241084-56-002254 계좌번호는 기갑노가 2007년 9월 24일자로 예금계약을 해지하고 폐쇄한 계좌번호**였음이 밝혀진 뒤인 2006년 11월 28일 제7회 변론기일에서는 10여 차례나 거짓진술을 하였다.

① 증인으로서는 남의 통장이 해지가 되었는지 전혀 알 수가 없고 보통 사람이면 남의 통장번호를 알 수가 없다.

② 기갑노가 **불러주는 대로 이병학이 적는 것을 봤다는 것은 틀림이 없다.**

③ 증인이나 이병학은 승계작업을 하면서 승계대상표만을 받아서 이

를 토대로 다시 매도인들과 매매대금 등 매매조건을 협상하였고, 이 표에는 계좌번호가 없다.

④ 이병학이 기갑노의 통장 계좌번호를 임의로 기재한다는 것은 있을 수 없는 일일뿐 아니라, **증인이 참여한 가운데 망인이 불러주는 통장번호를 기재했기 때문에** 이병학이 임의로 기재했다는 것도 사실일 수 없다.

⑤ 계약서 중간의 계좌번호는 실명제 때문에 직접 불러주어야 하고, 이 사건 계약서 작성 **당시 기갑노로부터 직접 듣고 이병학이 기재하였다는 진술은 사실이다.**

⑥ **증인은 기자 출신으로서 그것만은 정확하고 잘못 생각한 것이 없다.**

⑦ 남의 계좌번호를 현장에서 알 수 있는 방법은 전혀 없다.

⑧ 증인이 틀림없이 증언하는 것은, 기갑노의 집을 이병학과 둘이 찾아가서 이 사건 계약서를 기갑노의 앞에서 작성하고 도장을 찍었다는 것이다.

⑨ **계약서에 적힌 농협 계좌번호는 이병학이 제일 먼저 물어보고 받아적은 것이 틀림없다.**

⑩ 증인으로서는 왜 해지된 계좌번호가 적혀 있는지에 대해서는 알 수 없다. **저희로서는 불러주는 대로 적으니까 다른 것은 없다.**

민사재판부도 이 사건 계약서에 기재된 **농협 241084-56-002254 계좌번호는 기갑노가 2007년 9월 24일자로 예금계약을 해지하고 폐쇄한 계좌번호**였다는 사실을 발견하고, 종전에 〈증인A〉가 한 증언의 증명력을 의심하였다. 그래서 이미 진술한 〈증인A〉를 다시 증인으로 소환하였다. 재판부가 직권으로 소환한 것이었다. 그런데 증인으로 출석한 〈증인A〉는 분명한 어조로 약 10여 차례나 다시 거짓증언을 하였다. 재판부는 이러한 〈증인A〉의 거짓증언을 믿었던 것이다. 그래서 판결이유에 '**이 사건 계약 당시 75세의 고령으로서 병석에 누워 있던 기갑노가 착오로 폐쇄된 계좌번호를 불러줄 가능성도 존재(한다)**'라는 지극히 비현실적인 이유까지 기재하면서 〈증인A〉의 증언을 근거로 계약서의 진정성립을 인정하였던 것이다.

그런데 〈증인A〉의 위와 같은 증언은 모두 거짓이었다. 즉 기갑노가 불러주는 대로 이병학이 적는 것을 본 것이 틀림이 없다는 진술도, 승계대상표만을 받아서 매도인들과 매매대금 등 매매조건을 협상하였다는 진술도, 증인이 참여한 가운데 기갑노가 불러주는 통장번호를 기재했기 때문에 이병학이 임의로 기재했다는 것은 사실일 수 없다는 진술도, 당시 기갑노로부터 직접 듣고 이병학이 기재한 것은 사실이라는 진술도, **기자 출신으로서 그것만은 정확하고 잘못 생각한 것이 없다는 진술도**, 남의 계좌번호를 현장에서 알 수 있는 방법은 전혀 없다는 진술도, **저희로서는 불러주는 대로 적으니까 다른 것은 없다는 진술도 모두 거짓이었다.**

결과적으로 '**이 사건 계약 당시 75세의 고령으로서 병석에 누워 있던 기갑노가 착오로 폐쇄된 계좌번호를 불러줄 가능성**'이 있다고 판단한 제1, 2심 법원의 판단은 오판이었던 것이다. 〈증인A〉의 거짓말 때문에 오판을 한 것이었다.

담당재판부가 〈증인A〉의 거짓증언임을 알았다면 그 판결이유에서 "이 사건 계약 당시 75세의 고령으로서 병석에 누워 있던 기갑노가 착오로 폐쇄된 계좌번호를 불러줄 가능성"까지 언급하면서 이 사건 계약서의 진정성립을 인정해주지 않았을 것이라는 점은 너무도 자명한 사실이다.

그런데 이와 같은 〈증인A〉의 거짓증언이 사건에서 아무런 의미도 없는 진술이었다는 말인가. 민사 재판부가 〈증인A〉를 직권으로 재소환하고, 양측 변호사 및 재판장이 증인신문을 진행한 행위들이 모두 쓸데없는 짓이었단 말인가. 이 모두가 공연히 〈증인A〉를 괴롭히기 위한 것이었단 말인가.

이러한 모든 사정을 배제한 채, 오로지 무죄 부분이 존재한다는 이유만이 벌금형을 선고할 정도의 양형참작 사유였단 말인가. 도무지 이해할 수 없다.

넷째, 무엇보다도 위증죄에 대하여 벌금형을 선택한 것을 어떻게 합리적으로 설명할 수 있다는 말인가.

2009년 4월 24일자로 발표된 양형기준표에도 위증죄에는 아예 벌금형을 선택하는 기준조차 제시하지 않고 있다. 법정에서 증인으로 선서하고 다른 변론기일에서 두 번씩이나 반복하여 거짓증언을 하였고, 그로 인하여 피해자가 패소하였을 개연성이 농후한 사안이었다. 속된 말로 벌금 500만 원을 납부하고 법정에서 마음대로 거짓말을 하여 사건을 미궁에 빠뜨려도 된다는 말인가.

위증 행위는 그 자체로 판결의 적정성과 위신을 손상시키는 행위다.

실체진실을 밝히려는 사법부에 대한 도전행위이고 법치주의를 파괴·왜곡시키는 행위이다. 이것은 변론기일을 달리하여 10여 차례나 거짓 증언을 반복한 사안이었다. 어떻게 벌금형을 선택할 수 있다는 말인가.

라. 판결 이후 검찰의 태도도 기가 막힌다

나는 위증 형사판결의 무죄 판단과 양형의 부당함을 지적하면서 검찰에 항소를 요청하였다. 서면으로 항소요청서까지 제출하면서, 제1심 공판 과정에서 〈증인C〉의 2008년 4월 18일자 진술 조서도 증거로 제출하지 아니한 점, 증인 허창을 소환하지도 아니한 점 등을 보강하기 위해서라도 항소를 해야 한다고 하였다.

그런데 공판검사의 다음과 같은 답변에 기가 막힐 지경이 되었다.

"에…… 재정신청 사건이라서 그런 것은 아니고, 항소하더라도 무죄 부분이 번복될 가능성이 전혀 없어 보이고, 형량도 매우 적절하다고 판단되어 항소를 하지 않는 것으로 하였으니 그렇게 알고 계시지요."

결국 검찰은 항소를 하지 않았고, 판결은 그대로 확정되었다. 재정신청 사건의 공소유지를 검찰이 담당함으로써 발생하는 문제점들은, 이미 다른 사건을 통해서도 수없이 지적되었다. 그러나 아무런 입법 개선이 이루어지지 않고 있다. 기관 이기주의에만 매몰되어 국민의 기본권 보장은 아예 관심조차도 없는 것이다. 그래도 대한민국은 잘 돌아가는 것처럼 보인다. 그 구석구석에서 오열하고 있는 서민들의 모습은 보이지도 않는 것이다.

8장

1차 재심청구
(서울고등 2009재나37**호)

"18번째 소송"

재심소송(서울고등법원 2009재나37✽✽호)의 제기

제1심 증인인 〈증인A〉의 위증 확정판결이 선고됨에 따라, 나는 기을호의 동의를 얻어 2009년 6월 4일 서울고등법원에 재심소장을 접수하는 동시에, 그동안 관련자들을 접촉하여 확보한 증거자료를 추가로 제출하였다.

또한 〈증인A〉의 위증 형사사건(서울중앙지법 2008고단37✽✽호)에 증인으로 출석한 〈증인C〉, 〈증인B〉와 허창을 증인으로 신청하였다.

2009년 9월 16일 제1차 변론기일에서, 담당재판장은 허창을 증인으로 신청한 이유를 물었다. 나는 허창-H건설 명의의 계약서 위조 여부를 명확히 하기 위함이라고 하였다. 재판장은 H건설 소송대리인에게 허창 명의 계약서 위조 여부에 대한 석명을 촉구하였다. H건설 소송대리인은 **"허창 명의의 2000년 1월 7일자 계약서는 허창의 의사에 의하여 작성되지 않았다는 점은 인정한다"**고 하였다. 나는 위와 같은 취지를 변론조서에 기재하는 것으로 허창에 대한 증인신청은 철회하였다.

위 재심 절차에서 추가로 제출한 증거 및 증언 내용을 살펴보자.

재심(2009재나37**호) 이후 추가 제출된 증거의 정리

가. 〈증인A〉의 위증과 관련한 증거자료

① 2008년 4월 4일자 〈증인C〉의 진술서 : 이 사건 계약서는 이병학의 지시에 의하여 〈증인C〉가 작성했다는 취지의 진술서다.

② 국립과학수사연구소 필적감정서 : 이 사건 계약서에 기재된 글씨와 〈증인C〉의 글씨는 동일한 필적이라는 감정서다.

③ 재정결정서(서울고등 2008초재73**호) : 〈증인A〉를 위증 혐의로 기소하라는 결정서다.

④ 형사판결서(서울중앙 2008고단37**호) : "계약서 작성 시에 이병학은 기갑노가 불러주는 계좌번호를 현장에서 직접 기재하였고, 피고인은 옆에서 이를 모두 지켜보았다"는 〈증인A〉의 증언이 거짓증언이므로 벌금 500만 원을 선고한다는 판결서다.

⑤ 위증죄로 기소된 〈증인A〉의 수사 및 공판 기록(서울중앙 2008고단37**) : 증거 부족으로 무죄가 선고된 인장 관련 부분에 대한 〈증인A〉의 증언 및 형량이 부당하다는 점을 부각하기 위해

〈증인A〉의 위증죄 공판 기록 전체를 증거로 제출한 것이다.

나. 〈증인A〉가 2000년 2월경 위조한 다른 부동산 매매계약서 등

⑥ 향산리 주민 정일석 외 3인 명의의 2000년 2월 1일자 부동산 매매계약서 : 그 인적사항 난, 계좌번호 등에 기재된 글자는 〈증인A〉의 필체로 기재되어 있었다.

⑦ 위 정일석 외 3인에 대한 무통장 입금증 : H건설이 위 정일석 외 3인에게 토지대금을 송금하는 내용의 무통장 입금증이다.

⑧ 위 정일석 외 3인 소유 부동산 등기부 등본 : 2000년 7월 18일경 H건설이 위 정일석 외 3인 명의의 부동산 매매계약서를 근거로 각 부동산에 처분금지 가처분을 경료하였다는 등기부 등본이다. **2002년 5월 14일자로 H건설의 가처분이 모두 취하되었다.**

⑨ 정일석 외 3인의 최고서 : 2001년 7월 31일자로 정일석 외 3인이 H건설에게 **"귀사와 본인은 부동산 매매계약서를 작성한 일이 없다. 아무런 근거 없는 가처분을 해지하라"**는 내용증명 우편이다. 하단에 H건설의 2001년 8월 6일자 접수인이 날인되어 있다.

⑩ 정일석 외 3인 명의의 통고서 : 2001년 8월 31일경 위 정일석 외 3인이 H건설에게 **"귀사와는 매매계약을 체결한 사실이 전혀 없다. 매매계약서에 날인된 인장도 통고인의 인장이 아닐 뿐더러 귀사가 매매계약에 따른 계약금을 입금하였다는 계좌는 통고인이 개설한 적이 없는 계좌다.**

'매매계약서가 작성된 경위, 매매계약서를 실질적으로 작성한 자, 매매계약서 매도인 난에 매도인 성명과 주소를 기재하고 인장을 날인한 사람이 누구인지, 매도인 명의의 인장의 출처, 매매계약에 관하여 통고인의 의사를 확인한 사실이 있는지, 귀사가 송금한 예금계좌에 대한 자료는 누구로부터 받은 것인지'에 대하여 2001년 9월 15일까지 답변해주기 바란다"는 내용의 통고서다. 하단에 H건설의 2001년 9월 4일자 접수인이 날인되어 있다.

증거 설명 : 나는 허창 명의의 계약서와 기갑노의 계약서가 위조되었다면, 또 다른 위조된 계약서도 분명히 존재할 것이라고 생각했다. 이에 토지 매매계약과 관련된 향산리 주민들을 일일이 찾아다니기 시작하였고, 그 결과 2001년경에 계약서 위조로 크게 논란이 되었던 정일석, 권이숙, 김세준, 임네선 등 4명의 사건을 알게 되었다.

당사자들을 만났으나 H건설에게 불이익을 받게 되는 것이 두렵다면서 매우 소극적이었다. 다른 여러 경로를 통하여 증거를 수집하고 알아본 결과 당시의 사정은 이러하였다.

이병학, 〈증인A〉는 2000년경 고촌농협 직원인 박무호에게 토지보상금 약 100억 원을 예금으로 유치해주겠다고 하면서, 향산리 주민 정일석, 권이숙, 김세준, 임네선의 동의를 받았다고 속여 위 4인 명의의 차명계좌의 개설을 요청하였고, 박무호는 이에 협조하였다(박무호의 진술서도 증거로 제출되었다).

〈증인A〉, 이병학은 가지고 있던 막도장을 이용하여 위 정일석 외

3인 명의의 부동산 매매계약서를 위조 작성하고 계좌번호 난에 차명계좌번호를 기재하여 이를 H건설에게 교부하였다. H건설은 위 부동산 매매계약서에 기재된 정일석 외 3인 명의의 차명계좌로 매매대금을 입금하고, 2000년 7월경 위 부동산 매매계약서를 근거로 정일석 외 3인 명의 부동산에 처분금지 가처분을 하였다.

2001년 6월경 이병학이 갑자기 사망하면서 매매계약서 위조사건이 온 마을을 뒤덮었다. 정일석 외 3인도 그즈음 자신들의 부동산 등기부에 H건설의 가처분이 경료된 것을 발견하였다. 이에 깜짝 놀라, 2001년 7월 31일자 최고서와 같은 해 8월 31일 통고서를 H건설에게 발송하면서, 위조된 부동산 매매계약서에 의한 가처분을 취소해줄 것을 요청하였던 것이다. 그 뒤 각 부동산에 경료된 처분금지 가처분은 모두 취소되었다.

나는 향산리 주민들, 박무호, 다른 관련자들과의 면담을 통해 이러한 사실을 알게 되었고, 관련 증거자료를 확보할 수 있었다. 그런데 정작 내가 가장 주목했던 부분은 정일석 외 3인 명의의 부동산 매매계약서에 기재된 계좌번호, 인적사항 등이 쓰여진 글씨의 필체였다. **모두 〈증인A〉의 글씨로 기재되었다는 점은 육안으로도 확연하게 알 수 있었다.**

〈증인A〉는 이미 2000년경부터 이병학과 함께 위 정일석 외 3인의 부동산 매매계약서, 차명계좌 등을 위조하는 데 깊숙이 개입되었다는 것을 의미하는 것이다. H건설은 이러한 사실을 모두 알고 있으면서도 〈증인A〉를 증인으로 신청하여 거짓진술을 하도록 했던 것이다.

다. 그 외 계약서의 진정성립을 부인하는 증거자료

⑪ 향산리 주민들의 사실확인서 : 2000년경 H건설과 부동산 매매 계약을 체결하고 중도금과 잔금을 지급받은 후 지상물 철거 등 은 H건설에서 모두 처리하였다는 취지의 사실확인서다.

⑫ 〈증인C〉의 진술조서 : 〈증인C〉의 2008년 4월 18일자 방배경찰 서 진술조서다. 〈증인C〉는 기갑노 명의의 이 사건 계약서를 2000년 1월경에 W공영 사무실에서 직접 작성하였고, 당시 이병 학이 가지고 있던 기갑노의 막도장을 날인하였다는 내용이다.

⑬ 〈증인C〉와 안천식 변호사의 2008년 9월경의 대화 녹취록 : 2009 년 10월 14일자 변론기일(2009재나37**호 사건) 법정에서 〈증인 C〉 증언의 진실성을 탄핵하기 위하여 제출한 녹취록이다. 〈증인 C〉는 "2008년 9월경에 안천식 변호사를 찾아온 사실, 2008년 4 월 4일자 진술서를 작성한 경위(진짜 정의를 위하여, 어쩌면 거 짓말 치는 사람이 오히려 큰소리치는 사회를 어떻게 좀 해볼까 하는 심정에서), 돈 200만 원을 차용해줄 것을 요청한 사실, 2008 년 4월 4일자 진술서는 진실을 밝히기 위해 작성하였다고 한 사 실, 전날 미리 전화를 하고 찾아온 사실" 등의 내용이 기록되어 있다. 〈증인C〉는 2009년 10월 14일 변론기일에서 위 녹취록과 정반대의 거짓증언을 하였다.

증거 설명 : 〈증인C〉가 위 재심소송 2009년 10월 14일 변론기일

에서, "안천식 변호사의 협박과 기을호의 회유에 의하여 오로지 돈을 받을 목적으로 진술서를 작성해준 것이다. 안천식 변호사를 마지막으로 만난 것은 2008년 6월경이고 그 후 7월경에 H건설 〈증인B〉를 만났다. 〈증인B〉를 만난 후에는 안천식 변호사를 찾아간 사실이 없다. 안천식 변호사에게 돈을 차용해 달라는 부탁을 하지 않았다"는 등의 법정진술을 했다.

나는 〈증인C〉가 마지막으로 찾아왔던 날의 대화 녹취록을 법정에서 증거로 제출하면서, 〈증인C〉는 H건설을 위하여 너무도 명백한 거짓진술을 하고 있으므로, 변론기일에서 〈증인C〉의 진술은 증명력 자체가 없다고 주장하였던 것이다.

⑭ 허창에 대한 2000년 7월 28일자 통고서 : Y종합건설이 허창에게 발송한, "귀하는 H건설과의 승계계약을 인정해주지 아니함에 토지수용을 하려고 한다"는 내용의 2000년 7월 28일자 통고서다. Y종합건설은 위 일자에 **허창과 기갑노에게** 동일한 내용의 통고서를 발송하였다.

증거 설명 : H건설은 2009년 10월 21일자 준비서면에서, Y종합건설은 2000년 7월 28일자로 **기갑노**에게 "귀하의 비협조로 사업에 막대한 지장이 있어 향후 토지수용권을 발동하려 한다"는 내용증명 우편을 발송하였고, 이는 〈증인C〉의 2000년 1월경 이병학이 기갑노의 막도장을 날인하는 것을 보았다는 진술이 절대적으로 사실이 아님을 반증하

는 증거라고 주장하였다. 즉 2000년 1월경에 이병학이 기갑노의 막도장을 날인하였다면 그 후 Y종합건설이 2000년 7월 28일자 내용증명 우편을 발송할 리가 없다는 논리였다(〈증인B〉는 〈증인C〉의 진술을 번복시키는 과정에서도 이러한 논리를 근거로 따졌다고 진술하였다).

이에 나는 다시 증거를 수집하였고, **Y종합건설이 2000년 7월 28일자로 허창에게 보낸 동일한 내용의 내용증명 우편 통고서를** 반대 증거로 제출하였다. 즉 2000년 1월 7일자 허창의 매매계약서가 위조되었음은 H건설도 인정하고 있는데, Y종합건설이 위 7월 28일자 통고서를 기갑노뿐만 아니라 허창에게도 동일하게 보냈다는 사실은, 결국 허창의 계약서와 함께 기갑노의 계약서도 위조되었을 개연성이 농후하다는 것을 의미하는 것이다. 이후 H건설은 이러한 주장을 하지 않았다.

재심 변론기일에서의 증언 내용

가. 〈증인C〉의 증언 내용

2009년 10월 14일 〈증인C〉에 대한 증인신문이 이루어졌다. 증인신문이 시작되기 전까지 〈증인C〉는 마치 모범답안을 외우듯이 증인신문 사항에 빽빽하게 기재된 답변 내용을 법정 방청석에서 열심히 암기하고 있었다. 증언 내용은 다음과 같다.

기을호 측 주 신문에 대한 답변

1. 2008. 3. 20.경 안천식 변호사가 전화로 기갑노 명의의 부동산 매매
   계약서와 관련하여 방문을 요청하였다.

2. 증인은 꼭 갈 필요성을 느끼지 못하였으나, 안 변호사가 신변의 불
   이익이 생기겠다고 하고, 기을호가 협조해주면 평생 먹고 살 만한
   돈을 해주겠다고 하여 방문하였다.

3. 증인은 안 변호사가 열람시켜준 서류들을 모두 검토한 뒤, 이 사건
   매매계약서에 기재된 필체가 증인의 필체임을 확인하였다.

4. 2008. 4. 4.자 진술서는 당시 증인의 말을 토대로 안천식 변호사가
   타이핑을 하고, 다시 증인이 재차 확인한 후 날인하였으며, 증인이
   직접 공증인가 법률사무소에 가서 인증하였다.

5. 안천식 변호사는 2008. 4.경 증인에게 사문서 위조로 고소를 당할
   수 있다고 하였고, 기을호는 이 건에 대하여 협조만 해준다면 평생
   먹고 살 수 있게 해주겠다고 회유하였다.

6. 기을호의 회유는 2008. 3. 30.경 안천식 변호사와 통화가 끝난 직후
   바로 '평생 먹고 살 수 있게 해줄 테니까 협조해달라'고 하였다.

7. 증인은 기을호의 얼굴은 보지 못하였고 목소리도 그날 처음 들었다.

8. **증인은 기을호의 그런 말에 속아서 협조해준 것이다.**

9. 증인은 2008. 6.경에 안천식 변호사 사무실을 방문한 적이 있고,
   2008. 8~9.경에는 방문하지 않았다.

10. 증인이 2008. 6.경 안천식 변호사를 마지막으로 찾아간 것은, **기을
    호가 증인에게 제의한 것에 대하여 얼마를 받을 수 있는지 확인하
    려는 차원에서 기대심으로 가보았던 것이다. 증인은 안천식 변호사
    에게 돈을 차용해달라는 이야기는 하지 않았다.**

11. **기을호가 얼마를 지급하겠다고 금액은 이야기하지 않았으나 2~3 억 정도 되지 않을까 생각했고, 이를 확인차 안 변호사를 찾아간 것이다.**

12. 안천식 변호사를 마지막으로 찾아간 것은 마침 서울에 일이 있었기 때문에 겸사겸사 찾아간 것이지, **전날 미리 전화를 하지는 않았다.**

13. 증인은 기을호를 두 차례 만난 사실이 있는데, 2008. 4. 4.와 2008. 7~8.경이다.

14. 증인이 2008. 7~8.경에 기을호를 찾아간 것은, 안천식 변호사에게 찾아갔을 때 기을호에게 직접 이야기할 사항이지 대신 이야기해 줄 사항이 되지 않는다고 하였기 때문에, 증인이 당시 다니던 회사 사장님과 함께 확인차 찾아간 것이다.

15. 기을호는 협조를 해달라는 이야기만 하였고, 약정을 하지는 않았다.

16. 증인은 2008. 7.경 H건설의 〈증인B〉를 부천 다방에서 만났다.

17. 증인은 〈증인B〉에게, 기을호가 평생 먹을 것을 보장해주었다고 이야기하였고, 안천식 변호사가 고소를 하겠다고 하여 어쩔 수 없이 허위진술서를 작성해주었다고 이야기하였다.

18. 증인은 이병학 사장으로부터 군인 장교 출신 친구가 있다는 이야기를 들었고, 기을호의 아버지가 기갑노라는 이야기도 들었다.

19. **지난 형사 법정에서 기갑노를 전혀 모르는 사람이라고 한 것은, 이름만 알고 있지 직접 만난 사실은 전혀 없었다는 의미이다.**

20. **증인은 1999~2000년 당시 이병학이 주택개발 사업에 필요한 주민동의서 작성을 위하여 향산리 주민들의 막도장을 큰 비닐봉지에 넣고 다녔던 사실에 대하여는 기억이 없다.**

21. 지난 형사법정 증인신문 시 증인이 "당시 이병학은 주민동의서 작성을 위하여 향산리 주민들의 막도장을 가지고 있었다"라고 진술하였는데, 이는 잘못된 기억이다. **이병학이 도장을 가지고 다녔는지는 보지 못하였기 때문에 모른다.**

H건설 측 반대신문에 대한 답변

1. 2008. 4. 4. 안천식 변호사 사무실에가서 진술서를 작성할 당시에는, 안천식 변호사로부터 심리적인 압박을 받았고, 한편으로는 돈을 주겠다는 기을호의 제의가 있었기 때문에 협조를 해달라고 이야기한 것이 가슴에 와 닿았다. 그래서 그 당시에는 이병학 사장이 그 자리에서 도장을 찍었다고 진술서를 작성해주었는데, **지금에 와서 생각을 해보니까 그것은 사실이 아니다.** 왜냐하면 증인이 W공영에 있을 때 향산리 지주작업을 하면서 업무의 편의와 효율성을 위해서 계약서의 인적 사항은 미리 작성해 가는 경우가 상당히 많이 있었고, 영수증 자체도 그렇게 써 가는 경우가 있었다. 만약 당시에 이병학이 도장을 직접 찍었다면 기갑노의 계약을 위해서 수시로 기갑노를 찾아가서 애타게 계약을 해달라고 하지 않았을 것이고, 나중에 2000년 가을쯤 계약이 체결되었다면서 **자축**하는 의미의 **회식도** 하지 않았을 것이다. 그러므로 **처음에 진술서를 작성할 당시에는 잘못 생각했던 것뿐이고, 나중에 H건설 측에 그 진술이 잘못된 것이라는 이야기를 하였다.**

2. 증인이 〈증인B〉를 처음 만났을 때 안천식 변호사 사무실에 가서 인증서를 공증 받은 때의 내용과 방배경찰서 조사과에 가서 받았던 조서 내용에 대해서 물어보았는데, 〈증인B〉로부터 정황 설명을 듣**고 난 후 이병학이 W공영 사무실에서 날인을 한 것이 아님을 알게 되었다.** 그리고 이병학이 계약을 하기 위해 했던 수많은 노력과 시

간들로 비추어보아 그 당시에는 작성하지 않았고, 그 자리에서 날
인을 하였다면 사문서 위조가 되는 사항이다.

3. **이병학이 향산리 주민들의 도장을 가지고 다녔는지에 대해서는 모르고, 계약은 당사자간에 이루어지는 것으로 알고 있다.**

기을호 측 재주 신문에 대한 답변

1. 증인이 H건설에 작성해준 2008. 12. 18.자 진술서는 〈증인B〉가 어느 정도 초안을 만들어온 상태에서 증인이 작성하였다.

2. 증인이 형사 법정에서 증인으로 출석하였을 때, "당시 이병학이 주민동의서 작성을 위하여 향산리 주민들의 막도장을 가지고 있었던 것은 맞나요?"라는 검사의 질문에, 증인은 "예"라고 대답하였는데, 이는 잘못된 기억이다.

(2008. 9.경 안천식-〈증인C〉의 대화 녹취록 제시)

3. 문 : 증인은 위 녹취록 4페이지에서, "그러니까 어차피 진짜 정의를 위해서 올바른, 진짜 어떻게 보면 거짓말 치는 사람이 큰소리치는 사회잖아요. 그거를 어떻게 좀 제대로 해볼까 하는 그런 심정에서 이렇게 해 드렸던 부분인데"라고 하였고, 증인이 안천식 변호사에게 온 이유가 "200만 원을 빌려달라"고 하기 위한 것이라고 되어 있는데, 아닌가요?

   답 : 그런 기억은 없고, 기을호의 제안을 확인하기 위해서 안천식 변호사를 찾아갔던 것이고, 안천식 변호사도 서울에 올 일이 있거나 궁금한 사항이 있으면 항시 방문을 하라는 이야기를 했기 때문에 불쑥 찾아간 것입니다.

4. 문 : 녹취록 뒤 부분에는, "제가 어제 전화로도 말씀드릴 수도 있는 부분이지만, 예의도 아닌 것 같고 또 민감하고 그렇기 때문에

한번 이렇게 온 겁니다"라고 되어 있는데, 아닌가요?

답 : 그래서 증인이 전화를 하지 않고 불쑥 찾아간 것입니다.

H건설 재 반대신문에 대한 답변

1. 안천식 변호사가 제출한 녹취록에는 2008. 8. 20.이라고 되어 있으나, 증인이 안천식 변호사를 만난 것은 2008. 6.경이다.

2. 〈증인B〉를 만나서(2008. 7.) 진술서 내용이 사실과 다르다는 이야기를 한 후, 그 이후로는 안천식 변호사를 찾아간 사실이 없다.

재판장 직권신문에 대한 답변

1. **〈증인B〉를 만난 이후 안천식 변호사를 찾아간 적이 있다.** 조금 전에 찾아간 적이 없다고 한 것은 시점이 잘 기억나지 않아서다.

2. 문 : 녹취록에 보면 증인이 안천식 변호사에게 찾아가서 돈을 달라는 이야기를 한 것으로 되어 있는데, 사실인가요?

   답 : 그것이 아니라, **기을호가 제의한 금액이 얼마나 되는지 확인하기 위해서 간 것이다.**

3. 당시 W공영 사무실에는 증인과 이병학만 있었고, 증인이 기재한 것은 분명히 기갑노의 것과 허창의 것밖에는 없다.

4. 문 : 허창은 자신이 도장을 찍지 않았다고 하는데, 어떤가요?

   답 : 모르겠습니다.

5. 문 : 허창이 직접 찍지 않았다면, 이병학의 관여 없이 도장이 찍힐 수는 없지요?

   답 : 그것은 증인이 알 수 없는 부분입니다.

6. 증인이 안천식 변호사 사무실에 가서 진술서를 작성할 때, 계좌번호를 증인이 기재하였다는 것은 이병학이 증인에게 글씨를 쓰게 한 것으로 글씨체가 맞기 때문에 사실대로 진술서에 기재한 것이고,

이병학이 도장을 찍었다는 부분은 사실이 아니지만 기을호가 돈을 준다고 하였기 때문에 진술서를 써준 것이다.

7. 증인이 진술서를 쓴 목적은 오로지 돈을 받기 위한 것이었다.

8. 증인은 안천식 변호사가 기을호에게 직접 이야기하라고 하여 기을호를 찾아갔는데, 금액에 대하여는 이야기하지 않았고, 기을호가 보장해주겠다는 금액이 얼마이고, 시기는 언제인지 노골적으로 물어보았다.

9. 기을호는 정확한 답변을 하지 않았고, 협조를 해주면 은혜를 잊지 않겠다고 하였다.

10. **안천식 변호사에게 간 것은 〈증인B〉를 만나기 전에 최종적으로 간 것이다.**

11. 안천식 변호사 사무실에 2008. 6.에 가서 돈 이야기를 하였더니 기을호에게 가서 이야기를 하라고 하였고, 2008. 7.경에 〈증인B〉를 만난 것이다.

12. **이병학이 도장을 날인한 것이 사실이 아니라는 것은 〈증인B〉를 만나기 전부터 알고 있었다.**

13. 안천식 변호사의 사무실에서 진술서를 작성해줄 때, 이병학이 도장을 찍었다는 부분은 사실이 아닌 것을 알았지만 기을호가 돈을 준다고 하기에 도장을 찍어준 것이다.

14. **〈증인B〉를 처음 만났을 때 이병학이 도장을 찍어준 것은 사실이 아니라는 이야기를 모두 하였다.**

15. 증인은 2008. 7. 〈증인B〉를 **처음 만난 자리에서** 〈증인B〉에게, 기을호가 증인에게 평생 먹고 살 수 있는 만큼의 돈을 주겠다는 이야기를 하였다고 알려주었다.

16. 증인이 기을호에게 〈증인B〉를 만났다고 하였더니, 기을호는 "H

건설놈들 하는 일이 만날 그렇고, 사기만 치려고 그런다"라고 하였다.

17. 증인은 기을호에게 돈을 언제까지 얼마를 줄 것인지에 대해서 확답을 들으려고 간 것인데, 기을호가 대답을 회피했기 때문에 〈증인B〉에게 2008. 12. 18.자 사실확인서를 작성해준 것이다.

18. 증인은 기을호에게는 돈을 요구하였지만, H건설에게는 돈을 요구하지 않았다.

H건설 재재반대신문에 대한 답변

1.문 : 증인은 〈증인B〉를 처음 만났을 때 바로 진술서를 작성해주었나요?

답 : 아닙니다.

2. 문 : 〈증인B〉가 진술서를 써달라고 증인에게 이야기하였는데 **증인이 연락이 잘 안 되었고, 연락이 되어 만나도 〈증인B〉가 초안을 만들어 온 것을 증인이 자꾸 수정을 하였고,** 그러다가 2008. 12. 18.에서야 증인으로부터 진술서를 받았는데, 증인이 피고로부터 돈을 받을 수 있을까 해서 현대건설 측에 진술서를 작성해주지 않고 있었던 것인가요.

답 : 예, 증인은 평생을 먹고 살 수 있게 해주겠다는 피고의 말에 그랬던 것입니다.

나. 〈증인B〉의 증언 내용

같은 날 이루어진 H건설의 〈증인B〉에 대한 신문 내용 중 〈증인C〉의 진술과 관련되는 부분은 다음과 같다.

기을호 측 주 신문에 대한 답변

1. 증인은 2000. 3.경 회의 진행 중에, 기갑노가 유일하게 계약서를 먼저 작성하지 않고 **돈을 가지고 와야 계약서를 작성해준다는 이야기를 들었다.**

2. **증인은 2000. 3. 기갑노의 계약이 성립할 거라고, 협의완료되었다고 하여 잔금을 달라고 한 사실이 있는데**, 내용을 확인해보니까 세입자인지 점유자인지가 5채, 직접 거주하고 있는 건이 1채 있어서 지불을 하지 않았다.

3. 2000년경에는 원래 계약조건이 철거 후 명도한다는 것이었는데, 너무 가혹한 것 같아서 철거 상태만 되면 H건설이 대부분 철거하였다.

4. 문 : 부동산 매매계약서 제6조 후단을 보면, "을(H건설)은 일반 구조물 철거를 책임지고 철거한다"라고 되어 있는데 어떤가요?

   답 : 그 경우는 계약 상대방에 따라 약간씩 다릅니다. 그 당시 일반적인 생각은 철거가 가능하도록 비워주고 멸실 신고서나 구비 서류만 갖추어주고, 또 이전 서류를 갖추어주면 건설회사인 H건설이 직접 철거하였습니다.

5. 문 : 매수협의가 다 되었다고 하면서 2000. 3.경 잔금 지급을 요구해 왔다고 하였는데, 그렇다면 잔금 지급을 하면 그만 아닌가요?

   답 : 그러면 잔금이 나가고 난 뒤의 부담이 원고 측에 오기 때문에 그렇게 할 수는 없었습니다.

6. 문 : 잔금을 지급한 후에 나가지 않을까 걱정이 되어 잔금 지급을 하지 않았다는 것인가요?

   답 : **증인이 현장 확인을 해보니까 6채가 전혀 나갈 준비가 되어 있지 않고 명도할 기미가 보이지 않아서 지급하지 못하였습니다.**

7. 문 : 돈을 주면 나가지 않나요?

　답 : 얼마를 받기로 했다고 이야기하였다면 그 자리에서 같이 처리
　　　하는데, 그런 상황이 아니었습니다.

8. 문 : 매매대금에 대해 이견이 있어서 지급하지 못하였다는 것인
　　　가요?

　답 : 점유 상태가 해결이 되어 있지 않았기 때문에 잔금을 지불할
　　　필요가 없어서 지불하지 않은 것입니다. 당사자가 아니라 세
　　　입자들이 나가지 않고 버티고 있었습니다.

9. 문 : 승계계약을 하였다고 하는 D건설 계약서 제16조를 보면, "세
　　　입자 5가구는 매수자가 책임진다. 단, 이주비용은 잔금에서 지
　　　불한다"라고 되어 있는데, 어떤가요?

　답 : 위 토지매매 약정서는 기갑노와 D건설 사이의 계약입니다. **H
　　　건설 측에서는 그 내용을 알고 그대로 승계하지 않고 따로 만들
　　　어 별도의 계약서를 인정해달라고 하여 협의가 지연되었던 것
　　　입니다.**

10. H건설은 2008. 8. 29.경 세입자 5명을 상대로 인천지방법원 부천
　　　지원에, "각 건물을 철거하고 그 부지를 인도하라"는 취지의 소송
　　　을 제기하였다.

11. 문 : 세입자 중 소 외 이현택은 H건설이 제기한 소송에서 무변론
　　　패소를 당한 뒤, 안천식 변호사에게 나머지 절차를 부탁하고
　　　며칠 뒤 자살한 사실을 알고 있나요?

　답 : 자살하였다는 이야기는 듣고 조사를 해보았더니 이 사건으로
　　　인해서 자살한 것이 아니라, 집안에 여러 가지 복잡한 이유로
　　　괴롭게 있다가 자살한 것으로 알고 있습니다. 이 소송은 보상
　　　을 받기 위한 것이기 때문에 이 소송이 자살의 직접적인 원인

은 아닐 것으로 보고 있습니다.

12. H건설은 위 각 세입자들에게 건물보상금으로 6,000만 원씩을 각 지급하는 조건으로 사건을 마무리 지었다.

13. 증인은 이 사건 계약서가 이병학에 의하여 작성되었다는 사실도 **이병학의 사후에야** 비로소 알게 되었다.

14. 증인은 이 사건 계약서의 계좌번호 난이 이병학이 기재한 것이 아니라, 〈증인C〉에 의하여 기재된 사실도 2008. 7.경 〈증인C〉를 만나고 나서 알게 되었다.

15. 증인은 **변호사로부터, 〈증인C〉가 자기 글씨로 계약서를 작성하였다는 내용의 진술서를 제출하였다는 이야기를 듣고** 사실 확인 차원에서 〈증인C〉를 찾으려고 하였는데, 전혀 찾을 수도 없었고 연락도 되지 않았다. 그래서 〈증인C〉의 동생에게 부탁하여 〈증인C〉로부터 전화가 와서 만나게 되었다.

16. 증인이 〈증인C〉에게 시점이 맞지 않는다는 설명을 계속하였고, 〈증인A〉가 이야기하는 것과 전혀 맞지 않는다고 이야기하면서 도장을 찍는 것을 직접 보았느냐고 물어보았더니 굉장히 곤혹스러워하는 표정을 지었다.

2000. 7~8.경에 Y종합건설에서 계약을 빨리 해달라고 독촉하는 내용증명까지 기갑노에게 보냈는데, 그 전에 도장을 찍었다면 Y종합건설 측에서 내용증명을 보낼 리가 없다. 〈증인C〉는 굉장히 곤혹스러워하고 답변을 제대로 하지 않고, 증인을 상대하지 않으려고 하였다. **그래서 증인이 우리도 가만히 있지 않고 어떤 것이 정확한 것인지 밝히겠다고 하였다.**

17. **증인이 〈증인C〉를 처음 만났을 때 그로부터 '안천식 변호사가 협박을 하였고, 기을호가 회유를 하였다' 는 이야기는 전혀 듣지 못**

했다.

18. 증인은 그 후에도 〈증인A〉와 함께 〈증인C〉를 2~3번 정도 만났는데, 정확한 시점은 모른다.

19. 2008. 12. 18.자 사실확인서는 〈증인C〉가 직접 초안을 잡아서 작성하였다. 증인이 보기에 명확하지 않아서 도장을 찍지 않았다는 부분이 핵심이니까 그 부분을 정확하게 써달라고 하였다.

20. 증인은 2000. 2. 1.자 정일석, 권이숙, 김세준, 임네선 명의의 계약서가 위조되었다는 부분에 대하여, 박무호(농협 직원)가 사실인정을 하는 바람에 포기하였다.

21. 당시 증인은 위 정일석, 권이숙, 김세준, 임네선 명의의 매매계약서를 이병학, 〈증인A〉로부터 건네받았고, 계약이 원만히 진행된 것으로 알고 가처분을 하였다.

22. 그 후 박무호가 위조된 것이라고 자백하였고, 이 사람들이 말로만 한 것을 이렇게 도장을 찍어서 동의를 받아놓은 것이라는 사실을 알았다.

23. 〈증인A〉가 증인으로 서게 된 이유는, Y종합건설에서 아는 사람이 〈증인A〉밖에 없기 때문이다.

24. 증인은 2000. 3.경에 기을호를 만난 사실이 없다.

H건설 반대신문에 대한 답변

1. 증인은 〈증인C〉가 진술서를 써서 법정에 제출하였다고 하고, 또 〈증인C〉가 자신의 필체라고 인정하였다고 하기에 어떻게 알고 기을호를 찾아갔는지 궁금하였고, 이병학이 도장을 찍어주었다는 부분에 대해서 〈증인A〉로부터 들은 이야기와 상반되기 때문에 명확하게 하려고 만난 것이다.

〈증인C〉가 처음에는 자신이 써준 진술서가 사실이라고 계속 우기다가 증인이 집요하게 시점에 대해서 따지고 〈증인A〉가 이야기한 내용도 모두 이야기하니까 상당히 곤혹스러워하였고 답변을 회피하였다. 그래서 뭔가 있는 것 같기에 증인이 계속 추궁하였다.

2. 기갑노가 과거에 D건설과 작성했던 계약서와는 달리, H건설이 승계받은 조항은 지상물 철거 등에 관한 것이 **모두 매도인의 책임으로 되어 있다**(사실이 아니다. 지상물 철거는 매수인의 책임으로 되어 있었다).

재판장 직권신문에 대한 답변

1. 문 : 앞선 증언에서, 〈증인C〉가 도장을 찍어주었다는 부분은 사실대로 이야기하면서, 사실은 피고가 평생 먹고 살 만큼의 돈을 주겠다고 하여 그렇게 작성해준 것이라고 증인에게 이야기하였다고 증언하였는데, 그런 이야기를 들은 사실이 있나요.

   답 : H건설 측에 진술서(2008. 12. 18.자)를 써주고 한참 뒤에 들었습니다.

2. 〈증인C〉는 H건설에게 돈을 요구하지도 않았고, H건설 측에서도 그것을 해줄 만한 상황이 되지 않았다.

〈증인C〉, 〈증인B〉 증언의 정리

〈증인C〉의 증언 내용은 그 자체로 모순 덩어리였고, 거짓말을 하는 것이 뚜렷하게 나타났다. 정리하면 다음과 같다.

가. 진술서 작성 후의 행적에 대한 〈증인C〉의 증언

이 부분에 대한 〈증인C〉의 증언 내용은 다음과 같다.

"안천식 변호사를 마지막으로 찾아간 시점은 2008년 6월경으로서 기을호가 약속한 돈을 얼마나 받을 수 있는지 알아보기 위하여 찾아간 것이다. 그 뒤 2008년 7월경에 H건설 〈증인B〉를 만나기 시작하였다.

그리고 7~8월경에 기을호를 찾아간 것은 2008년 6월경 안천식 변호사를 만났을 때 돈 이야기는 기을호에게 직접 하라고 해서 찾아간 것이었다. 기을호를 찾아가서 H건설의 〈증인B〉가 찾아온 사실을 말하면서 돈을 요구하였다는 것이다. 안천식 변호사에게 돈을 차용해달라고 말한 사실은 없다."

그런데 이러한 진술들은 모두 거짓임이 곧 드러났다.

즉 나는 〈증인C〉가 마지막으로 찾아왔을 때의 대화 내용을 모두 녹음하였고, 녹취록에 의하면 〈증인C〉는 그 시점이 2008년 9월경이라고 진술하고 있다. 녹취록에는 8월경에 기을호를 두 차례 만난 사실도 나와 있고, 6월경에 H건설 〈증인B〉를 만난 사실도 나와 있다. 반면 녹취록에는 기을호가 약속한 돈을 얼마나 받을 수 있는지 알아보기 위해 찾아왔다는 내용은 전혀 없다. 오히려 지금 당장 너무 어려우니 돈 200만 원을 차용해줄 것을 요구하는 내용이 기록되어 있다.

결국 〈증인C〉의 증언 중, 2008년 6월경에 기을호가 약속한 것을 얼마나 받을 수 있는지 확인하기 위하여 안천식 변호사를 찾아갔고,

2008년 7월경 H건설의 〈증인B〉를 만난 뒤에는 안천식 변호사를 찾아간 사실이 없다는 증언은 모두 거짓임이 명백해졌다. 또한 2008년 6월경에 안천식 변호사가 돈 문제는 기을호와 직접 이야기하라고 하여 8월경에 기을호를 찾아갔다는 증언도 거짓임이 명백해졌다. 안천식 변호사에게 돈을 차용해달라는 요구를 하지 않았다는 증언도 거짓임이 명백해졌다.

즉 〈증인C〉는 H건설을 위하여 의도적으로 기을호가 돈을 주기로 약속하였고 이를 확인하기 위하여 안 변호사를 찾아갔다는 거짓증언을 하고 있음이 명백해진 것이다.

나. 2008년 4월 4일자 진술서 작성 당시 인장 관련 진술이 거짓임을 알고 있었는지 여부에 대한 〈증인C〉의 증언 내용

이 부분에 대한 〈증인C〉의 증언 내용은 다음과 같다.

"**2008. 4. 4. 안천식 변호사 사무실에서 진술서를 작성할 때, 이병학이 도장을 찍었다는 부분은 사실이 아니지만, 기을호가 돈을 준다고 하였기 때문에 거짓진술서를 써준 것이다.** 진술서를 써준 목적은 오로지 기을호가 돈을 준다고 하였기 때문이었다. 이병학이 도장을 날인한 것이 사실이 아니라는 것은 H건설 〈증인B〉를 만나기 전부터 알고 있었다.

2008. 3. 30.경 기을호가 전화로 협조해주면 평생 먹을 것을 보장해주겠다고 하였고, **기을호의 그 말에 속아서 거짓진술서를 작성해준 것이다.** 그날 기을호의 목소리를 처음 들었다."

　이러한 〈증인C〉의 증언이 사실일까? 조금만 살피면 모두 거짓임을 금방 알 수 있다.

　첫째, 〈증인C〉는 2008년 3월 30일 이전에 기을호를 한 번도 만난 사실이 없고, 대화를 나눈 적도 없다. 그날 처음으로 기을호의 전화를 받았다고 하였다. 그런데 전혀 모르는 누군가가 단 한 번의 전화 통화로 '협조해주면 평생 먹을 것을 보장해주겠다' 고 하였다고 이를 그대로 믿고 명백히 기억에 반하는 거짓진술서를 작성해줄 사람이 있다는 말인가.

　둘째, 〈증인C〉는 2008년 4월 18일경 방배경찰서 참고인 조사에서도 '이 사건 계약서의 도장은 이병학이 날인한 것이다' 라고 진술하였다. H건설의 〈증인B〉의 증언에 의하면, 2008년 7월경 〈증인C〉를 처음 만났을 때 자신이 작성한 진술서 내용이 맞다고 우겼고 〈증인B〉를 만나주려고도 하지 않았다고 하였다. 2008년 9월경 안천식 변호사를 찾아왔을 때에도 **"진짜 정의를 위해서, 올바른, 어떻게 보면 거짓말 치는 사람이 진짜 큰소리치는 사회를 어떻게 좀 해볼까 하는 그런 심정에서 이렇게 해드렸던 부분이다"** 라고 하였다.

　이러한 진술들에 의하면 앞서 살펴본 〈증인C〉 의 법정증언은 모두 거짓이다. 적어도 2008.4.4.자 진술서를 작성할 때는 협박이나 회유에 의하여 거짓진술임을 알면서 진술하였던 것은 전혀 아니다.

　법정에서 이와 같은 모순된 진술과 함께 종전 진술들을 부인하면 그만이란 말인가. 증인으로 출석하기 전에 H건설로부터 매수당하였을 가능성은 없다는 것인가. 그렇다면 종전의 일관된 진술을 번복하게 된 합리적인 설명을 어떻게 할 수 있단 말인가.

셋째, 〈증인C〉는 위 증언 과정 중 H건설 측 소송대리인의 반대신문에서, "2008년 4월 4일 안천식 변호사에게 진술서를 작성해줄 당시에는 이병학 사장이 도장을 찍었다고 진술하였는데, **지금에 와서 생각해보니 사실이 아니다**"라고 하였다. "진술서를 작성할 당시에는 **잘못 생각을 했던 것뿐**"이라고 하였다.

결국, "사실이 아니지만 기을호가 돈을 준다고 하였기 때문에 거짓 진술서를 써준 것이다", "진술서를 써준 목적은 오로지 기을호가 돈을 준다고 하였기 때문이었다"는 증언이 거짓임을 자인한 것이다.

그런데 〈증인C〉는 그 뒤 재판장 직권신문에서 또다시 "이병학이 도장을 찍었다는 부분은 사실이 아니지만 기을호가 돈을 준다고 하였기 때문에 진술서를 써준 것이다", "증인이 진술서를 쓴 목적은 오로지 돈을 받기 위한 것이었다"라고 반대취지의 증언을 하고 있다. 이러한 전후 모순된 〈증인C〉의 증언 중 어떤 부분을 믿어야 한다는 말인가.

다. 〈증인B〉를 처음 만났을 당시 진술서 내용이 거짓임을 이야기해주었는지 여부

이 부분에 대한 〈증인C〉의 증언은 다음과 같다.

"증인은 안천식 변호사를 만난 뒤인 2008. 7. 초경에 H건설 〈증인B〉를 만났다. 이 자리에서 증인은 〈증인B〉에게 기을호가 평생 먹을 것을 보장해주었다고 이야기하였고, 안천식 변호사가 고소를 하겠다고 하여 어쩔 수 없이 허위의 진술서를 작성해주었다고 이야기하였다."

첫째, 정작 H건설 〈증인B〉는 〈증인C〉를 처음 만났을 때 "안천식 변호사가 협박을 하였고 기을호가 회유하여 거짓진술서를 작성해주었다"는 내용을 전혀 들어보지 못하였다는 것이다. 오히려 〈증인C〉는 자신의 진술이 맞다고 우기면서 곤혹스러워 하였고, 만나주지도 않으려고 하였다는 것이다. 그 후에도 〈증인B〉는 〈증인A〉와 함께 〈증인C〉를 2~3차례 만나서 집요하게 따졌다고 하였다.

그런데 〈증인C〉는 처음 만났을 때 "안천식 변호사가 고소하겠다고 하였고 오로지 돈을 받기 위하여 거짓진술서를 작성해주었다"고 〈증인B〉에게 모두 말하였다고 하고 있다. 〈증인B〉가 집요하게 따졌다는 사실도 부인하고 있다. 누구의 증언이 진실인지 상식적인 사람이면 모두 알 수 있다. 재판을 전문으로 하는 법관이 이를 모를 수는 없는 것이다.

둘째, H건설의 〈증인B〉는 변호사로부터 〈증인C〉가 자기 글씨로 이 사건 계약서를 작성하였다는 내용의 진술서를 제출했다는 이야기를 듣고서, 2008년 7월경에 〈증인C〉를 찾게 되었다고 했다.

그렇다면, H건설 변호사는 어떻게 〈증인C〉가 진술서를 작성하여 제출하였다는 사실을 알게 되었을까? 나는 〈증인C〉의 진술서를 방배경찰서와 서울고등법원 재정신청부에 각각 제출하였다. 그런데 형사소송법 제262조의 2에 의하면 재정신청 사건의 심리 중에는 관련 서류 및 증거물을 열람 또는 등사할 수 없다고 규정하고 있다. 수사 진행 중에 상대방이 제출한 증거를 열람할 수 있는 방법도 없다.

H건설 변호사는 어떻게 〈증인C〉의 진술서 제출 사실을 알고서, 미리 이에 대비하기 위하여 〈증인B〉로 하여금 〈증인C〉를 찾아가게 하였다는 말인가. 이러한 행위들이 과연 정당한 형사법 절차 내에서 이루어질 수 있는 일인가. 경찰 혹은 법원 내에서 미리 증거 제출 정보를 H건설에게 보고하여 대비하도록 하였다는 것인데, 과연 있을 수 있는 일인가. 변호사가 이런 일을 하는 사람인가. 이런 일을 할 수 있는 변호사는 도대체 어떤 사람인가.

라. 이병학이 향산리 주민들의 막도장을 가지고 있었다는 사실을 알고 있었는지 여부

지난 형사법정 증인신문 시에 〈증인C〉는 "당시 이병학은 주민동의서 작성을 위하여 향산리 주민들의 막도장을 가지고 있었다"고 진술하였다. 그런데 〈증인C〉는 이번 변론기일에서는 위 형사 법정에서의 증언은 "잘못된 기억이다. 이병학이 도장을 가지고 다녔는지는 증인이 보지 못하였기 때문에 모른다."고 증언하고 있다.

〈증인C〉는 주식회사 W공영의 회계 및 총무로 근무하였다. 주로 각종 납부금, 영수증 처리 등의 업무를 맡고 있었다. 대표이사인 이병학의 회계 및 일반 행정과 관련하여 가장 가까이에서 업무를 담당한 사람이다. 이런 〈증인C〉가 지난 형사 법정에서 묻지도 않는 질문에 '이병학이 주민동의서 작성을 위하여 향산리 주민들의 막도장을 가지고 있었다' 라고 증언하였다. 그런데 약 10개월이 지난 시점에서는 그 기억이 잘못된 것이라고 한다. 자신은 알 수 없다고 한다. 그렇다면 그 전 법정에서의 〈증인C〉의 기억은 어떻게 된 것이란 말인가.

의도적으로 H건설에게 불리한 기억만 사라지는 현상이 가능하다는 말인가. 이러한 진술 태도에서 〈증인C〉는 이미 H건설에게 매수되어 왜곡된 증언을 하고 있다는 의심은 전혀 할 수 없는 것인가.

마. 소결

〈증인C〉와 〈증인B〉에 대한 증인신문은 오후 4시부터 시작하여 8시가 넘어서까지 진행되었다. 〈증인C〉는 시종일관 H건설 소송대리인의 눈치를 살피면서 증언을 하는 듯하였다. H건설 소송대리인은 〈증인C〉를 신문하던 중간에 벌떡 일어나 **"왜 간신같이 이쪽으로 왔다 저쪽으로 갔다 하였느냐!"**고 큰 소리로 호통을 치는 장면도 연출했다. 〈증인C〉가 너무도 명백하게 거짓증언을 하면서, 기을호의 소송대리인이 협박까지 하였다고 하는 등 적의적인 태도를 취하자 이를 지켜보던 다른 사건 소송대리인조차도 한숨을 쉬면서 나에게 힘을 내라고 격려해주기도 하였다.

두 사람의 증인신문을 통하여, 나는 승소를 확신하였다. 〈증인C〉
의 증언 내용은 그 자체로 너무도 편파적이고 모순투성이였으며, 심지
어는 H건설 〈증인B〉의 증언과도 정면으로 배치되었다. 무엇보다도
안천식 변호사와의 대화 녹취록에는 2008년 4월 4일자 진술서 작성 경
위에 대하여, **"진짜 정의를 위하여, 거짓말 하는 사람이 오히려 큰소리
치는 그런 사회를 어떻게 해볼까 하는 심정"**에서 작성한 것이라는 내용
까지 기록되어 있었다. 즉 이 사건 계약서는 이병학에 의하여 위조된
것이라는 취지의 2008년 4월 4일자 진술서가 진실임을 말하고 있는 것
이다.

또한 H건설 〈증인B〉도 정일석 외 3인의 부동산 매매계약서가 위조
되었다는 점을 인정하였는데, 위 계약서는 〈증인A〉의 필적으로 작성되
었음은 육안으로도 충분히 알 수 있을 정도로 명확하였다. 결국 〈증인
C〉의 법정증언은 모두 거짓임이 드러났고, 오히려 이 사건 계약서가 위
조되었다는 2008년 4월 4일자 진술서 내용이 사실이라는 점이 밝혀졌
으며, 〈증인A〉의 증언에 대하여는 어떠한 증명력도 인정할 수 없을 것
이라고 생각하였다.

🍃 다섯 차례의 조정 절차

판결 선고기일은 2009년 10월 28일로 정해졌다. 그런데 선고기일
을 즈음하여 돌연 조정에 회부되었다. 다섯 차례의 조정 절차가 진행

되었다.

2009년 11월 10일 제1회 조정기일에서, 주심판사 겸 수명법관인 L 판사는 만일 조정이 되지 않으면 주심판사로서 곧바로 판결문을 작성할 것이라고 하였다. 조정이 성립될 것 같다고도 하였다. 특히, H건설에게는 조정 권한이 있는 임원급 이상의 당사자가 참석해줄 것을 권유하였다.

2009년 11월 18일 제2회 조정기일에는, H건설 측에서 소송대리인만 참석하였다. 조정 절차는 진행되지 않고 연기되었다.

2009년 12월 1일 제3회 조정기일에도 H건설 측은 소송대리인만 참석하였다. 이에 수명법관은 실질적인 조정 권한이 있는 임원의 참석을 권유하였다. 한편, 수명법관은 양 당사자로 하여금 최대한 양보할 수 있는 한도를 자신의 e메일로 보내줄 것을 권유하였고, 양측의 입장은 수명법관을 통하여 각 상대방에게 전달되었다.

2009년 12년 22일 제4회 조정기일에는, H건설 측 상무이사가 함께 참석하였다. H건설 상무이사는 H건설이 부동산 매매계약서를 위조하지 않았을 것이라고 하면서 조정에 부정적인 의견을 표명하였다. 수명법관은 또다시 각자 조정안을 수정하여 제출할 것을 권유하였다.

2010년 1월 19일 제5회 조정기일에는, H건설 측에서 〈증인B〉 차장이 담당자로 참석하였다. 서로의 공방이 이어지는 가운데 〈증인B〉는 수명법관을 향해, "사건을 잘 알지도 못하면서 함부로 판단하려고 하지 말라"고도 하였다. H건설 차장이면 고등법원 판사에게 저렇게 훈계를 해도 되는가 싶었다. 나는 발끈하여 〈증인B〉의 거짓진술을 조목

조목 말하면서 계약서의 진정성립을 인정할 증거가 어디 있느냐고 따졌다. 조정실은 순식간에 아수라장이 되었다.

수명법관은 양측을 조용히 시킨 뒤, 다음 조정 일정은 메일로 통보하겠다고 하였다.

얼마 뒤 수명법관으로부터 메일이 도달하였다. 더 이상의 조정은 어려워 보이므로 그동안 제출된 참고서면의 진술을 위해 각자 변론재개 신청을 권유하였다. 자신은 법관 인사 일정으로 사건에서 손을 떼겠다는 것이었다. 결국 주심판사로 사건 진행을 하고, 수명법관으로서 다섯 차례나 조정절차를 진행한 L판사는 사건에서 배제된 것이다.

판결의 선고

한 차례 변론갱신 절차를 거친 후 2010년 3월 24일, 기을호의 재심청구는 기각되었다. 이유는 다음과 같다.

(1) 민사소송법 제451조 제1항 제7호 소정의 재심 사유인 '증인의 거짓진술이 판결의 증거가 된 때'라 함은 증인의 거짓진술이 판결주문에 영향을 미치는 사실인정의 자료로 제공되어 **만약 그 거짓진술이 없었더라면 판결주문이 달라질 수 있는 개연성이 인정되는 경우를 말하는 것이므로**, 그 거짓진술이 사실인정에 제공된 바 없다거나 나머지 증거들에 의하여 쟁점 사실이 인정되어 판결주문에 아무런 영향을 미치지

않는 경우에는 비록 그 거짓진술이 위증으로 유죄 확정판결을 받았다
하더라도 재심 사유에 해당하지 않는다.

(2) 제1심 증인인 〈증인A〉의 증언 내용 중, "토지 매매계약서 상의
계좌번호는 계약서 작성 당시 기갑노로부터 직접 듣고 이병학이 기재
한 것으로 기억한다. 계좌번호는 기갑노로부터 듣고 현장에서 적은 것
이다. 기갑노가 불러주는 대로 이병학이 적는 것을 틀림없이 봤다. 증
인이 참여한 가운데 기갑노가 불러주는 계좌번호를 기재하였기 때문에
이병학이 임의로 기재했다는 것은 있을 수 없는 것으로 알고 있다. 증
인이 옆에서 보고 있었고 이병학이 직접 썼다"는 부분에 대하여는 위증
으로 판명되었으나, "당시 기갑노는 노환으로 몸이 불편하여 서랍에서
도장을 가져와 이병학에게 주었고, 이병학은 건네받은 도장으로 기갑
노의 이름과 주소, 주민등록번호를 미리 기재하여 가지고 온 토지 매매
계약서에 날인을 하였으며, 증인은 옆에서 이를 모두 지켜보았다. 기갑
노가 서랍에서 꺼낸 도장은 막도장이었다. 기갑노가 피고의 친구인 이
병학에게 반말로 도장이 여기 있으니 찍으라고 하였다. 기갑노가 도장
을 준 것이 맞다"라는 부분에 대하여는 **증거불충분으로 무죄가 선고되
었다.**

(3) **이 사건 계약서의 진정성립을 인정하기에 이른 경위**와 위에서
본 제1심 증인인 〈증인A〉의 증언, 그중 무죄로 된 진술 내용 및 유죄
로 인정된 허위진술 내용에 비추어보면, 〈증인A〉의 증언 중 **허위의 진**

술로 인정된 부분은 이 사건 계약서의 진정성립에 관한 간접적인 사항으로서 토지 매매계약서에 기재된 계좌번호가 당시 이미 폐쇄된 계좌의 번호임이 밝혀져 그 증명력이 약한 반면, 오히려 무죄로 된 진술 내용은 이 사건 계약서의 직접적인 사항으로서 증명력이 높은 것이어서 유죄로 인정된 〈증인A〉의 허위진술 부분을 제외한 나머지 증언 및 변론 전체의 취지에 의하더라도 그 진정성립을 인정하기에 충분하므로, 결국 〈증인A〉의 위증 부분은 재심대상 판결의 사실인정과 판결주문에 아무런 영향을 미친 바 없다.

(4) 한편, 이 사건 계약서가 위조되었다는 피고(기을호)의 주장에 부합하는 〈증인C〉의 2008. 4. 4.자 진술서와 2008. 4. 18.자 참고조서의 각 기재는 재심 후 당심 **증인인 〈증인C〉의 증언 및 2009년 12월 18일자 인증서(진술서)의 기재에 비추어 믿기 어렵고**, 재심 후 당심에서 증거까지 살펴보아도 달리 이를 인정할 만한 증거가 없다.

판결의 비판

가. 너무도 형식적이고 무성의한 판결이었다

내가 재심청구를 통하여 일관되게 주장한 것은 〈증인A〉 증언의 신빙성에 대한 것이었다. 즉 처분문서(사문서, 계약서)의 진정성립에 관한 증명 방법은 신빙성이 있는 것이어야 하고, 증인의 증언에 의하여 처분문서(계약서)의 진정성립을 인정하는 경우 증언 내용의 합리성, 증인의 증언 태도, 다른 증거와의 합치 여부, 증인의 사건에 대한 이해관계, 당사자와의 관계 등을 종합하여 그 신빙성을 판단하여야 한다(대법원 2005. 12. 9. 선고 2004다40306 판결 등).

그런데 이 사건에서 〈증인A〉는 명백한 거짓진술을 하는 등 증언의 합리성을 인정하기 어렵다. 또한 〈증인A〉는 자칭 유일한 목격자라고 하면서 일방적으로 H건설에게 유리한 진술을 하고 있다. 또한 〈증인A〉는 H건설의 용역 업체인 Y종합건설의 최대주주 겸 전무이사로서 사실상 이 사건 계약서의 진정성립에 관하여 직접적으로 책임을 지는 이해당사자이다. 그 자체로도 공정한 진술을 기대하기 어려운 자이다.

또한 이 사건 계약서는 위조된 계약서로 판명된 허창-H건설 명의의 부동산 매매계약서와 동일한 필적으로 기재되어 있고, 동일한 형태의 한글 막도장이 날인되어 있으며, 동일하게 1997년경에 예금계약이 해지되어 폐쇄된 계좌번호가 기재되어 있다.

더구나 정일석 외 3인 명의의 부동산 매매계약서가 위조되었다는 사실은 H건설의 〈증인B〉도 인정하고 있는데, 위조된 부동산 매매계약서가 〈증인A〉의 필체로 작성되었다는 점에서, 〈증인A〉는 이미 2000년경에 부동산 매매계약서 위조에 깊숙이 관련되어 있는 자이다.

결국 〈증인A〉의 증언은 이 사건 계약서의 진정성립을 인정할 **신빙성 있는 증명방법**이 될 수 없다는 것이다. 그런데 판결서에는 단지 위증죄의 유죄 판결을 받은 〈증인A〉의 허위진술이 이 사건계약서의 진정성립과 직접적인 관계가 있는지 여부만을 지극히 형식적으로 판단하고 있을 뿐이었다.

나. 판결이유는 〈증인A〉의 증언이 신빙성 있는 증거방법인지에 대하여는 단 한마디의 언급도 없었다

〈증인A〉가 2000년 2월경에 정일석 외 3인 명의의 부동산 매매계약서를 위조하였다는 사실은 애써 외면하면서 언급조차 하지 않았다.

오로지 〈증인A〉의 형사 위증사건에서 유죄로 선고되어 거짓진술로 판명된 부분은 **이 사건 계약서의 진정성립에 관한 간접적인 사항으로서 당시 이미 폐쇄된 계좌임이 밝혀져 그 증명력이 약하고**, 오히려 증거불충분으로 **무죄로 된 진술 내용은 이 사건 계약서의 직접적인 사항으로서 증명력이 높기 때문에**, 유죄로 인정된 〈증인A〉의 거짓진술을 제외하더라도 그 진정성립을 인정하기에 충분하다는 것이다.

판결의 증거가 된 증인의 거짓진술이 유죄의 확정판결로 되어 재심이 청구되었을 때, 재심 법원이 할 일은 오직 유죄로 확정된 거짓진술이 요증사실에 대한 간접적인 증거인지 직접적인 증거인지 구별하여, 간접적인 증거임이 밝혀지면 종전 판결주문에 아무런 영향을 미치지 않기 때문에 재심청구를 기각하면 된다는 것이다.

재심제도는 종국판결의 법정 안정성을 후퇴시켜서라도 구체적인 정의를 실현하여 국민의 기본권을 구제하려는 취지라는 점은 전혀 고려할 필요도 없다는 것이다.

제1, 2심 판결이유에 "이 사건 당시 75세의 고령으로서 병석에 누워 있던 기갑노가 착오로 계좌번호를 불러줄 가능성도 존재하는 점"이라는 지극히 비상식적인(경험칙에 반하는) 설시가 기재된 연유가 무엇인지에 대하여는 전혀 살필 필요조차도 없다는 것이다.

〈증인A〉의 도장 관련 진술이 신빙성 있는 증거방법이라는 점은 어떻게 얻은 결론이란 말인가. 어떻게 법관의 자유심증으로 〈증인A〉의 많은 거짓진술에도 불구하고 도장 관련 진술만은 진실임을 알 수 있단 말인가. 법관이 그렇게도 전지전능한 능력을 가졌다는 말인가.

다. 이 사건 계약서의 진정성립을 인정하게 된 경위를 참작하였다고 하였는데, 무엇을 참작하였다는 것인지 의문이다

제1, 2심 판결이 이 사건 계약서의 진정성립을 인정하게 된 경위는, 제1심 증인인 〈증인A〉가 재차 소환된 2006년 11월 28일자 증인신문 과정에서 "계약서 작성 당시 기갑노가 불러주는 대로 이병학이 적는 것을 보았다는 것은 틀림이 없다"라고 무려 10여 차례나 분명하게 진술하였기 때문이었다.

그 결과 제1, 2심 재판부는 그 판결이유에서 "이 사건 당시 75세의 고령으로서 병석에 누워 있던 기갑노가 착오로 계좌번호를 불러줄 가능성도 존재하는 점"이라는 지극히 비상식적인 판결이유까지 설시하였다. 그리고 〈증인A〉의 도장 관련 진술의 증언을 신빙성 있는 증거방법으로 채택한 것이다.

그런데 위와 같은 〈증인A〉의 증언은 모두 거짓으로 밝혀졌다. 즉 도장 관련 진술에 신빙성을 인정하게 된 기초적 사실관계가 모두 거짓으로 드러난 것이다. 그런데 이러한 모든 거짓증언들을 "이 사건 계약서의 진정성립을 인정하게 된 경위"라는 단 한 줄의 문장으로 모두 요약하여 정반대의 의미로 해석하고 있다. 그야말로 꼬리 자르기 식으로 사실관계를 축소·왜곡하고 있는 것이다. **'이 사건 계약서의 진정성립을 인정하기에 이른 경위'**를 참작하면 거짓으로 판명된 〈증인A〉의 증언 부분이 판결주문에 영향을 주었음은 분명하게 알 수 있다. 그럼에도 담당재판부는 아무런 영향을 미치지 않았다고 한다. 왜 그런지에 대하여는 아무런 설명이 없다. 그냥 그렇다는 것이다. 법관은 자유심증에 의하여 그렇게 사실을 확정할 수 있다는 것이다. 판결의 권위에 끝내 굴복하라는 것이다. 설득과 소통이 아닌 헌법이 법관에게 부여한 힘과 권위에 복종하라는 것이다. 어떻게 이러한 판결에 마음으로 승복하기를 기대한단 말인가.

라. 판결이유에서는 '허위의 진술로 인정된 계좌번호 관련 진술은 이미 폐쇄된 계좌의 번호임이 밝혀져 그 증명력이 약하다'고 하고 있다

과연 그럴까? 제1심 판결 변론기일 중에 계약서에 기재된 계좌번호가 이미 폐쇄된 계좌의 번호임이 밝혀진 것은 사실이다. 나는 〈증인A〉의 2006년 7월 25일자 변론기일에서의 증언 이후에 기갑노의 계좌번호를 확인한 결과 이러한 사실을 밝혀냈고 이를 참고자료로 제출하면서 〈증인A〉의 증언은 신빙성이 없다고 하였던 것이다.

그러자 담당재판부에서 직권으로 변론을 재개하여 재차 〈증인A〉를 증인으로 소환하였던 것이다. 소환된 2006년 11월 28일자 변론기일에서 〈증인A〉는 무려 10여 차례나 "기갑노가 불러주는 대로 이병학

이 (폐쇄된 계좌번호를) 적는 것을 분명히 보았다"라고 분명하게 증언
하였다. 이에 담당재판부는 판결이유에서 **'75세 기갑노의 착오 가능
성'** 까지 언급하였던 것이다. 그만큼 2006년 11월 28일자 변론기일에
서 〈증인A〉의 분명한 진술태도를 신뢰하였다는 것이다.

그런데 재심법원에서는 전혀 다른 판단을 하고 있다. 이미 폐쇄된
계좌번호임이 밝혀져 그 증명력이 약하다고 한다. 그러면 제1심 재판
부는 왜 직권으로 변론을 재개하여 또다시 〈증인A〉를 증인으로 소환
하였단 말인가. 쓸데없이 변론기일을 재개하여 〈증인A〉를 직권 소환
하였고, 각 소송대리인과 재판장이 쓸데 없는 증인신문을 하였다는 말
인가. 도무지 말이 되지 않는다. 왜 이런 어처구니없는 판단을 반복되
는 것일까. 이것도 자유심증의 범위 내라는 말인가. 논리칙과 경험칙은
오로지 법관만이 이해할 수 있는 상식이란 말인가.

**마. 증거불충분으로 무죄로 된 도장 관련 〈증인A〉의 진술은 증명력
이 높다는 판결이유는 도대체 무슨 말인가**

증거불충분을 이유로 한 무죄판결은, 검찰이 공소사실을 입증하지
못하였다는 의미일 뿐, **공소사실의 부존재를 증명하는 것은 아니다**(대
법원 2006. 9. 14. 선고 2006다27055 판결 등). 형사소송에서 유죄의 입
증책임이 있는 검사가 유죄의 확신에 이를 정도로 입증을 하지 못하였
다는 의미다. 즉 도장 관련 〈증인A〉의 진술이 사실인지 거짓인지 잘
모르겠지만, **거짓이라고 90~100% 단정할 수 없다는 의미다. 거짓일
개연성이 없다는 것이 아니다.** 오히려 판결이유를 종합하면 상당부분

거짓일 개연성을 인정하고 있다.

반면, 민사소송에서 계약서의 진정성립에 대한 입증책임은 이를 주장하는 자에게 있으므로, H건설은 이 사건 계약서가 기갑노가 작성하였다는 점을 합리적인 의심이 없을 정도로 명확히 입증하여야 하는 것이다. 그런데 서울고등법원 2009재나37** 재판부는 형사판결에서 〈증인A〉의 도장 관련 진술이 90% 이상 거짓이라고 단정할 수 없다는 판단을, 도장 관련 진술은 90% 이상 진실임이 분명하다는 의미로 왜곡해서 판단하고 있다.

어려운 법률용어를 퍼즐처럼 엮어놓으면서, 교묘하게 사실관계를 혼란시키는 과정을 통하여, 어느덧 실체진실은 왜곡되고 있었다.

바. 재심소송 변론기일에서 〈증인C〉의 증언에 비추어 종전 2008. 4. 4.자 진술서, 2008. 4. 18.자 참고인 조서의 내용을 믿지 못하겠다는 판시는 도저히 자유심증의 범위 내라고 할 수가 없다

살펴본 바에 의하면 〈증인C〉의 재심 변론기일에서의 증언은 그 자체로 하나도 제대로 된 것이 없었다. 모두 논리적으로 모순되었고 사실에 정면으로 반하는 진술이었다(167면 이하 〈증인C〉의 진술 내용 참조).

즉 진술서 작성 과정 및 작성 동기에 관한 증언, 녹취록 내용 관련 진술, 진술서의 도장 관련 내용이 거짓임을 알고 있었는지 여부, 〈증인B〉에게 도장 관련 거짓 진술서 이야기를 하였는지 여부, 이병학의 향산리 주민들의 막도장 보유 여부에 관하여 〈증인C〉는 의도적으로 H건설 입장에서 뚜렷한 거짓말을 하고 있음이 증인신문 과정에서 모두 밝혀졌던 것이다.

무엇보다도 2010. 10. 14.자 변론기일 증인신문 시에 제출된 안천식 변호사-〈증인C〉의 녹취록에는 **2008년 4월 4일자 〈증인C〉의 진술서 작성 경위에 대하여 "진짜로 정의를 위하여, 거짓말 치는 사람이 오히려 큰소리치는 그런 사회를 어떻게 해볼까 하는 심정"**에서 작성해주었다는 내용이 뚜렷이 기록되어 있었다.

사정이 이러한데도 법정에서 뚜렷하게 거짓증언을 하고 있는 〈증인C〉의 증언을 이유로 2008년 4월 4일자 〈증인C〉의 진술서와 2008년 4월 18일자 진술조서의 내용을 믿을 수 없다고 판단하고 있다. 도대체 말이 되는 판단인가. 이렇게 판단해도 되는 것인가. 이것이 재판의 독립이고 자유심증주의란 말인가.

대법원은, "사람이 경험한 사실에 대한 기억은 시일이 경과함에 따라 흐려질 수는 있을지언정 처음보다 명료해진다는 것은 이례(異例)에 속하는 것이고, 경찰에서 처음 진술할 시 내용을 잘 모른다고 진술한 사람이 후에 검찰 및 법정에서 그 진술을 번복함에는 그에 관한 충분한 설명이 있어야 하고 **그 진술을 번복하는 이유에 관한 납득할 만한 설명이 없다면 그 진술은 믿기 어려운 것이다**"라고 판시하고 있다(대법원 1993. 3. 9. 선고 92도2884 판결).

〈증인C〉는 그 진술을 번복하는 납득할 만한 이유에 대한 설명이 전혀 없었다. 뚜렷이 법정에서 거짓말을 하면서 사실을 왜곡하고 있었다. 진술 자체가 논리적 일관성도 전혀 없었다. 그런데도 단지 법정 증언에서 2008년 4월 4일자 진술서 내용을 부인한다는 이유만으로 다른 증거를 배척할 수 있는가. 법관의 자유심증은 어떠한 한계도 없다는 말인가.

조정기일 중에 L판사의 혼잣말

2009년 11월경부터 L수명법관 주제로 다섯 차례의 조정절차가 진행되었다. 양 당사자간에 격론과 언성이 높아지기도 하였다. 제5회 조정기일에서 L주심판사는 혼잣말로 이렇게 중얼거리고 있었다.

"〈증인C〉가 이렇게 이상하게 증언하고 있는데 이걸 어쩌란 말인가……."

나는 당시 이것을 단지 조정을 성립시키기 위한 경고로 생각하였다. 그러면서도 너무도 명백한 〈증인C〉의 거짓증언은 증거로서의 가치가 전혀 없다고 확신하고 있었던 것이다. 결국 L판사는 그 판결서에 자신의 이름을 올리지 않았다. 너무도 뚜렷하게 거짓말을 하는 〈증인C〉의 증언을 증거로 채택하는 판결서를 작성할 수 없었던 것은 아닐까. 형식적으로는 법관 정기인사를 이유로 대고 있다. 하지만 실질적인 이유가 별도로 있을 것만 같다. 개인적인 짐작이자 기대이다.

나중에 안 사실이지만 L판사는 서울중앙지법 단독판사 시절 H건설과 허창 사이의 양수금 사건(서울중앙지법 민사단독 2008가단1540**호)에서 담당판사로 사건을 진행한 사실이 있었다.

9장

재심 상고심

"18번째 소송"

대법원 2010다320＊＊호 재심 상고심

서울고등법원 2009재나37＊＊호 재심기각 판결은 너무도 충격적이었다.

법정에서 뚜렷하게 거짓말을 하는 〈증인C〉의 증언, 계약서 계좌번호와 관련한 〈증인A〉의 유죄확정 판결, 위증 형사사건에서 또다시 거짓말을 한 〈증인A〉의 탄원서와 피고인 신문조서, 위조된 것으로 확인된 정일석 외 3인 명의의 부동산 매매계약서에 기재된 〈증인A〉의 필적, 2000년경 H건설이 직접 건물 등을 철거하였다는 고촌면 향산리 주민들의 사실확인서가 모두 증거로 제출되었고, 〈증인A〉의 기을호에 대한 무고죄로 벌금 300만 원의 약식 명령장까지 참고자료로 제출되었다.

이 사건 계약서의 진정성립을 인정하는 증거자료는 단 한 가지, 이를 지켜보았다는 자칭 유일한 목격자 〈증인A〉의 증언밖에 없었다. 도장 관련 〈증인A〉의 증언에 대하여 증거불충분으로 유죄를 단정할 수 없다는 판결은 〈증인C〉의 번복 진술 때문이었다. 그런데 〈증인C〉의 법정 증언은 그 자체로 논리적·사실적으로 거짓임이 법정 내에서 모두 밝혀졌다. 〈증인A〉는 2000년 2월경에 정일석 외 3명의 부동산 매매계약서를 위조 작성한 것임을 증명하는 증거도 제출되었다. **H건설의 〈증인B〉도 정일석 외 3인 명의의 부동산 매매계약서가 위조임을 인정하였다.** 〈증인A〉는 위증 형사판결에서 또다시 거짓진술을 하였다. 〈증인A〉는 자신의 위증죄를 은폐하기 위하여 기을호를 무고죄로 고소까지 하였고, 그로 인하여 처벌을 받기도 하였다.

그리고 이 사건 계약서가 기갑노의 의사에 의하여 작성되었다는 객관적인 증거는 전혀 없다. 오히려 같은 필적, 같은 형태의 한글 막도장, 동일하게 1997년경에 예금계약이 해지되어 폐쇄된 계좌번호가 기재된 허창-H건설 명의의 부동산 매매계약서는 위조임이 확인되었다.

그런데도, 자칭 유일한 목격자인 〈증인A〉의 증언은 이 사건 계약서의 진정성립을 인정하기에 충분하다고 한다. 종전 〈증인C〉의 일관된 증언은 재심 법정에서의 거짓증언에 비추어 이를 믿을 수 없다고 한다. 2000년 2월경에 위조된 정일석 외 3인 명의의 위조된 부동산 매매계약서에 기재된 〈증인A〉의 필적에 대하여는 일언반구의 언급도 없다. 〈증인A〉 증언의 신빙성에 대하여는 아예 판단조차 않고 있다. 다만 〈증인A〉는 이병학이 도장을 찍는 것을 보았다고 증언하고 있고, 이 점에 관하여 위증죄의 유죄 확정판결이 없으니 증명력이 있다는 것이다. 말이 되는가.

나는 설마 재판부가 이렇게까지 판단할 수 있을 것이라고는 상상조
차 하지 못하였다. 기을호도 너무나 충격을 받은 듯하였다.

나는 판결서를 찬찬히 읽어보았다. 지극히 형식적이고 무성의해 보
였다. 내가 중요하게 다룬 주장 내용은 깡그리 무시되었다. 특히 〈증인
A〉 증언의 신빙성에 대한 판단은 아예 언급조차 없었다. 판결서에 기
재된 내용은 단지 〈증인A〉의 증언 중 위증죄 유죄판결이 확정된 진술
부분이 계약서의 진정성립에 대한 직접적인 진술인지 간접적인 진술인
지만을 판단하였을 뿐이었다. 재심 법정에서 한 〈증인C〉의 증언에 비
추어 그동안 일관된 〈증인C〉의 진술은 믿을 수 없다고만 되어 있다.

왜 명백히 거짓증언을 한 〈증인C〉의 증언은 믿을 수 있고, 그동안
일관되게 진술한 진술 내용은 믿을 수 없다는 말인가. 다만 법정에서는
재판장이 왕이고 신의 역할까지 하니까 그런 것인가.

나는 기을호에게 판결이유의 모순을 조목조목 설명하면서 상고하자
고 설득하였다. 기을호는 어렵게 상고를 결심하였다.

상고이유서의 작성

나는 상고이유서 작성에 들어갔고, 이를 요약하면 다음과 같다.

첫째, 재심 재판부는 민사소송법 제451조 제1항 제7호가 규정하는

'증인의 거짓진술이 판결의 증거가 된 때'라는 재심사유의 의미를 잘 못 해석하였다는 것이다.

즉, 대법원은 '증인의 거짓진술이 판결의 증거가 된 때'라는 재심사유에 대하여 '판결의 증거로 된 증인의 거짓진술이 직접증거가 된 때뿐만 아니라 대비증거로 사용되어 간접적인 영향을 준 경우'도 포함된다고 해석하고 있다. 또한 '만약 그 허위진술이 없었더라면 판결의 주문이 달라질 수도 있을 것이라는 일응의 개연성'이 있으면 된다고 하였다. 다른 한편, 판결주문이 달라질 수도 있을 것이라는 일응의 개연성 여부를 판단함에 있어서는 '재심 전 증거들과 함께 재심 소송에서 조사된 각 증거들까지 종합하여 그 판단'의 자료로 삼아야 한다고 해석하고 있다.

결국 유죄로 확정된 〈증인A〉의 거짓진술 내용은 '〈증인A〉는 2000년 9월경 이 사건 계약서를 작성하는 자리에 입회하였고 당시 기갑노가 불러주는 계좌번호를 이병학이 현장에서 기재하여 넣었다'는 계약서 진정성립에 관한 간접적인 사항인 것이다. 다른 한편, 〈증인A〉는 재차 소환된 2006년 11월 28일 변론기일에서 무려 10여 차례나 위와 같은 진술을 반복하였고, 이에 담당재판부가 〈증인A〉의 증언을 취신하였다는 점에서 계약체결 정황에 관한 직접적이고 관건적인 증거로 채택된 것이다.

그 외 2000년 2월경에 위조작성된 정일석 외 3인 명의의 부동산 매매계약서는 〈증인A〉의 필적이 기재되어 있다는 점, 위조된 허창 명의의 부동산 매매계약서와의 관계 등 제반 사정에 비추어 〈증인A〉 증언의 신빙성을 인정하기 어려운 것이다. 그럼에도 재심 법원은 단지 유죄로 확정된 〈증인A〉의 진술은 이 사건 계약서의 진정성립에 간접적인 사항으로서 증명력이 약하다고 판단한 것은 민사소송법 제451조 제1항 제7호에 관한 대법원 판결의 법리를 오해한 것이다.

둘째, 문서의 진정성립에 관한 채증법칙을 위반한 것이다.

사문서의 진정성립에 관한 증명방법에 관하여는 특별한 제한이 없으나 그 증명방법은 신빙성이 있어야 하고, 증인의 증언에 의하여 그 진정성립을 인정하는 경우 그 신빙성 여부를 판단함에 있어서는 증언 내용의 합리성, 증인의 증언 태도, 다른 증거와의 합치 여부, 증인의 사건에 대한 이해관계, 당사자와의 관계 등을 종합적으로 검토하여야 한다(대법원 2005. 12. 9. 선고 2004다40306 판결).

이 사건 계약서의 진정성립을 인정하는 근거로는 자칭 유일한 증인이라고 하는 〈증인A〉의 증언뿐이다. 그런데 〈증인A〉는 이 사건 계약서의 계좌번호 기재 과정에 관하여 두 차례의 변론기일에서 거짓진술을 하여 위증죄로 처벌받았다는 점에서 증언 내용의 합리성이 의심되고, 자칭 생존하는 유일한 증인이라고 주장하는 점에서도 그 신빙성이 의심된다. 즉 〈증인A〉가 다른 부분에 대하여 거짓증언을 하더라도 이를 확인할 방법이 없다. 또한 〈증인A〉는 두 번째 변론기일에서는 계좌번호 기재와 관련한 진술이 사실이라고 강조하면서 "기자 출신으로 그것만은 틀림이 없다"라고까지 하는 등 H건설에 적극적으로 우호적인 진술만을 하는 태도를 보였다. 그런데 이러한 진술이 모두 거짓으로 판명되었다.

그 외 위조된 허창-H건설 명의의 부동산 매매계약서와의 관계, 위조된 정일석 외 3인 명의의 부동산 매매계약서와의 관계 등을 종합하면 〈증인A〉의 증언은 그 자체로 신빙성이 없어, 이 사건 계약서의 진정성립을 인정할 증거로 사용될 수 없는 것이다. 그럼에도 재심 법원은 이 점을 전혀 살피지 아니한 잘못이 있는 것이다.

셋째, 증거불충분을 이유로 한 무죄판결의 증명력과 관련한 채증법칙을 위반하였다.

위증 형사 판결에서는 〈증인A〉의 인장 관련 진술에 관하여 증거불충분으로 유죄임을 단정할 수 없다고 하였을 뿐이다. 즉 〈증인A〉의 인장 관련 진술이 실체진실에 부합한다는 의미가 아니라 유죄의 확신을 가질 정도로 입증이 되지 않았다는 취지에 불과한 것이다.

그런데 민사소송에서는 이 사건 계약서의 진정성립을 H건설에서 입증해야 하는 것이다. 즉 다른 반대증거에도 불구하고, 〈증인A〉의 인장 관련 진술이 실체진실에 부합한다는 점을 합리적으로 설명할 수 있어야 한다.

그런데 재심 법원은 단지 〈증인A〉의 인장 관련 진술 부분이 증거불충분으로 무죄 판결이 되었다는 점을, 마치 인장 관련 진술이 실체관계에 부합한다는 의미로 해석하였다. 그 외 반대증거들에 대하여 합리적인 침묵을 명할 수 있는지 여부에 대하여는 아무런 판단조차도 하지 않고 있다. 결국, 증거불충분을 이유로 한 무죄 판결의 증명력을 오해한 것이다.

넷째, 재심 법정에서 뚜렷하게 거짓진술을 하는 〈증인C〉의 증언을 취신하여 다른 일관된 진술의 증명력을 배척하는 것은 증거가치에 대한 채증법칙을 위반한 것이다.

증인C의 재심 법정에서의 증언은 기존에 일관되게 진술하던 진술 내용을 번복하는 것이었고, 이러한 과정에 대한 법정 진술이 모두 거짓임은 재판과정에서 모두 밝혀졌다. 또한 〈증인C〉는 법정에서 뚜렷하게 H건설에게 일방적으로 유리한 진술을 하는 태도를 유지하였다.

그런데 이렇듯 뚜렷하게 편파적으로 거짓증언을 하는 〈증인C〉의 법정 증언을 근거로, 그동안 일관된 이 사건 계약서 작성 과정에 대한 진술을 배척하는 것은 도저히 이해할 수가 없다.

상고이유서의 제출

법관에게 어찌 신의 능력을 기대할 수 있을까? 그렇다면 자칭 생존하는 유일한 목격자로서 진실만을 말하겠다고 선서한 〈증인A〉가, 이 사건 계약체결 과정에 대하여 두 번의 변론기일에서 10여 차례씩이나 거짓말을 했다면, 이를 어떻게 이해하여야 한단 말인가. '결단코 기갑노가 불러주는 계좌번호를 이병학이 기재하는 것을 지켜보았다' 고 10여 차례나 확실하게 증언하였는데 이것이 모두 거짓이었다면, 〈증인A〉의 나머지 증언이 진실인지 여부를 어떻게 담보할 수 있다는 말인가.

그런데 재심재판부는 그 외 〈증인A〉의 모든 진술은 진실하다고 한다. 법관의 자유심증으로 알 수 있다고 한다. 법관이 신의 능력을 가졌다는 말일까.

이미 소송기록은 4,000페이지를 넘어가고 있었고, 이를 정리하는 것도 쉬운 작업이 아니었다. 나는 약 70여 페이지의 상고이유서를 작성하여 2000년 5월 25일자로 대법원에 제출하였다.

H건설의 소송대리인 선임과 심리불속행 기각

2010년 6월 15일 H건설은 T 법무법인을 소송대리인으로 선임하고 답변서를 제출하였다. 통상 고등법원에서 승소한 사건은 상고심에서 소송대리인을 교체하지 않는다. 굳이 승소한 사건에서 그 내용을 모르는 다른 소송대리인을 선임할 필요가 없기 때문이다. H건설은 서울고등법원 2009재나37**호 재심 사건에서 승소하였다. 그런데 상고심에서는 새로운 소송대리인, 즉 T 법무법인을 소송대리인으로 선임하였다. 담당변호사는 약 4개월 전에 대법원 재판연구관을 역임한 변호사를 주축으로 하고 있었다. 소위 말하는 잘나가는 전관 변호사였다.

나는 H건설이 제출한 답변서를 2010년 7월 7일경에서야 열람하였다. 그리고 이에 대한 상고 보충이유서를 작성할 즈음인 2010년 7월 15일 이미 사건은 심리불속행으로 기각되었다.

실체진실을 제대로 밝혀주는 법관이 한 명 정도는 있을 것으로 기대한 나의 소망은 결국 이루어지지 않았다. 애초부터 법원을 통하여 실체진실을 밝힌다는 것 자체가 기적인지도 모른다. 그런데 헌법은 왜 법원을 통하여만 실체진실을 밝히라고 하고 있는 것인가. 국민들의 사법 불신은 아무런 근거도 없는, 단지 법에 대한 무지 때문일까?.

10장

창업교육

“18번째 소송”

너무 힘들었다. 변호사라는 사실이 부끄러웠고, 이와 같은 현실에서 변호사로 일한다는 것 자체가 무의미하게 여겨졌다. 더 열심히 노력할수록 오히려 더 억울한 사법 피해자만을 양산할 것이라는 생각이 들었다.

나는 기을호에게 〈증인C〉의 위증에 대하여 또다시 고소를 하자고 권유하였다. 기을호는 거절하면서 이렇게 말했다.

"이 사건의 계약서가 위조되었다는 사실은 나도 알고, 안 변호사도 알고, H건설 측도 알고 있으며, 재판부도 알고 있다. 그런데 판결은 이렇게 났다. 이런 현실에서 어떻게 더 이상의 소송을 하란 말인가. 여기에서 어떻게 또 〈증인C〉를 고소하고 처음부터 다시 시작하란 말인가. 나도 연로하신 어머님을 부양하고 처자식들과 어떻게든 살아야 하지 않겠는가."

더 이상 권유할 힘도, 명분도 남아 있지 않았다. 잠을 제대로 이룰 수가 없었다. 새벽녘에서야 겨우 잠깐 잠이 들었다가 아침에 출근을 하는 일이 반복되었다. '대한민국의 사법 현실이 이런 것이구나' 하는 자괴감이 들었다. 현실도 모르면서 돈키호테처럼 혼자서 진실을 밝혀보겠다고 쇼(?)를 하고 있었던 것이다. 이런 나를 보면서 구경꾼들이 얼마나 비웃으며 재미있어 했을까 하는 생각이 들었다.

변호사업을 정리하기로 하였다. 무엇보다 더 이상 법정에 서는 것 자체가 두렵고 공포스럽기만 하였다.

그러던 어느 날, 수원 중소기업청에서 창업교육생을 모집한다는 광고를 보았다. 교육신청서를 작성하여 제출했다. 며칠 뒤 교육 승인이 되었다는 소식이 날아들었다. 친구들이나 동료들과의 만남도 가급적 피했다. 2005년부터 빠지지 않고 나가던 합창단 모임에도 나가지 않았다. 사건을 맡기러 온 사람이 있으면 상담만 하고 돌려보내거나, 다른 변호사를 소개해주었다. 남은 사건이 정리되는 대로 다른 일을 찾아볼 요량이었다. 더 이상 변호사 일을 한다는 것이 무의미하게만 느껴졌기 때문이다. 희망 없이 살아가는 삶이란 얼마나 무익한 삶이던가. 무엇이든 내 힘으로 땀 흘려서 보람을 느낄 수 있는 일을 찾아보기로 하였다.

창업교육은 일주일에 두 번씩 저녁시간을 이용하여 이루어졌다. 약 3개월 코스였다. 기술창업자도 있었고, 이미 상당부분 사업을 시작하여 성과를 내고 있는 사람도 있었다. 물론 소규모 창업을 목적으로 하는 사람도 있었다. 교육은 주로 창업에 있어서 미리 고려할 사항과 각

종 정책지원금을 어떻게 신청하여 활용할 것인지를 중심으로 진행되었다. 많은 도움이 되었지만, 기술적인 부분에 대해 조언을 구하려는 애초의 나의 목적과는 조금 엇나가는 것을 느끼고 있었다.

교육이 끝나갈 무렵인 2011년 10월 중순경 기을호로부터 연락이 왔다. H건설에서 세입자 5가구에게 건물보상금으로 지급한 3억 원에 대하여 구상금 청구가 들어왔다는 것이다.

앞서 서울고등법원 2009재나37** 사건 변론 과정에서 〈증인B〉는 H건설은 D건설과는 새로운 계약서, 즉 건물 부분까지 H건설이 모두 책임지기로 하는 계약서를 작성하였다고 증언한 바 있다. 이는 결국 세입자 건물 부분에 대한 책임은 H건설이 지겠다는 것이었다. 그리고 H건설은 세입자 5가구를 상대로 건물철거 소송을 하였고, 세입자 소유 건물을 각 6,000만 원에 매수하는 의미로 각 건물당 6,000만 원씩, 합계 3억 원의 건물보상금을 지급하는 것으로 강제 조정을 하였던 것이다. 그런데 이제와서 건물보상금으로 지급한 합계 3억 원을 기을호가 책임져야 한다고 하면서 구상금 청구 소송을 제기한 것이었다. 종전 변론기일에서 H건설 〈증인B〉가 새로운 매매계약서에 계약서를 작성하였다는 주장과는 상반된 것이었다.

나는 용기를 내서, 다시 한 번 기을호를 설득하였다. 비록 〈증인B〉가 서울고등법원 2009재나37** 사건 변론기일에서 세입자 건물 부분은 H건설이 책임지겠다는 취지로 증언을 하였지만, 이러한 증언이 재판에서 참작되기는 어려울 것이라고 하였다. H건설이 청구한 3억 원의 구상금은 논리적으로나 사실적으로 부당한 것이 틀림없다. 그럼에도 결국 기을호가 승소하기는 어려울 것이다. 이는 이제까지 우리가 경험한 판결을 통하여 쉽게 짐작할 수 있는 일이다. 법관들은 어느 집단보다도 판결에 대한 자부심과 내부적 결속력이 강하다. 서울고등법원 2009재나37** 판결이 아무리 잘못되었다고 하더라도 결단코 이를 인정하지 않으려 할 것이다. 그동안의 실체관계는 모두 정리되었다고 판단할 것이다. 더 이상 들여다볼 여지를 주지도 않을 것이다. 여기에는 어떠한 논리적이고 이론적인 설득도 끼어들 여지가 거의 없다. 이는 이제까지의 경험으로도 충분히 알 수 있는 것이다.

결국 가장 쉽고 원론적인 해결방법은 재심 변론기일에서 명명백백하게 거짓진술을 한 〈증인C〉를 위증죄로 고소하여 유죄 판결을 받는 것이다. 그리고 이를 근거로 또다시 재심을 청구하고 사안의 진상을 밝혀야 한다. 새로운 증거도 다시 수집하여야 한다. 어렵고 힘들지만 이 길이 가장 빠를 뿐 아니라 정도(正道)이다. 극복해야 하는 것이다. 나는 모든 사건 진행은 내가 책임지고 처리하겠다고 기을호를 설득하였다.

기을호는 고민하였다. 또다시 소송의 격랑 속에 빠져 들어가는 데 대한 두려움이 가득 서리는 듯하였다. 결국 그는 승낙하였다.

시가 약 40억 원이 넘는 부동산을 약 9억 4,000만 원에 빼앗기다시피 하였는데, 또다시 그 가운데 3억 원과 이자를 내놓으라고 하니 어쩔 수도 없었을 것이다.

나는 그날로 〈증인C〉에 대한 고소장 작성에 들어갔고, 3억 원에 대한 구상금 청구소송에 대한 변론도 준비하기 시작하였다.

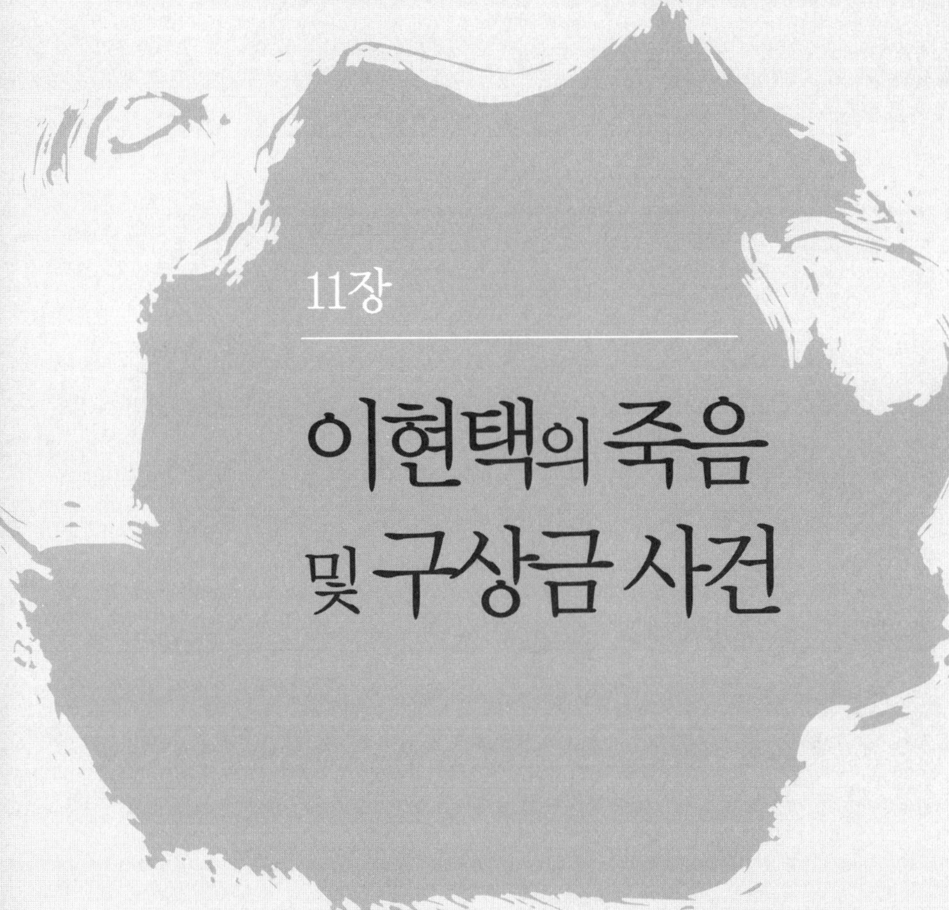

이현택의 죽음 및 구상금 사건

“18번째 소송”

이현택의 죽음

가. 건물 철거에 대한 집행불능

H건설은 기을호와의 소송에서 승소한 뒤, 2008년 1월경에 기을호 명의 토지를 모두 H건설 명의로 소유권 이전등기를 경료하였다. 그런데 문제는 건물이었다. 당시 이 사건 토지 위에는 **기갑노 명의의 주택**이 한 채 있었고, 그 외에도 **세입자 5명이 건물**을 신축하고 등기까지 경료하여 살고 있었다. 일반적으로 부동산 인도 및 건물철거 소송을 진행하고자 하는 자는, 토지 소유자에게는 토지의 인도를, 건물 소유자에게는 건물의 철거를 구하는 것이 보통이다. 이 사건의 경우 토지의 소유자는 기을호이나, 건물의 소유자는 기갑노와 **세입자 5명**의 각 소유로 되어 있었다.

따라서 이 사건 토지의 인도 및 건물 철거를 하고자 하는 H건설로서는, 기을호에게는 토지 인도 청구를, 그 외 건물 소유자들에게는 건물의 철거를 청구하는 것으로 소장을 작성해야 하는 것이다.

그런데 H건설은 기을호 1명에게 그 소유의 토지 인도는 물론, 기갑노 명의의 건물과 세입자 5명 명의의 건물 철거를 함께 청구하였다. 즉 건물 철거와 관련해서는 애초부터 당사자 특정을 잘못하였던 것이다. 따라서 건물 철거 청구는 그 자체로 피고적격이 없어 각하되었어야 할 사항이었다. 그런데 담당재판부는 이를 간과하였다. 기을호의 소송대리를 맡았던 나 역시 이 사건 계약서가 위조되었다는 점에 집중하였을 뿐, 건물 철거와 관련한 당사자 적격에 대하여는 정면으로 쟁점화시키지 못하였다.

결국 담당재판부는 판결주문에서, **"기을호는 토지를 인도하고, 6채의 건물(기갑노와 세입자 5명 소유)을 철거하라"**는 판결을 하였고, 그 후 기을호의 상고가 기각됨으로써 확정되었다.

H건설은 기을호 명의 토지에 대하여는 확정판결에 기한 강제집행으로 곧바로 소유권 이전등기를 경료하였다. 그러나 기을호의 소유가 아닌 6채의 건물에 대하여는 이를 강제 집행할 방법이 없었다.

즉 **"기을호는 …6채의 건물을 철거하라"**는 판결은 기을호에게만 효력이 있을 뿐(기판력의 주관적 범위), 각 건물의 소유자인 세입자 5명에게는 효력이 없는 것이다. 결국 이러한 판결문으로는 세입자 5명 소유의 건물에 대한 강제집행이 불가능한 것이다. 즉 세입자들에 대한 집행력이 발생하지 않는다. 그렇다고 기을호에게 남의 건물(세입자들 소유)을 철거하라고 강제집행할 수도 없다. 기을호는 세입자들 소유의 건물을 철거할 권한 자체가 없기 때문이다. H건설은 기을호에 대해 승소판결문이 있었음에도, 후에 세입자 5명을 상대로 다시 건물 철거 소송을 제기한 것도 기을호에 대한 판결문으로는 강제집행을 할 수 없었기 때문이다. 결국 H건설의 기을호에 대한 승소판결문 중 세입자 5명의 건물 철거와 관련한 판결 주문은 아무런 효력을 발생할 수 없는 주문이었던 것이다.

더구나 위 판결의 근거가 된 H건설-기갑노의 부동산 매매계약서 제6조에서는 "**갑(기갑노)은 부동산 상의 지장물(미등기 건축물, 농작물 등) 일체를 잔대금 지불기일 전까지 철거하여야 하고, 을(H건설)은 일반 구조물 (등기된 건물, 교량)철거를 책임지고 철거한다**"라고 기재되어 있다. 즉 이에 의하더라도 건물 철거는 애초부터 기을호가 아닌 H건설에서 책임지기로 되어 있었던 것이었다.

나. 기을호에 대한 건물 철거 최고

H건설도 기을호에 대한 판결문으로는 세입자 등 소유 건물을 강제로 철거할 수 없다는 것을 나중에야 알았을 것이다. 뒤늦게 건물 철거의 상대방을 잘못 지정하였다는 것을 알게 된 것이다.

2008년 2월 13일 H건설은 기을호에게 세입자 등 소유의 건물에 대한 철거를 요구하는 최고서를 발송했다. 아마도 기을호에 대한 판결문으로는 세입자들 소유 건물 철거에 대한 강제집행이 불가능한 것을 알고 나름대로의 꼼수를 부렸던 것 같다. 그런데 최고서에 첨부된 부동산 매매계약서 제6조를 이렇게 변조하고 있었다. "**갑(기갑노)은 부동산 상의 지장물(미등기 건축물, 농작물 등) 일체를 잔대금 지불기일 전까지 철거하여야 한다. 만일 갑(기갑노)이 이를 위반 시 을(H건설)이 임의로 이를 철거하고 이에 투입되는 비용은 토지대금에서 상계 처리한다.**"

즉 H건설-기갑노 명의 계약서 제6조 후단에 기재된 "**을(H건설)은 일반 구조물 철거를 책임지고 철거한다**"는 부분은 감쪽같이 지워버렸고, 이에 추가하여 "**만일 갑(기갑노)이 이를 위반 시 을(H건설)이 임의로 이를 철거하고 이에 투입되는 비용은 토지대금에서 상계 처리한다**"는 내용을 추가로 기재하였다. 너무도 알량한 속셈이 드러나는 최고서였다.

나는 기을호를 대신하여 건물 철거의 근거가 잘못되었다는 점을 지적하면서, 기을호는 세입자들의 건물 철거 의무가 없다는 답변을 하였다.

다. H건설의 세입자 5명에 대한 건물 철거 소송

H건설은 어쩔 수 없이 2008년 7월경 서울중앙지방법원에 세입자 5명 등을 상대로 건물 철거 소송을 제기하였다. 기을호에 대한 확정판결로는 세입자 소유의 건물 철거를 강제할 방법이 없음을 알았기 때문일 것이다.

세입자들은 H건설이 제기한 건물 철거 소장을 받고서 깜짝 놀라, 직접 H건설을 찾아가서 항의하였다고 한다. 그러자 H건설은 세입자들에게 기을호와의 소송에서 승소하였으므로 기을호와 협의하여 건물을 철거하라고 하였다고 한다. 세입자 5명과 그 가족들은 다시 기을호를 찾아와서 항의하였다. 기을호는 H건설이 개별적으로 세입자들을 상대로 소송을 하는 것을 자기로서도 어떻게 할 수 없다고 하였다. 이 말을 듣고 세입자들은 웅성거리며 돌아갔다. 그중에는 기을호를 저주하는 사람들도 있었다.

H건설의 세입자들 소유 건물에 대한 철거는 그 자체로 이유가 없는 것이었다. 즉 세입자들의 소유 건물은 모두 등기된 건물이었다. 또한 세입자들은 종전 토지 소유주인 기갑노와 정당한 토지 임대차 계약에 의해 그 건물을 소유하고 있었다. 등기된 건물의 소유를 목적으로 하는 토지임대차 계약은 제3자에게도 효력이 있으므로, 토지 소유자가 H건설로 변경되었다고 하더라도 H건설은 종전 세입자들의 등기된 건물을 철거하라고 할 수 없는 것이다. 즉 H건설이 세입자들의 건물을 별도로 매수하지 않는 한 토지 소유자라는 이유만으로 등기된 건물의 철거를 구할 수는 없는 것이었다.

나는 세입자들에게 H건설의 건물 철거 소송은 그 자체로 이유가 없다는 것을 설명하였으나, 세입자들은 이를 들으려고 하지도 않았다. 오히려 자기들끼리 힘을 합하여 기을호를 상대로 소송을 하겠다고 하였다.

나중에 확인한 바로는 세입자들이 개별적으로 H건설과의 강제조정을 통하여 건물 보상비로 6,000만 원씩을 받고 건물에서 퇴거하였고, H건설이 각 건물을 철거하였다고 들었다.

라. 죽음을 부른 H건설의 막무가내 식 소송

① 이현택은 1990년경부터 기갑노 소유 토지(김포시 고촌면 향산리 67-1 지상)에 목조 슬레이트 지붕 단층 주택을 짓고 가족과 함께 지내왔던 사람이다. 남의 땅에 건물을 짓고 살고 있으니 당연히 도지세를 내야 했다. 이현택은 매년 쌀 반 가마니 정도를 도지세로 땅 주인인 기갑노에게 내고 있었다. 비록 남의 땅에 지은 건물이지만 정상적인 절차를 통하여 건축하였고 건물 등기도 되어 있었다.

② 2008년 7월경 H건설은 이현택에게도 그 소유의 건물 철거에 관한 소송을 제기하였다. **정당한 권원 없이 타인의 토지를 이용하고 있으므로 철거하고, 철거할 때까지 매월 30만 원의 지대를 지급하라는 것이었다.** 당시 이현택의 나이는 70세였고, 병으로 누워 있는 처와 반 알코올 중독 상태에 있는 40대의 아들과 함께 생활하고 있었다. 딸 하나는 결혼하여 따로 살고 있었다. 다시 말해 70세의 이현택은 병으로 누워 있는 처와 생활 능력이 없는 아들을 부양하면서 힘겹게 생활하고 있었던 것이다.

나는 예전에 세입자들과의 한 차례 대화를 하면서 이현택을 만난 사실이 있었다. 이현택은 매우 침착하고 반듯한 인상이었다. 다른 세입자들과 달리 기을호에게도 매우 우호적이었다. 나는 그가 그렇게 어려운 처지에서 가족들의 생계를 책임지고 있을 줄은 꿈에도 생각지 못하였다. 돌아보면, 대한민국의 대다수 서민들이 그처럼 어렵게 생활하고 있을 것이다.

③ 그즈음 세입자 중 한 사람인 이지철의 자녀가 법원 직원을 잘 알
고 있다는 말을 하였다고 한다. 그래서 이현택을 비롯한 세입자
들은 이지철에게 부탁하여 서울중앙지방법원으로 제기된 건물
철거 소송을 인천지방법원 부천지원으로 이송신청하게 하였다.
그런데 이현택은 단지 이송신청만을 이지철의 자녀가 대신해준
다는 말을, 세입자 5가구의 모든 소송을 이지철이 대신해준다는
것으로 잘못 안 것 같았다. 2008년 11월 21일경 사건을 이송받
은 인천지방법원 부천지원 담당재판부는 이현택에게 무변론 선
고기일통지서를 발송하였으나, 이현택은 그게 무슨 뜻인지도 모
르고 있었던 듯하다.

④ 무변론 판결 선고일로 지정된 2008년 12월 11일 이현택은 한 번
도 가본 적이 없는 인천지방법원 부천지원 353호 법정에 출석하
였다고 한다. 그는 무서워서 맨 뒷자리에 앉은 채 당사자석에는
나가지 않았다고 하였다. 담당판사는 무변론 패소 판결을 선고하
였고, 이현택은 그 의미도 모른 채 그냥 집으로 돌아왔던 것이다.

2008년 12월 19일 이현택에게 무변론 판결서가 송달되었다. 그 소
유의 건물을 철거하고, 철거 때까지 매월 30만 원의 지대를 지급하라는
내용의 판결서였다. 이현택은 그제야 깜짝 놀라서 이웃에게 그 의미를
물었고, 건물을 철거하고 매월 30만 원의 돈을 내야 한다는 뜻이라는

말을 들었다. 하늘이 무너지는 것을 느꼈을 것이다.

나는 그즈음 이현택으로부터 급한 전화를 받았다. 아는 변호사라고
는 없었던 이현택은 기을호를 통하여 나에게 전화를 한 것이다. 이현택
은 세입자 5가구를 대표해서 이지철의 자녀가 모두 처리하는 것으로
알고 있었다고 하였다. 그러면서 어쩌면 좋겠냐고 하소연을 하였다.

⑤ 나는 판결서와 건물 등기부 등본을 살펴본 뒤, 이현택의 건물은
등기가 되어 있기 때문에 철거할 이유가 없다는 것을 알려주었
다. 즉 토지를 점유할 정당한 점유 권원이 있으므로 항소하면 어
떠한 불이익도 받지 않을 것이라고 알려주었다. 이현택은 눈물
로 하소연하면서 항소를 부탁하였다.

나는 곧바로 항소장을 법원에 제출하였다. 그로부터 몇 주일 뒤 나
는 기을호로부터 비보를 접하였다. 이현택이 농약을 먹고 자살을 하였
다는 것이다.

사망 소식을 접한 며칠 뒤, 나는 이현택의 집을 방문하였다. 마침
이현택의 결혼한 딸(이현희)이 병으로 일어나지도 못하는 어머니에게
자신의 집으로 가자고 독촉하고 있었다. 그런데 어머니는 집을 버리고
어디를 가느냐고 하면서 울고 있었다. 술에 취한 채 울면서 H건설을
원망하는 이현택의 아들도 보였다.

이현택은 병으로 누워 있는 처와 알코올 중독자인 아들을 부양하면
서 가장으로서 힘겹게 살아가고 있었던 것이다. 그런데 갑자기 살고 있

는 집까지 철거하고 돈까지 내라는 법원 판결서를 받고 나서 심한 우울증과 스트레스에 시달렸을 것이 뻔하다. 결국 자신만 바라보는 가족에 대한 막막함과 미안함에 스스로 목숨을 끊은 것이다.

비록 변호사에게 항소를 부탁하였고, 무변론 판결의 의미와 정당한 점유 권원에 대한 설명을 들었지만, 이미 H건설에게 수차례 무참하게 패소를 당한 변호사의 말이 그다지 미덥지 못하였을 것이다. 또, 하루가 다르게 중장비를 동원하여 집을 부수고 있는 H건설이 두려웠을 것이다.

나는 이현택의 딸에게 그간의 소송 진행 경과를 설명하면서, H건설에게 건물을 매도하기 전에는 건물을 철거할 하등의 이유가 없다는 점을 설명하였고, 이웃 세입자들의 소송 진행 상황도 알려주었다. 이현희는 나에게 고마움을 표시했다.

그 후 2009년 4월 말경 나는 이현희로부터 한 통의 전화를 받았다. 사연인즉, H건설에서 소송대리인으로 선임된 나를 부담스럽게 생각하고 있으므로 사임해주었으면 좋겠다는 것이었다. 나는 이미 필요한 사실관계와 법리관계를 정리하여 항소이유서를 제출한 상태였다. 나는 이현희에게 앞으로 재판 진행에 필요한 사항과 다른 세입자들의 재판 결과를 알려주고 사임서를 제출할 수밖에 없었다. 결국 6,000만 원 정도에 강제조정이 될 것이라는 사실도 알려주었다.

마. 비판

이른바 '배운 도둑'이라는 말이 있다. 많이 배운 사람이 그 배운 지식으로, 배우지 못한 사람들의 무지를 이용해 재산과 기본권을 유린하는 것을 일컫는 말일 것이다.

H건설의 이현택 등 세입자들에 대한 건물 철거 소송은 처음부터 그 자체로서 청구이유가 없는 것이었다. 즉 민법 제622조는, "건물의 소유를 목적으로 한 토지 임대차는 이를 등기하지 아니한 경우에도 임차인이 그 지상건물을 등기한 때에는 제3자에 대하여 임대차의 효력이 생긴다"라고 규정하고 있다. 이현택의 건물은 등기된 건물이고, 종전 토지소유자인 기갑노와는 정상적인 토지 임대차계약이 성립되어 있었다. 따라서 새로 토지소유권을 취득한 H건설에게도 종전 토지 임대차계약으로서 대항할 수 있는 것이다. 민법 제622조에 의하여 **그 토지를 점유할 정당한 권원이 있는 것이다.** 그런데 H건설은 이현택 등 세입자들에게 그 토지를 점유할 아무런 권원이 없다고 하면서 건물 철거 소송을 제기하였다. 정당한 점유 권원이 있는 자에게 점유 권원이 없다고 하면서 소송을 제기한 것이다. 즉 건물 소유자와 건물매수 협의를 했어야 할 사항임에도, 무조건 철거소송을 제기한 것이었다. 법리를 잘 모르고 있을 세입자들에게 겁을 주고자 한 것이다. 그로 인하여 한 사람이 스스로 목숨을 끊었다.

법원으로서도 이와 같은 소장 내용은 그 자체로 이유가 없는지 여부를 살펴보았어야 할 것으로 보인다. 적어도 곧바로 무변론 판결 선고 기일까지 지정할 사항은 아닌 것으로 보인다. 최소한의 기록과 법리만 살펴보았어도 알 수 있는 내용이었다. 아마도 H건설과 같은 대기업이 소송을 제기하였기 때문에 이를 너무 쉽게 믿었을지도 모르겠다.

구상금 청구 사건

H건설은 세입자 5명에게 각 6,000만 원씩, 합계 3억 원의 건물 보상금을 지급한 후, 2010년 8월 25일경 기을호에게 3억 원에 대한 구상금 청구소송을 제기하였다. 기을호는 2010년 10월 5일경에서야 소장을 송달받았고, 고민 끝에 다시 나를 찾아왔던 것이다. 그리고 소송이 진행되었다.

가. 제1심(서울중앙지방법원 2010가합874＊＊호)

(1) H건설의 주장

H건설의 주장은 다음과 같았다.

① H건설은 기을호를 상대로 서울중앙지방법원 2005가합990＊＊호 사건에 승소하여, "피고는 원고에게 이 사건 토지의 소유권 이전 등기절차를 이행하고, 위 토지 위 6채의 각 건물을 철거하라"는 판결을 받았고, 그 후 위 판결은 확정되었다.

② 위 판결에 따라 H건설은 기을호에게 건물 철거를 요청하였으나 기을호는 이에 응하지 않았다.

③ 이에 H건설은 위 토지 상의 건물 소유자인 김순희, 이현택, 이

성탁, 이지철, 이인제 등 5명을 상대로 건물 철거 소송을 제기하여, 각 건물 소유자에게 6,000만 원씩 합계 3억 원을 지급하는 것으로 조정하고, 각 건물을 철거하였다.

④ 위 건물 철거는 기을호가 이행할 사항을 H건설이 대신한 것이므로, 기을호는 H건설에게 철거비용으로 지출한 합계 3억 원을 구상해주어야 할 의무가 있어 이 사건 소로서 이를 청구하는 바이다.

(2) 기을호의 주장

이에 대한 기을호의 답변(항변)은 다음과 같다.

① 서울중앙지방법원 2005가합990**호 판결은 기갑노-H건설의 부동산 매매계약서가 진정하게 성립되었다는 전제에서의 판결인데, 위 계약서는 위조된 것이다.

② 서울중앙지방법원 2005가합990**호 확정판결의 주문 중 "**기을호는 …6채의 건물(기갑노와 세입자 5명 소유)을 철거하라**"는 부분은 그 자체로 무효로서 어떠한 효력도 발생할 수 없다.

"건물을 철거하라"는 주문은 그 건물의 소유자 또는 점유자를 상대로만 가능한 것인데, 위 각 건물은 세입자들이 소유 및 점유하는 것이다. 기을호 소유가 아닌 것이다. 즉 애초부터 기을호에 대한 건물 철거 소송은 피고적격을 결한 것이었고, 이러한 주문은 확정되더라도 그 자체로 판결로서의 효력을 발생할 수 없는 것이다. 이는 부부가 아닌 자를 상대로 한 이혼 청구가 확정되더라도 이혼의 효력이 발생할 수 없는 것과 마찬가지다.

H건설은 기을호에 대한 판결문에서 **"…6채의 건물을 철거하라"** 라는 판결을 받았음에도, 또다시 세입자들에게 건물 철거 소송을 별도로 제기한 것도 위와 같은 판결주문으로는 강제집행을 할 수 없는 등 아무런 효력이 없기 때문이다.

③ 또한 H건설이 건물 소유자 김순희 등 5명의 세입자들을 상대로 건물 철거 소송을 제기한 후 각 6,000만 원에 조정에 이른 것도, 철거 비용에 관한 것이 아니라 '건물 보상금(건물 매수금, 민법 제643조)'에 관한 것이다. 이는 H건설과 각 세입자들 사이의 건물매매와 관련된 문제일 뿐이다. 따라서 H건설은 기을호에 대한 구상채권 자체가 존재하지 않는다.

(3) 제1심 법원의 판단

나는 첫 변론기일에서 구두로, 종전 서울중앙지방법원 2005가합990 **호 판결을 비롯한 관련 판결들은 특권과 반칙과 차별에 의한 것으로서 그 형식 면에서나 내용 면에서나 도저히 판결로서의 효력을 인정할 수 없다고 하였다. 담당재판부는 1회 변론기일을 끝으로 변론을 종결하고, 곧 판결을 선고하였다. 판결 결과는 H건설의 전부승소 판결이었는데, 그 이유가 너무 파격적이다.

① 기을호는 이 사건 확정판결에 따라 H건설에게 이 사건 건물을 철거할 의무가 있고, H건설로부터 계속하여 위 철거 의무를 이행하라는 요청을 받았음에도 이를 이행하지 아니하였으며, 이에 H건설이 부득이 기을호의 위 의무를 대신 이행한 사실을 인정할 수 있는 바, 위 인정사실에 의하면, 기을호는 **법률상 원인 없이** 자신의 철거 의무가 목적 달성으로 소멸되는 이익을 얻었고 H건설에게 이 사건 건물의 철거를 위한 비용을 지출하게 하는 손해를 가하였다.

기을호가 위와 같은 이익을 얻을 당시 기을호는 H건설로부터 수차례 철거 요청을 받았음에도 이를 이행하지 아니한 점 등에 비추어볼 때 **악의**라고 봄이 상당하다. 따라서 기을호는 **H건설에게 민법 제741조, 제748조 제2항에 따라 부당이득으로** 합계 3억 원 및 그 이자를 지급할 의무가 있다.

② 기을호는 이 사건 확정판결 중 건물 철거와 관련된 주문을 무효라고 주장하나, 판결서 기재에 의하면 계약상 이행의무 청구에 따른 의무로 보이므로 이를 무효라 할 수 없고, 위 판결이 재심에 의하여 취소되지 아니하는 한 기을호의 주장은 이유가 없다.

③ 기을호는 H건설이 세입자들에게 지급한 비용은 건물 철거비용이 아닌 건물 보상비이므로 구상할 수 없다고 주장하나, D건설과의 계약서 등 관련 자료와 법원의 강제조정 결정에 의하면, 위

금원은 H건설이 이 사건 건물의 철거를 위하여 기을호가 이 사건 건물의 소유자들에게 지급할 건물 보상비를 지급한 것이므로 이 사건 건물의 철거를 위하여 지급한 비용으로 봄이 상당하다.

(4) 비판(변론주의에 반하는 판결)

이는 명백히 변론주의에 반하는 판결이었다. 민사소송에서 주요사실은 당사자가 변론에서 주장해야 하며, 당사자에 의해 주장되지 아니한 사실은 판결의 기초로 삼을 수 없다. 이것이 변론주의다. 즉 법관은 당사자가 변론에서 주장하지 않은 사항을 별도로 심리하여 판단할 수 없는 것이다.

H건설이 제기한 소의 명칭은 '구상금 청구 소송'이었고, 소장과 준비서면에서 기을호에 대한 구상채권이 있다고 하면서 합계 3억 원의 구상금을 청구하였다. 그러나 구상채권이 무엇인지 특정하지는 못하였다.

H건설은 소장 등에서 부당이득과 관련한 주요사실 즉, **"법률의 원인 없이"**, **"타인의 재산 또는 노무로 이익을 얻고"**, **"이로 인하여 타인에게 손해를 가한 사실"**에 대하여 단 한 마디의 언급도 없었다(민법 제741조). 수익자의 악의 여부(민법 제748조)에 관해서도 단 한 마디의 주장도 하지 않았던 것이다.

기을호 역시 H건설이 주장하지 아니한 부당이득의 요건사실에 대하여 어떠한 항변도 제출할 수가 없었다. 결국 당사자들은 부당이득과 관련한 어떠한 주장이나 항변도 하지 않았고, 구상채권의 특정 여부에 관하여만 공격과 방어를 하였던 것이다. 그런데 판결은 구상채권에 대하여는 전혀 판단하지 않고, 양 당사자가 전혀 주장하지도 않은 부당이득에 관한 요건사실을 언급하면서 3억 원의 부당이득금과 그 이자를 지급하라는 것이었다.

결국 양 당사자는 법정에서 공허한 주장만 하였던 것이고, 오로지 재판부 혼자서만 당사자들의 주장에 관계없이 직권으로 부당이득에 대하여 판단한 것이다. 어떻게 이런 판결이 가능한 것일까?

나는 허수아비였단 말인가. 소장과 준비서면은 왜 제출하게 하고 상대방에게 송달까지 하는 것인가. 법관 혼자서 알아서 판단하면 될 일이 아니었던가. 판결문을 받아들고 나니 너무도 어이가 없었다.

통상 판결서의 이유는 "① 기초 사실 ② 원·피고의 주장 ③ 판단"의 순서로 작성하고 있다. 그런데 서울중앙지방법원 2010가합874**호 판결서 이유에는 ① 기초 사실과 ③ 판단만이 있을 뿐이었다. 특히, ② 원고 H건설의 주장은 전혀 판결이유에서 찾아볼 수가 없었다.

H건설은 소장 등에서 부당이득에 관하여 어떠한 주장도 하지 않았기 때문에 이를 기재할 수가 없었을 것이다. 결국 H건설이 주장하지도 않은 법률 요건사실을 재판부가 알아서 판단해준 것이다. 어떻게 이런 판결이 있을 수 있단 말인가.

나. 제2심(서울고등법원 2011나420**호)

(1) 기을호의 주장

① 제1심 판결은 변론주의 위반의 판결이다. H건설은 부당이득에

관한 주장을 전혀 하지 않았고 기을호도 이에 대하여 어떠한 방어권도 보장받지 못했다. 그럼에도 재판부가 알아서 부당이득에 관하여 판단을 하였다.

② 구상채권 자체가 존재하지 않는다. 구상채권은 '주는 채무'에 대하여 구상채권자가 대신 변제할 때 발생하는 것인데, 건물 철거는 '하는 채무'이므로 구상권 자체가 성립될 수 없다.

③ 건물 철거와 관련한 판결주문은 효력이 발생하지 않는다. **'건물을 철거하라'** 는, 판결주문은 건물의 소유자 또는 점유자에게만 낼 수 있는 주문이다. 기을호는 건물의 소유자도 아니고 점유자도 아니므로 그 판결주문은 집행력도, 기판력도 발생할 수가 없다. 만약 채권적인 약정에 의한 의무이행으로서 건물 철거를 명한 것이라면 그 판결주문은 **'건물 철거 약정의무를 이행하라'** 고 표시하여, 채권적인 약정에 기한 철거 의무임을 명확히 하였어야 한다. **'건물을 철거하라'** 는 판결주문과는 전혀 다른 의미이다.

④ 판결주문의 근거가 된 기갑노-H건설 명의의 부동산 매매계약서 제6조에도 건물 철거는 H건설이 책임지기로 되어 있다. 또한 전 소송 과정에서 H건설 직원 〈증인B〉는 기갑노-H건설 명의의 매매계약서는 종전 기갑노-D건설 매매계약서와 전혀 다른 것이라고 증언한 사실도 있다. 결국 건물 철거와 관련한 종전 판결주문

은 효력이 없고, 실체적으로 따지더라도 이유가 없는 것이다.

(2) H건설의 주장

내가 항소심에서 변론주의 위반을 주장하자, 담당 재판부는 H건설에게 채무불이행이나 손해배상 등 다른 법률적 주장도 할 것을 촉구하였다. 이에 H건설은 단 한 문장의 주장만을 추가하였는데, 이를 그대로 옮기면 다음과 같다.

> 1) 기을호가 철거 의무를 이행하지 아니하여 H건설이 이를 이행하기 위하여 철거 보상비를 지급함으로써 손해를 배상하여야 한다는 손해배상의 법리, 2) 기을호가 철거 의무를 이행하기 위하여 지불하여야 할 철거 보상비를 H건설이 대신 변제함으로써 갖게 되는 대위변제로 인한 구상금 청구의 법리, 3) 다음으로 원심 판결이 인정한 부당이득 반환청구권의 법리를 각 선택적으로 주장합니다.

(3) 제2심 법원의 판단

2심 법원은 제1심 판결을 취소하였으나, 다시 다른 이유로 H건설의 청구를 인용하였다. 다음과 같다.

① 기을호가 건물 소유자들에게 어떤 의무를 직접적으로 부담하지 않는 이상 그로 인하여 기을호가 무슨 이득을 얻었다고 하기는 곤란하고, H건설이 민법 제480조, 제481조에 의하여 이 사건 건물 소유자들을 대위할 수 있다고 할 수 없다. 제1심 판결을 취소

한다.

② 다만, H건설은 기을호가 **약정에 따른 철거 의무**를 이행하지 않는 바람에 이 사건 건물을 철거하기 위하여 건물 소유자들에게 철거 보상비를 지급함으로써, 같은 금액 상당의 손해를 입었다고 할 것이고, 그 보상 액수도 적정하다고 할 것이므로 기을호는 그 합계액 3억 원을 지급할 의무가 있다.

③ 기을호는 이 사건 건물의 소유자가 아니어서 H건설에 대하여 건물 철거 의무를 부담할 까닭이 없다고 주장하나, 기을호가 H건설에게 부담하는 의무는 확정판결에 명시된 바와 같이 **채권적인 약정에 따른 것이므로**, 위 주장은 도저히 받아들일 수 없다.

(4) 비판(기판력의 객관적 범위에 반하는 판결)

결국 2심 판결은, 종전 판결주문에 기재된 "**기을호는 …6채의 건물(기갑노와 세입자 5명 소유)을 철거하라**"는 판결주문의 의미는 그 판결이유서에 명시된 바와 같이 "**기을호는 별지목록 건물(6채)을 철거하여야 할 채권적인 약정의무를 이행하라**"는 의미라는 것이다. 그런데 기을호는 약정에 따른 철거 의무를 이행하지 아니하였고, 이로 인하여 H건설은 이 사건 건물을 철거하기 위하여 그 소유자들(세입자들)에게 철거보상비 3억 원을 지급하는 손해를 보았으니, 기을호는 이러한 손해를 배상하여야 한다는 것이다. 나로서는 판결의 논리를 도저히 이해할

수가 없다. 한번 따져보자.[1]

첫째, 민사소송법 제216조는 기판력의 객관적 범위라는 제목으로, "확정판결은 **주문에 포함된 것에 한하여** 기판력을 가진다"라고 규정하고 있다.

판결의 주문은 재판의 결론에 해당하는 부분이고 기판력의 객관적 범위를 정하는 원칙적 기준이다. 따라서 판결의 주문은 그 자체의 기재에만 의하여 그 의미가 정확히 밝혀지도록 명확하게 특정하여 기재하여야 한다(*대법원 2006. 3. 9.선고 2005다60239 판결, 민사소송법 제216조 제1항*). 판결의 결론에 해당하는 주문을 불명확하거나 다의(多意)적으로 기재하면 판결 자체의 효력범위를 특정하지 못하여 이를 집행하지 못하게 된다. 결국 법정안정성을 해치게 되는 것이다. 따라서 **재판의 결론에 해당하는 판결주문은 그 기재 자체만으로 의미가 명확하도록 특정하여 기재하여야 하는 것이다.** 이것을 '**주문의 자족성(自足性)**'이라고 한다.

그런데 종전 확정판결 중 건물 철거와 관련한 판결주문은 "**기을호**

----

1) 또한 제2심 판결은 변론주의 위반에 대하여는 판단을 회피하고 있었다. 즉 제1심판결은 민법 제741조, 제748조 제2항(악의의 부당이득)에 의하여 3억 원 및 그 이자를 지급할 의무를 인정하였는데 제2심 판결은 이에 대하여는 "기을호가 무슨 이득을 얻었다고 하기는 곤란하고"라고 하면서 부당이익에 관한 1심판의 부당함을 지적하는 동시에 H건설의 구상금청구에 관한 주장(민법 제480조, 제481조)을 배척하면서도 변론주의 위반에 대하여는 의도적으로 그 판단을 회피하고 있었다.

는 별지목록 기재 건물(6채)을 철거하라”는 것이다. “건물을 철거하라”
는 판결주문의 객관적인 의미 내용은 **‘건물의 소유권을 종국적으로 소
멸시켜라’**는 것이다.[2] 다시 말하면 건물을 부수어 없애버리라는 것이
다. 그래서 토지소유권을 방해하지 못하게 하라는 것이다.

　건물 철거와 관련한 수많은 재판 실무가 이렇게 판결주문을 내고
있고, 이는 일의(一意)적이고 객관적으로 명확한 의미로 해석되어 왔
다. 이러한 판결주문을 유독 이 사건에서만 **“건물을 철거할 채권 약정
상의 의무를 이행하라”**는 의미로 해석할 수 없다. 이것은 판결주문의
자족성에 반한다. “건물을 철거하라”는 주문과 “건물을 철거할 채권약
정 상의 의무를 이행하라”는 주문이 같지 않다는 것은 초등학생도 알
수 있는 내용이다.

　그런데 제2심 재판부는 유독 이 사건에서만 “기을호는 별지 기재
건물(6채)을 철거하라”는 의미를 ‘기을호는 별지 기재 건물을 철거하
기로 약정한 의무를 이행하라’ 는 의미로 해석해야 한다고 한다. 왜 같
은 내용의 판결주문의 의미를 유독 이 사건에서만 다르게 해석해야 한
다는 것인가. 특별히 이 사건에서만 차별을 하여야 할 이유가 무엇인
가. 이것은 억지가 아닌가.

　둘째, “건물을 철거하라”는, 판결주문의 객관적인 의미는 **‘건물의**

---

2)　양창수 ‘타인의 토지위에 있는 건물’, 민법 산고(98.12), 124~141면

소유권을 종국적으로 소멸시켜라'라는 것임을 앞서 살펴보았다. 그렇다면 건물 소유권을 종국적으로 소멸시킬 수 있는 자는 누구인가. 바로 건물을 처분할 권한이 있는 소유자 또는 점유자이다.

대법원 65다685 판결은 "토지와 독립하여 소유권의 대상이 되는 건물의 철거를 구하는 소송은 현재의 건물 소유자를 상대로 하여야 한다"고 판시하고 있다. 대법원 2002다61521 판결도, "건물 철거는 그 소유권의 **종국적 처분에 해당하는 사실행위**이므로 원칙적으로 그 소유자에게만 철거처분권이 있고, 예외적으로 건물을 전 소유자로부터 매수하여 점유하고 있는 등 건물에 대한 법률상 또는 사실상 처분을 할 수 있는 지위에 있는 자에게도 그 철거처분권이 있다"고 판시하고 있다.

결국 건물 철거는 그 소유권의 종국적인 처분(소멸)에 해당하는 사실행위이므로, 건물 철거를 구하는 소송은 그 철거처분권한이 있는 소유자 또는 점유자를 상대로 하여야 한다는 것이다.

그런데 기을호는 위 건물의 처분권자(소유자 혹은 점유자)가 아니다. 특히 위 별지 건물(5채)의 소유자 겸 점유자들은 5명의 세입자들이다. 그들은 각 건물을 등기까지 하였다. 그런데 H건설은 건물 소유자가 아닌 기을호에게 건물 철거 소송을 제기하였고, 법원은 아무 생각 없이 이를 인용하였다.

결국 건물에 대한 아무런 처분 권한도 없는 기을호에게 남의 건물을 철거하라고 판결한 것이다. 즉 건물을 종국적으로 소멸시킬 권한이 없는 기을호에게 남의 건물을 부수어 없애버리라고 판결한 것이다. **형법상으로는 남의 건물에 대한 재물손괴죄의 기수범이 되라고 명한 것이다.**

어떻게 이런 판결이 효력이 있다고 할 수 있단 말인가. 차라리 남의 집에 들어가서 물건을 훔쳐오라는 판결이 더 쉬울 것이다. 하늘의 별을 따오라고 판결해도 그게 효력이 있단 말인가. 이는 그 자체로서 실현할 수 없는 판결이다. 애초에 소송 자체가 잘못되었고, 판결 자체가 잘못된 것이다. 잘못된 판결주문 내용을 또다시 올바른 판결이라고 억지로 왜곡해서는 더더욱 안 되는 것이다.

셋째, 제2심 재판부는 **종전 확정판결 이유에** 채권적인 약정에 기한 철거 의무가 기재되어 있으므로 판결주문도 이에 따라야 한다고 해석하는 것 같다. 하지만 이는 너무도 위험하고 주객이 전도된 판단이다.

판결의 효력은 그 결론인 주문에 포함된 것 자체에만 미치는 것이지, 판결이유에서 설시된 그 전제가 되는 법률관계의 존부에까지 미치는 것은 아니다(대법원 2008. 10. 23. 선고 2008다48742 판결). 법률에도 나와 있고 대법원 판결도 그러하다.

종전 확정판결 이유에 기재된 기갑노와 H건설의 채권적인 약정이 이유가 있기 위해서는, 그 판결의 주문도 그러한 채권적인 약정에 부합하는 것이어야 한다. 즉 **'기을호는 별지 건물에 대한 채권약정 상의 철거 의무를 이행하라'**고 명확하게 판결주문을 특정하였어야 한다. 그래야 판결주문이 명확하고 오해의 소지가 없는 것이다.

그런데 종전 확정판결 주문은 **"기을호는 별지 건물을 철거하라"**고만 하였다. 이는 기을호에게 그 건물을 종국적으로 소멸시키라는 것이다. 절대로 약정에 기한 건물 철거 의무를 이행하여야 한다는 의미로 해석할 수가 없다. 이는 정확하고 명확하다. 지금까지 수많은 건물 철거 판결주문이 그러했다.

결국 판결주문에 반하는 이유는 아무런 효력이 없다. 판결이유를 살리기 위하여 판결주문의 의미를 변경시킬 수는 없다. 이는 주객이 전도된 것이다. 그런데 제2심 재판부는 판결이유에 기재된 '약정에 기한 철거 의무'를 이유로 명확하게 기재된 판결주문 문맥의 의미를 변경시켜야 한다고 한다. 객관적으로 명확한 판결주문 내용을 이렇듯 마음대로 변경시켜도 된다는 말인가. 다른 판결에서도 그렇게 할 수 있는가. 판사마다 판결주문을 달리 해석하면 법적 안정성은 어떻게 담보할 수 있다는 말인가. 도대체 말이 되지 않는다.

넷째, 건물 철거와 관련한 종전 판결주문이 아무런 효력이 없다면, 실체적인 권리관계는 어떠한가. 결론적으로 실체적인 권리관계에 있어서도 H건설의 주장은 이유가 없다.

종전 확정판결의 기초가 된 기갑노-H건설 명의의 부동산 매매계약서 제6조는 건물 철거를 H건설이 책임지기로 되어 있다. 나는 계속해서 건물 철거와 관련한 종전 확정판결은 아무런 효력이 없음을 주장하면서, 이 사건을 실체관계에 따라 판단해줄 것을 주장했다. 그러나 제2심 재판부는 이러한 나의 주장을 전혀 받아들이지 않았다. 오히려 판결이유에 잘못 기재된 채권적 약정을 근거로 판결주문의 의미 내용을 변경시키고 있었다. 아무리 아우성쳐도 내 말은 허공만 맴돌 뿐이다. 결국 제2심 재판부의 판결만 남았다. 기을호는 억울하게 땅을 뺏기고 돈까지 뺏긴 것이다.

다섯째, H건설과 건물 소유자들이 임의로 약정한 건물 보상비 총 3억 원이 손해배상액으로 적정하다는 것도 이해할 수 없다.

제2심에서 H건설이 손해배상에 대하여 주장한 것이라곤, "기을호가 철거 의무를 이행하지 아니하여 H건설이 이를 이행하기 위하여 철거 보상비를 지급함으로써 손해를 배상하여야 한다"는 딱 한 문장밖에 없었다. 이 한 문장으로써 손해배상의 근거는 물론 손해배상액에 대한 주장, 입증까지 다 했다는 것이다. 너무도 파격적이다.

기갑노는 D건설과 계약할 때도 세입자들의 이주 보상비를 총 2억 원으로 약정했다. H건설과의 계약서(위조된 것이지만)에는 이마저도 없다. H건설 직원인 〈증인B〉는 D건설과 달리 별도로 다른 계약을 했기 때문이라고 하였다. 그렇다면 H건설과의 계약에서는 이주 보상비에 대한 어떠한 근거조차도 없는 것이다. 그런데 느닷없이 H건설과 세입자들 사이에 합의된 금액을 기을호가 손해배상해야 한다는 것이다.

기을호는 1997년 D건설과 계약을 하고 잔금 9억 8,300만 원에 대하여 9년 동안 이자 한 푼도 받지 못했다. 부동산 가격이 폭등하였음에도 그랬다. 그런데 기을호에게 세입자들의 건물 보상비는 50%나 증액된 3억 원을 지급하라고 판단하고 있다. 그게 적정하다고 한다. H건설과 건물 소유주들이 마음대로 정한 금액을 기을호가 지급하여야 한다고 한다. 과연 대기업이 좋긴 좋다. 마치 감히 대기업에 대항하는 자는 이렇게 된다고 법원이 경고하는 것 같다. 세상이 그러하고 법원이 아직은 그런 세상을 따라가고 있는 듯하다. 어찌하랴!

다. 상고심

나는 다시 상고이유서를 작성해 제출하였다. 이는 사실판단의 문제가 아닌 명백한 법리의 문제였다. 변론주의에 관한 문제였고, 기판력의 객관적 범위에 관한 문제였고, 건물 철거 소송에서의 피고 적격의 문제였다. 그러나 상고심은 곧 기각되었다. 이유는 아무런 법리적인 문제가 없다는 것이다.

"건물을 철거하라"는 판결주문을 유독 이 사건에서만 '약정에 기하여 건물을 철거할 의무를 이행하라' 라는 의미로 해석할 수는 없다. 나는 제2심 판결 및 대법원의 판단이 잘못된 것이라고 확신한다. 판결이 법전 속의 진리를 시체로 만들어 놓았다. 대한민국 사법부 구성원은 누구보다 똑똑하고 엘리트이다. 위신이 있고 자존심도 강할 것이다. 잘못된 판결을 끝까지 고집하는 것이 위신이고 자존심일까? 힘없는 자의 지혜가 관철되지 못하는 일이 어찌 이뿐이겠는가. 기을호만 불쌍하다.

2011년 9월경에 영화 〈도가니〉가 상영되었다. 판결에 대한 불만이 봇물처럼 쏟아졌다. 제15대 양승태 대법원장이 취임하였다. 재판의 권위는 국민이 자발적으로 승복하는 데 있다고 하였다. 법관은 우리 사회에서 가장 고결한 인격과 높은 경륜을 갖춘 지혜로운 사람이라는 인식이 국민의 뇌리에 자리 잡혀야 한다고 하였다.

〈증인B〉에 대한 고소 사건

나는 2010년 10월경 〈증인C〉에 대한 위증고소장을 작성하였고, 다른 한편 H건설이 기을호에게 제기한 구상금 청구 사건을 진행하고 있었다.

한편, 나는 이 사건의 내용이 H건설이 내세운 〈증인A〉, 〈증인B〉, 〈증인C〉의 거짓증언에 의하여 좌우되고 있다는 점을 주목하였고, 그 중 H건설의 〈증인B〉가 모든 것을 주도하고 있을 것으로 생각하였다. 그렇다면 새로운 재심청구를 위하여 H건설 〈증인B〉의 위증 행위를 확인할 필요가 있을 것으로 생각하였다. 〈증인B〉는 이미 여러 변론기일에서 논리적으로 모순되는 증언을 하였는데, 그동안의 변론기일에서 이 점을 아무리 주장·적시하여도 재판부는 전혀 참작조차 하지 않았었다. 따라서 〈증인B〉의 모순된 증언에 대하여는 고소 절차를 통하여 위증 행위임을 명확하게 할 필요가 있을 것으로 보였다.

나는 2011년 3월경 기을호와 함께 H건설 〈증인B〉에 대한 위증 혐의의 고소장을 작성하여 검찰에 접수하였다. 그런데 그 결과는 참으로 어처구니가 없었다. 대략 한번 살펴보자.

가. 〈증인B〉에 대한 위증고소 사실

〈증인B〉는 2006년 7월 25일 서울중앙지방법원 2005가합990**호 사건 변론기일에 증인으로 출석하여, **기을호 및 기갑노는 2000. 3.경에 H건설에게 소유권 이전이 협의되었다고 하면서 매매잔금 9억 8,300**

만 원을 청구하였으나, 지장물 철거 등 잔금 지불 전 이행사항이 완료되지 않아서 지불하지 않았다'는 취지로 증언하였다.

〈증인B〉는 2009. 1. 21. 서울중앙지방법원 2008고단37**호 〈증인A〉의 위증 형사사건 공판기일에 출석하여서도, '기갑노가 2000. 3.경에 Y종합건설을 통하여 H건설과 승계계약이 체결되었으니 잔금 9억 8,300만 원을 지급해 달라고 H건설에 요청하였다'는 취지로 증언하였다.

나. 위 〈증인B〉의 증언이 거짓(위증)인 이유

첫째, Y종합건설은 기갑노에게 **2000년 7월 28일자 통고서를 통하**여 귀하가 "매매계약 승계를 거부함에 따라 사업이 지연되므로 부득이 토지수용권을 발동하려 한다"고 한 사실이 있다. 따라서 "기을호 또는 기갑노가 2000년 3월경에 소유권 이전이 협의되었다고 하면서 잔금 9억 8,300만 원을 청구하였다"는 〈증인B〉의 위 증언은 논리적으로 사실일 수가 없다.

둘째, 〈증인B〉는 2009재나37** 재심사건 2009. 10. 14.자 변론기일에 출석하여 **"증인은 2000년 3월경에는 기을호를 만난 사실이 없다"**라고 분명하게 증언하였다. 즉 〈증인B〉는 2000년 3월경에 기을호가 잔금을 청구하였다는 취지의 증언은 거짓진술임을 스스로 인정하고 있었다.

셋째, 이 사건 계약서 제6조에는 **"을(H건설)이 일반 구조물(건물, 교량 등)의 철거를 책임지기로 한다"**라고 기재하고 있다. 즉 건물 철거는 잔금 지불 전 이행사항이 아니었다. 따라서 지상물 철거 등 잔금 지불 전 사항이 이행되지 않아서 잔금을 지불하지 않았다는 〈증인B〉의 증언 역시 거짓인 것이다.

다. 경찰의 불기소 의견, 검찰의 불기소 처분

〈증인B〉의 고소 사건은 서대문경찰서에서 담당하였다. 나는 고소인 조사를 받으면서 〈증인B〉의 진술은 논리적으로 거짓임이 명백함을 강조하였다. 특히 〈증인B〉는 2009재나37** 재심사건 2009. 10. 14.자 변론기일에서 스스로 **"증인은 2000년 3월경에는 기을호를 만난 사실이 없다"**라고 진술하고 있음을 강조하기도 하였다. 논리적으로 명확한 것이므로 대질신문 자체도 필요가 없을 것으로 보였다.

그러나 서대문경찰서 담당조사관은 〈증인B〉와 대질신문을 하였다. 그 후 사건을 인천 계양경찰서로 이송하여 〈증인C〉에 대한 참고인 조사를 실시하였다. 그리고 사건을 불기소 의견으로 검찰에 송치하였다.

나중에 확인한 바, 경찰의 불기소 의견은 서울중앙지방법원 2005가합990**호 판결문, 서울고등법원 2007나52**호 판결문 및 종전 〈증인B〉에 대한 위증 고소 건 불기소 처분의 결과로 보아, 〈증인B〉의 위증을 인정할 수 없다는 것이었다. 불기소 의견서는 위 민사소송 판결문 이유를 이리저리 섞어놓아 무슨 말인지조차도 알 수 없도록 작성하고 있었다.

〈증인B〉에 대한 고소 사실에 대한 근거가 되는 2009재나37** 재심 사건 2009. 10. 14.자 변론기일에서의 **"〈증인B〉는 2000년 3월경에는**

기을호를 만난 사실이 없다"라는 증언과 논리적으로 배치된다는 점은 교묘하게 피해가고 있었다. Y종합건설이 2000년 7월 28일자로 기갑노에게 발송한 통고서의 내용도 마찬가지였다. 참으로 해괴한 논리였다. 논리가 아니라 철저한 무시였다. 당사자 외에 누구도 관심을 두지 않는 사건은 이렇게 철저하게 무시되고 있었다. 그리고 검찰은 이를 그대로 받아들이고 있었다.

나는 사건이 검찰로 송치되었다는 소식을 문자로 전송받고, 담당 검사에게 전화를 해서 직접 방문하여 사건에 대해 설명을 하겠다고 하였다. 하지만 담당검사는 방문할 필요가 없다고 하였다. 일언지하의 거절이었다. 오히려 대리인이 마치 당사자처럼 사건에 집착하는 것이 수상하다고 하였다. 어디선가 들어본 이야기다. 마치 누군가로부터 귀띔이라도 들은 것 같은 느낌이었다. 사건의 실체를 문제 삼는 것이 아니라 변호사가 사건을 열심히 파고드는 의도를 문제 삼고 있었다. 변호사가 고소인을 위하여 열심히 일하는 것이 사건의 실체를 덮는 이유가 될 수 있다는 말인가. 그리고 얼마 뒤 불기소 처분서가 날아들었다.

힘 있는 자에게는 여러 모로 편한 세상이고, 힘없는 자에게는 열심히 일하는 것 자체가 문제가 되는 세상이다. 어느 한 개인의 문제가 아니라 우리가 살아가고 있는 세상 자체가 그러한 세상이었다. 나는 즉각 검찰 항고를 하였으나 기각되었다. 기소유예도 아닌 증거 불충분으로 인한 불기소 처분이었다. 재항고를 해봐도 소용없었다.

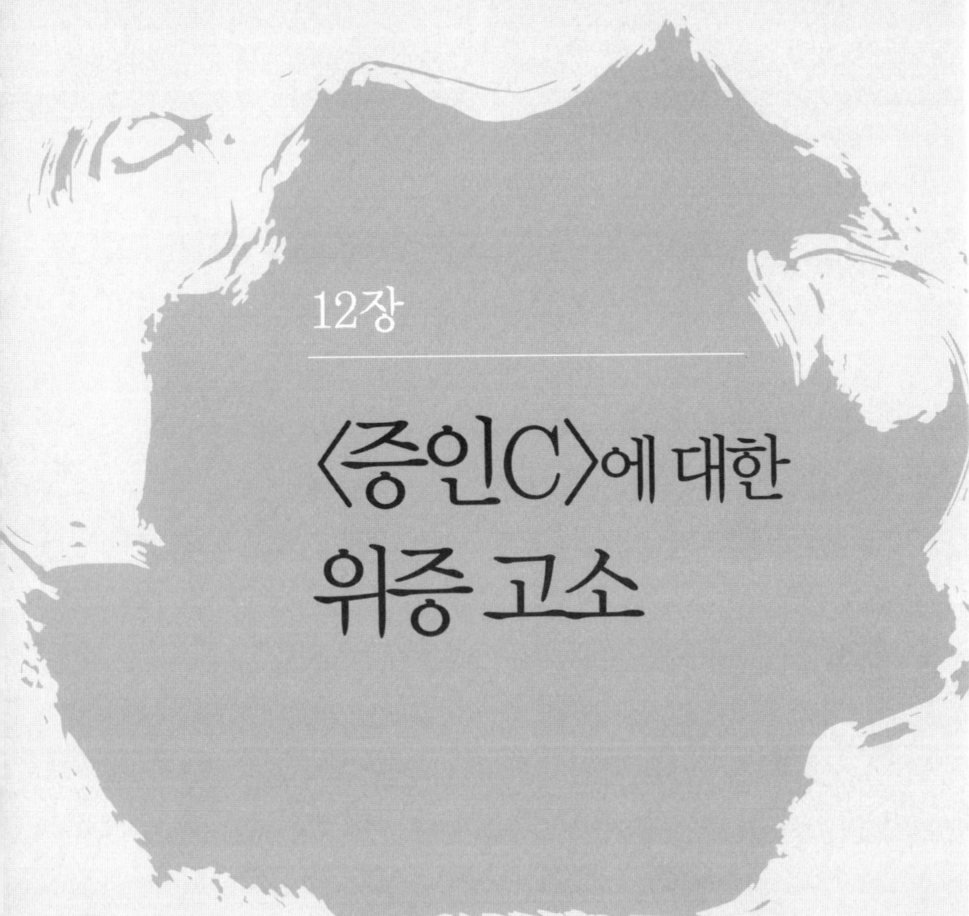

〈증인C〉에 대한 위증 고소

"18번째 소송"

🌸 고소장 작성

2010년 10월경 기을호를 설득한 나는 곧바로 〈증인C〉에 대한 위증 혐의의 고소장 작성에 들어갔다.

서울중앙법원 2008고단37**호 〈증인A〉의 위증 형사사건에서의 〈증인C〉의 증언과 서울고등법원 2009재나37**호 재심 사건에서의 〈증인C〉의 증언 그리고 2008년 9월경의 녹취록의 진술 내용을 차분하게 비교 분석했다. 명백하게 사실에 반하거나 논리적으로 전후 모순된 진술들을 추려서 정리했다. 특별히 "안천식 변호사의 협박으로 2008년 4월 4일자 진술서를 작성했다"라는 증언 내용에 대하여도 고소사실에 추가하였다. 이는 나와 직접 관계된 일이기도 하였기에 나는 공동 고소인으로 이름을 올렸다.

가. 먼저 서울고등법원 2009재나37∗∗호 재심 사건에서 〈증인C〉의 진술에 대한 고소 내용은 다음과 같다

첫째, 서울고등법원 2009재나37∗∗호 재심 사건에서 〈증인C〉는 "안천식 변호사에게 2008년 4월 4일자 진술서를 써준 것은, 거짓 내용인 줄 알고 있었지만 오로지 돈을 받을 목적으로 쓴 것이다. 안천식 변호사가 협박하고 기을호가 회유하여 돈을 받기 위하여 허위 내용의 진술서를 작성해준 것이다"라고 증언하였다.

그런데 서울중앙지방법원 2008고단37∗∗호 사건에서 〈증인C〉는, "당시 안천식 변호사가 증인이 진술한 내용을 토대로 진술서를 작성한 것은 사실이고, 도장 관련 이야기가 오간 것도 사실이다. 인장은 이병학이 가지고 있던 막도장을 날인한 것으로 기억한다라고 말한 것도 사실이다. 그런데 나중에 생각해보니 착각한 것 같다"라고 하였다. 이는 논리적으로 전혀 상반된다. 둘 중 하나는 거짓말인 것이다.

둘째, 〈증인C〉는 서울고등법원 2009재나37∗∗ 사건에서, "안천식 변호사를 마지막으로 찾아간 것은 2008년 6월경으로서 H건설의 〈증인B〉를 찾아가기 전이었다. 기을호가 약속한 돈을 얼마나 받을 수 있을지 알아보기 위해 간 것이다. 안천식 변호사를 만나서 돈 200만 원을 빌려달라는 말을 한 사실은 없다. 가기 전에 전화로 미리 약속을 하지도 않았고, 마침 서울 나가는 길에 겸사겸사 찾아간 것이다"라고 증언하였다.

그런데 내가 2008년 9월경에 녹음한 녹취록에는 전혀 다른 내용이 있다. "제가 진술서를 써준 것은 거짓말 치는 사람이 오히려 큰소리치는 현실을 어떻게 바르게 해볼까 그런 생각에서 해준 것이다. 지금이 9월인데 8월에 내가 기을호를 두 차례 방문했다. 지금 너무 힘드니 돈 200만 원을 빌려달라. 나중에 기을호에게 잘 말해달라. 민감한 일이라 어제 미리 전화를 드리고 온 것이다"라고 되어 있었다.

약속한 돈을 얼마나 받을 수 있을지에 대해서는 전혀 언급이 없었다. 8월에 기을호를 두 차례 방문한 뒤 9월에 방문한 것이라고 스스로 이야기하고 있다. 방문 시기, 방문 목적, 대화 내용 등 모든 게 거짓말이었다.

셋째, 〈증인C〉는 서울고등법원 2009재나37**호 재심 사건에서, "2008년 7월경 H건설의 〈증인B〉를 처음 만났을 때, '기을호가 평생 먹을 것을 보장해주겠다고 했고, 안천식 변호사가 고소를 하겠다고 하여 어쩔 수 없이 2008년 4월 4일자의 허위진술서를 작성해주었다. 이병학이 도장을 찍었다는 내용은 사실이 아니다'라고 모두 말해주었다"라고 하였다.

그런데 같은 날 〈증인C〉 뒤에 증인으로 나온 H건설의 직원의 〈증인B〉는 "2008년 7월경 〈증인C〉를 처음 만났을 때, 〈증인C〉는 굉장히 곤혹스러워하며 답변을 제대로 하지 않았다. 증인을 상대하려고도 하지 않았다. 당시 〈증인C〉로부터 '안천식 변호사가 위협을 하였고 기을호가 평생 먹을 것을 보장해주었다'는 말은 전혀 듣지 못하였다"

라고 하였다.

완전히 정반대의 진술이다. 둘 중 누구 하나는 거짓말을 하고 있는 것이다. 〈증인B〉가 H건설에게 불리한 거짓말을 할 리는 없다.

넷째, 〈증인C〉는 서울고등법원 2009재나37**호 재심 사건에서, "1999년 내지 2000년경 이병학이 주택개발 사업에 필요한 주민동의서의 작성을 위하여 향산리 주민들의 막도장을 가지고 있었던 점에 대한 기억은 없다. 이병학이 도장을 가지고 다녔는지도 증인은 보지 못하였기 때문에 모른다"라고 증언하였다.

그런데 〈증인C〉는 서울중앙지법 2008고단37** 사건에서 이미 "2008년 4월 4일자 진술서에 '이병학이 도장을 찍었다' 는 부분은 향산리 주민동의서에 찍은 것과 착각하고 그렇게 진술한 것이다. 당시 이병학이 주민동의서 작성을 위하여 향산리 주민들의 막도장을 가지고 다니고 있었던 것은 맞다"라고 하였었다. 둘 중 하나는 거짓말이다.

나. 다음으로 서울중앙지방법원 2008고단37호 형사사건에서의 〈증인C〉의 증언에 대한 고소 내용은 다음과 같다**

첫째, 〈증인C〉는 서울중앙지방법원 2008고단37**호 위증 사건 공판기일에서, "이병학이 이 사건 계약서에 도장을 날인하는 것은 본 적이 없습니다. 안천식 변호사 사무실에서는 이병학이 직접 도장을 날인하였다고 했는데, 이는 잘못된 진술입니다"라고 하였다.

그러나 〈증인C〉는 2008년 4월 4일자 안천식 변호사 사무실에서뿐만 아니라, 2008년 4월 18일 방배경찰서 참고인 진술을 하면서도 '이병학이 기갑노의 막도장을 소지하고 있었고, 틀림없이 기갑노의 계약서에 찍는 것을 보았다'라고 수차에 걸쳐서 진술하였다. 그리고 2008년 9월경 안천식 변호사 사무실에 찾아왔을 때도 '진짜 정의를 위해서 진술서를 써준 것이다'라고 하였다. 그런데 2008년 7월경 후 H건설 측의 〈증인B〉, 〈증인A〉를 만난 이후 갑자기 진술이 바뀌었다.

둘째, 〈증인C〉는 서울중앙지방법원 2008고단37**호 위증 사건 공판기일에서, '기을호는 이 건에 대하여 협조해주면 평생 먹을 것을 보장해주겠다고 하였고, 안천식 변호사는 협조해주지 않으면 신상에 불이익이 있을 것이라고 하였다'라고 하였다.

그런데 〈증인C〉는 같은 증인신문기일에서 '착오로 잘못 기억한 것이다'라고 하였다. 회유와 협박에 의한 것과 착오에 의한 것은 전혀 다른 의미다. 회유와 협박은 외부적인 자극이 있었다는 것이고, 착오는 내부적인 문제였다는 것이다. 전혀 다른 의미이므로 논리적으로 맞지 않는다.

셋째, 〈증인C〉는 서울중앙지법 2008고단37**호 사건 공판기일에서 재판장의 "안천식 변호사에게 이병학이 도장 찍는 것을 본 것 같다고 말을 했나요, 안 했나요?"라는 질문에, "그런 말을 안 했습니다. 그런 말을 안 했는데 안천식 변호사가 타이핑해온 진술서에 그 내용이 포함되어 있었고, 이를 자세히 못 읽고 도장을 찍은 것이다"라고 하였다.

그런데 〈증인C〉는 그 후에 '안천식 변호사에게 인장 관련 말을 한 것이 사실이다'라고 스스로 거짓임을 자인하였다(이 부분은 동일 변론 기일에서 인장 관련 말을 했다고 하였으므로 위증죄가 될 수 없다고 판단하였다).

넷째, 〈증인C〉는 서울 공판기일에서 "안천식 변호사에게 준 진술서에 이병학이 도장 날인한 것을 보았다는 내용이 기재되어 있는 것은, 2008년 6월 말경 〈증인B〉와 전화 통화를 하고 알게 되었다"고 하였다.

〈증인C〉는 당시 진술서를 작성하고 그 내용을 일일이 수정한 뒤 다시 확인까지 하였다. 그리고 사무실 여직원과 함께 인근 공증 사무실에 가서 공증까지 받았다. 그런데도 〈증인C〉는 착오로 잘못 작성하였다고 하였다. 논리적으로나 사실적으로나 거짓임이 분명하다.

수사 및 기소

고소 사건에 대한 수사는 1차적으로 인천 계양경찰서에서 이루어졌고, 이를 바탕으로 인천지방검찰청에서 다시 수사가 진행되었다.

2011년 7월 1일, 검찰은 〈증인C〉를 위증 혐의로 기소하였고, 기소 범위는 다음과 같았다.

(1) 서울고등법원 2009재나37**호 재심 사건에서 〈증인C〉의 증언

중, "안천식 변호사를 마지막으로 찾아간 것은 2008년 6월경이다"라는 둘째 고소사실과, "1999년 내지 2000년경 이병환은 향산리 주민들의 막도장을 가지고 있었다는 점에 대한 기억이 없다"는 넷째 고소사실만이 기소되었다.

특히 '오로지 돈을 받기 위하여 2008년 4월 4일자 거짓 내용의 진술서를 작성해주었다'는 첫째 고소사실은, 안천식 변호사가 여러 번 전화한 것을 협박으로 오인할 수도 있고 기을호가 사례를 약속하였을 수도 있다는 이유에서 기소범위에서 제외되었다.

"2008년 7월경 〈증인B〉를 만나, 협박과 회유에 의하여 거짓진술서를 안천식 변호사에게 작성해주었다"는 셋째 고소사실도, 〈증인B〉와 〈증인C〉 중 누가 거짓말을 하는지 알 수 없으므로 기소범위에서 제외한다고 하였다.

결국 이와 관련하여 공소장에 기재된 〈증인C〉의 거짓진술은 다음과 같다.

① "2008년 9월경 안천식 변호사에게 돈을 차용해달라고 하지 않았다. 기을호가 제의한 것에 대하여 얼마나 받을 수 있을지 확인하기 위하여 기대심으로 가보았던 것이다"라는 부분과 ② "1999년 내지 2000년경 이병학이 주택개발 사업에 필요한 주민동의서의 작성을 위하여 향산리 주민들의 막도장을 가지고 있었던 점에 대한 기억은 없다. 이병학이 도장을 가지고 다녔는지도 증인은 보지 못하였기 때문에 모른다"

라는 부분만이 공소사실에 기재되었다.

(2) 서울중앙지방법원 2008고단37**호 공판기일에서의 〈증인C〉의
증언과 관련한 기소범위는 보다 넓었다.

첫째, 판사와 검사의 질문과 〈증인C〉의 진술을 하나하나 공소사실
에 기재하면서, 기갑노-H건설 명의의 부동산 매매계약서의 날인 과정
에 대하여 〈증인C〉가 잘 알고 있으면서, 거짓말을 하였다는 취지로 공
소사실이 꾸며졌다.

둘째, "안천식 변호사에게 이병학이 도장 찍는 것을 본 것 같다는
말 자체를 하지 않았다"는 진술에 대하여도 공소사실에 포함시켰다.

셋째, "안천식 변호사에게 준 진술서에 이병학이 도장 날인하는 것
을 보았다는 내용이 포함되어 있는 것은 2008년 6월 말경 〈증인B〉와
전화 통화를 하고서야 알게 되었다"는 부분도 공소사실에 포함시켰다.

판결

사건은 인천지방법원 2011고단34**호로 진행되었고, 〈증인C〉의 변
호인으로 1년 전에 같은 법원 단독판사를 끝으로 인근에 개업한 변호

사가 선임되었다.

2011년 11월 3일 동 법원은 서울고등법원 2009재나37**호 사건과 관련해서는 공소사실에 기재된 "안천식 변호사를 마지막으로 찾아간 것은 2008년 6월경이다", "2000년경 주민들의 막도장을 가지고 다니지 않았다"는 〈증인C〉의 두 가지 진술에 대하여 모두 위증죄의 유죄를 인정하였고, 서울중앙지방법원 2008고단37**호 사건과 관련해서는, "2008년 6월 말경에 안천식 변호사에게 작성해준 진술서에 도장 관련 내용이 있는 것을 알았다"는 부분에 대하여만 위증죄의 유죄를 인정하여, 결국 〈증인C〉에 대하여 징역 6개월에 집행유예 2년 사회봉사명령 120시간을 선고하였다.

결국, 객관적으로 명확한 증거가 있는 부분만 유죄 판결이 났고, 최저의 형량이 선고된 것이다. 초범이고 반성하고 있으며, 위증한 부분은 사건에 있어서 중요한 사실이라고 볼 수 없음을 참작하였다고 하였다. 검찰은 항소하였으나, 항소는 기각되었다.

비판

가. 검찰의 공소범위에 대한 비판(공소사실에서 누락된 〈증인C〉의 자백)

나는 당시 인천지방검찰청이 〈증인C〉의 위증에 대하여 일부라도 기소해준 것 자체가 고마울 따름이었다. 〈증인A〉 위증 사건의 경우에는 검찰이 세 차례씩이나 불기소 처분하는 모습을 보았기 때문이다. 따라서 고소사실 중 검찰의 일부 불기소 처분에 대하여 검찰 항고를 할 엄두도 내지 못하고 있었다. 기소된 것만이라도 공소유지를 잘 해주기를 바랄 뿐이었다.

그런데 본격적으로 공판이 시작되고, 수사 서류를 열람해 살펴보면서 한 가지 중요한 사실을 발견했다. 즉 경찰·검찰 조사 과정에서 〈증인C〉는, "**'이병학이 기갑노의 막도장을 날인한 것으로 기억한다'는 내용은 허위라는 사실을 알면서도, 심리적 압박과 회유로, 오로지 돈을 받을 목적으로 작성해주었다고 증언한 부분은 제가 사실과 달리 증언한 것입니다**"라고 하면서, 이 부분에 대한 서울고등법원 2009재나37**호 사건 변론기일에서의 증언(첫 번째 고소사실)이 위증임을 자백하고 있었던 것이다. 그것도 무려 여섯 차례나 위증임을 자백하고 있었음에도, 이 부분은 공소사실에서 누락되어 있었던 것이다.

"**안천식 변호사를 최종적으로 방문한 것은 2008년 6월경으로 〈증인B〉를 만나기 전이다**"라는 부분 역시 〈증인C〉는 거짓증언임을 자백하고 있었으나, 공소사실에서 누락되어 있었다.

나는 위와 같은 사실을 검찰 항고기간(30일)을 도과하고 제1심 판결까지 선고된 후에야 알게 되었다. 기가 막혔다. 〈증인C〉는 위증 고소사실 중 가장 핵심적인 부분을 자백하였음에도 검찰은 이를 공소사실에서 누락시키고 있었던 것이다. 나는 검찰이 일부라도 기소해준 것에 감지덕지하여 넋을 놓고 있었던 것이다. 항소심에서 이 점에 대하여 의견요청을 피력하면서 공소사실 추가를 요청하였지만 이는 불가능한 것이었다.

하는 수 없이 명백하게 범죄사실을 자백한 부분에 대하여 다시 고소장을 접수시켰다. 그러나 이는 이미 동일 변론기일에서 일부 증언이 유죄로 확정되었으므로 불가능한 것이었다. 결국 검찰은 이에 대하여 2012년 8월 10일자로 '공소권 없음' 의 불기소 처분을 하였다.

절차적으로는 검찰의 일부 불기소 처분에 대하여 검찰 항고를 하지 못한 나의 잘못이 크다. 그러나 〈증인C〉가 수사 과정을 통하여 위증 고소사실 중 가장 핵심적인 부분을 자백하고 있었음에도, 검찰이 이 부분에 대하여 공소사실에서 누락한 점에 대하여는 쉽게 이해가 가지 않는다.

나. 법원의 양형에 대한 비판

대법원의 양형기준에 의하면, 위증죄의 기본 형량은 징역 6월~1년 6월이다. 여기서 감경하더라도 징역 6~10월을 선고하도록 하였고, 가중할 경우 징역 10월~2년까지 선고하도록 정하고 있다. 즉 위증죄의 경우는 아무리 가볍게 처벌하더라도 징역 6월 이상의 형을 선고하도록 정하고 있다.

〈증인C〉는 서울중앙지방법원 2008고단37**호 형사 법정에 출석하여 위증하였고, 서울고등법원 2009재나37**호 재심 사건에 출석하여 다시 위증하였다. 1년도 되지 않는 짧은 기간에 두 차례씩이나 명백한 거짓증언을 한 경합범이다. 피해회복을 위한 노력도 없었다. 반성하는 표정이라고는 전혀 없었다. 피해자(기을호)도 법에 따른 엄정한 처벌을 원하였다.

그런데 초범이고, 반성하고 있고, 위증한 사실이 중요한 부분이 아니라고 하면서, 최저형인 징역 6개월에 집행유예까지 선고해주었다. 지나치게 가벼운 처벌로 인해 앞으로 또 같은 범죄를 저지를 염려는 없는 것일까.

재판부는 피고인이 반성하고 있다고 하였다. 무엇을 보고 반성하고 있다는 것일까. 단 한 번도 기을호에게 사과하지 않았다. 수사에서부터 공판에 이르기까지 시종일관 명백하게 드러난 사실 외에는 범행 사실을 부인하였다. 반대 증거가 나오면 어쩔 수 없이 인정하였다. 재판부는 〈증인C〉가 명백하게 인정하는 부분만 거짓말을 하였다고 보는 것일까. 변호인이 반성하고 있다고 하면 반성하는 것일까.

재판부는 위증한 부분이 사건에서 중요한 사실이 아니라고 하였다. 명명백백하게 거짓증언을 하였는데도 별로 중요하지 않다고 한다. 법정이 온갖 거짓말로 오염되어도 된다는 말인가. 중요한 사실인지 아닌지 어떻게 안단 말인가. 왜 민사사건에서 증인의 신빙성을 형사 판결에서 미리 예단하는 것인가. 정말로 중요하지 않은 범죄인 것일까.

그렇다면 민사 법정에서 양측 소송대리인이 공연히 증인신문을 하여 〈증인C〉를 괴롭혔다는 것인가. 쓸데없이 재판장이 직권신문을 하였다는 것인가.

인간적으로 〈증인C〉라는 사람 자체는 참 불쌍한 것이 맞다. 양형은 법관의 재량이니 뭐라 할 수도 없다. 적어도 지난 〈증인A〉에 대한 사건처럼 벌금형을 선고하지도 않았다. 다만 사건 전체를 통하여 대기업 H건설에 우호적으로 흐르는 정서에 기가 막힐 뿐이다. 힘없는 변호사를 선임한 기을호의 처지가 처량할 뿐이다. 공허한 소리를 한 것 같다.

13장

2차 재심청구

(서울고등 2012재나23**호)

"18번째 소송"

재심소장의 작성(기을호의 주장 요약)

가. 재심요건 정리

2012년 2월 20일 〈증인C〉에 대한 위증죄 유죄 판결이 확정됨에 따라, 나는 서울고등법원 2012재나23**호로 다시 재심을 구하는 재심소장을 접수시켰다. H건설은 소송대리인으로 T 법무법인을 선임하였다. 나는 기을호 측의 재심청구 취지를 다음과 같이 주장하였다.

우선 서울고등법원 2009재나37**호 재심 사건은 본안 종국 판결이다. 위 재판 변론기일에 〈증인C〉는 증인으로 출석하여 그동안 일관되게 진술해오던 "이병학이 W공영 사무실에서 기갑노의 막도장을 이 사건 계약서에 날인한 것으로 기억한다"는 진술은 사실이 아니라고 부인하였다. 재판부는 이러한 〈증인C〉의 증언에 근거하여 종전 그의 진술을 믿기 어렵다고 하였다. 종전 그의 진술은 "이 사건 계약서는 2000년 1월경에 이병학에 의하여 위조되었다"는 것이다. 〈증인C〉는 방배경찰서에서도 이와 같이 진술하였다.

그런데 오히려 서울고등법원 2009재나37**호 사건 변론기일에서 〈증인C〉의 증언은 상당부분 거짓임이 드러났고, 일부에 대하여는 위증죄의 유죄로 확정되기까지 하였다. 〈증인C〉가 서울고등법원 2009재나37**호 사건 변론기일에서 얼마나 많은 거짓말을 하였는지는 가늠하기조차 어렵다. 그런데 〈증인C〉가 위와 같은 법정 증언을 하면서 종전에 자기가 한 "이병학이 W공영 사무실에서 기갑노의 막도장을 이 사건 계약서에 날인한 것으로 기억한다"라고 한 것은 사실이 아니라고 하였다. 재판부는 이러한 〈증인C〉의 증언에 따라 사실이 아닌 것으로 판단하였다. 그런데 〈증인C〉의 다른 증언은 대부분 거짓말이었다. 따라서 〈증인C〉의 "'이병학이 W공영 사무실에서 기갑노의 막도장을 이 사건 계약서에 날인한 것으로 기억한다' 라고 한 것은 사실이 아니다"라는 진술도 거짓일 개연성이 매우 크다. 즉, 이 사건 계약서가 위조되었을 개연성은 충분한 것이다. 그렇다면 민사소송법 제451조 제7호의 재심사유가 인정되는 것이다.

결국, 재심소송에서 추가 증거조사를 통하여 무엇이 진실인지 밝혀볼 필요가 있다. 재심사유가 충분하므로 종국판결(서울고등법원 2009재나37** 판결)에 대한 본안 심리를 진행해야 한다는 것이다.

나. 본안에 대한 심리요청

재심사건의 본안은 재심요건의 존부에 대한 본안 판단과 종국판결에 대한 본안 판단으로 구분된다. 민사소송법 제451조 제1항 제7호는 '거짓진술이 판결의 증거가 되어 유죄로 확정된 때'를 재심사유의 요건으로 규정하고 있다. 그런데 〈증인C〉는 서울고등법원 2009재나37**호 사건 변론기일에서 거짓진술을 하였고, 이러한 거짓진술은 그 판결의 증거로 사용되었으며, 그 후에 상당부분이 위증죄의 유죄로 확정되었다. 즉, 민사소송법 제451조 제1항 제7호의 재심요건을 충족하고 있다. 그러면 이러한 재심요건에 대한 본안판단을 마치고 종국판결에 대한 본안 심리에 들어가야 한다. 종전 종국판결에서 이 사건 계약서는 기갑노에 의하여 작성되었다고 판단한 것이 구체적인 정의에 부합하는지 따져보자는 것이다. 나는 이를 위하여 새로운 증거를 다수 확보하고 있었다.

첫째, 이 사건 계약서가 작성된 시기에 관한 반대증거들을 살펴보자. 〈증인A〉는 "2000년 9~10월경에 기갑노의 자택에서 기갑노가 건네주는 막도장을 이병학이 계약서에 날인하였다"라고 증언하였다. H건설 〈증인B〉도 "2000년 가을경에 이 사건 계약서를 Y종합건설로부터 건네받아서 일자 난에 1999. 11. 24.로 기재하여 넣었다"고 하였다. 〈증인C〉는 "2000년 9~10월경에 이병학이 어렵게 기갑노 명의의 계약서를 작성하고 나서, 김포시내에서 이를 **축하**하는 **회식**을 하기도 하였다"라고 하였다.

이제까지 재판부는 이러한 〈증인A〉, 〈증인B〉, 〈증인C〉의 증언을 근거로 이 사건 계약서는 **2000년 9~10월경에** 기갑노의 의사에 의하여 작성된 것이라고 판단하였다. 위 세 사람중 두 사람은 위증죄로 처벌받았고, 〈증인A〉는 무고죄로도 처벌받았다. 그런데도 재판부는 위 세 사람의 말을 철석같이 믿었고, 거기에는 아무런 잘못도 없다고 하였다.

나는 재심을 청구하면서, 2000년 8~10월 H건설과 관련한 신문기사를 수집하여 증거로 제출하였다. H건설은 2000년 4월경, 소위 '왕자의 난'을 겪으면서 극심한 유동성 위기를 맞게 된다. H건설의 부실로 H그룹 전체가 위험하게 된 것이다. 결국 H건설은 H그룹에서 분리되었다. H건설이 보유한 계열사의 지분을 하나도 남김없이 모두 정리하여 현금을 확보하기에 혈안이 된다. 그럼에도 H건설은 2000년 10월 말경에 1차 부도를 맞게 된다. 모든 사업지에서의 사업은 중단되었다. 해외에서 수주받은 사업까지 포기하였다. 근로자들의 임금조차도 지불하지 못할 지경이었다.

나는 다시 금융감독원 전자공시 사이트를 검색해보았다. H건설은 2000년 7월부터 계열사의 모든 지분을 정리하고 있었다. 2000년 10월경에는 H강관 120만 원의 지분까지도 남김없이 모두 매각하면서 현금을 확보하고 있었다. 나는 이러한 공시자료를 모두 증거로 제출하였다.

H건설은 2000년 9~10월경에 사정이 이렇게 어려웠다. 당시 은행권으로부터 단돈 1원도 차입하지 못하여, 가지고 있는 모든 지분을 내다 팔았다. 그럼에도 결국 1차 부도를 맞았다.

〈증인A〉, 〈증인B〉, 〈증인C〉는 이러한 시기에 기갑노에게 **현금** 9억 8,300만 원을 곧바로 지급하겠다고 하면서 부동산 매매계약을 체결하였다고 한다. 부동산 매매계약을 성공리에 체결하고 나서 **축하 회식**도 했다고 한다. 잔금을 지급하려고 하였지만 **잔금지불 전 조건이 맞지 않아서** 지불하지 못했다고 한다.

기갑노와의 부동산 매매계약이 H건설의 운명보다도 더 중요한 일이었다는 말인가. 모두들 부도위기에 벌벌 떨면서 임금조차도 지급받지 못하고 있던 시기에, 기갑노와의 부동산 매매계약이 성사되었다고 축하 회식까지 하였다는 말인가. 그게 그렇게 중요한 계약이었단 말인가.

둘째, 나는 D건설과의 계약을 승계한 향산리 주민 23명과 H건설 사이의 부동산 매매계약서를 비롯한 각종 영수증, 무통장 입금증, 인감증명서, 주민동의서 등 부속 서류 일체를 확보할 수 있었다.

이러한 모든 서류를 종합하면, 23명 중 21명의 경우는 H건설과의 부동산 매매계약서 외에 2000년 초경에 H건설로부터 일부의 잔금을 지급받거나 인감증명서, 주민동의서 등 계약을 증명하는 서류가 모두 구비되어 있었다. **오직 허창과 기갑노 두 사람의 경우에만 동일한 필체로 된 부동산 매매계약서만 존재할 뿐, 다른 부속 서류가 전혀 존재하지 않았다.** 결국 H건설은 두 사람과는 계약을 체결하지도, 어떠한 잔금을 지불하지도 못하였다는 말이다. H건설은 그중 허창의 경우에는 계약을 체결하지 못하였음을 인정하고 있다.

나는 그 외에도 〈증인A〉가 다른 사건에 증인 등으로 출석하여 수시로 증언을 번복하는 소송기록도 정리해 제출하였다. 그리고 이러한 증거자료를 종합한 새로운 사실확정을 통하여 종전 종국판결이 구체적인 정의에 부합하는지 판단해줄 것을 요청하였다. 이에 관해 좀 더 자세히 살펴보자.

재심 변론 과정에서 추가로 제출된 증거자료

나는 그동안 향산리의 관계자들을 만나면서 〈증인C〉, 〈증인A〉의 증언이 거짓임을 입증하는 다수의 증거를 확보할 수 있었다. 2012재나23** 재심청구 변론기일에 추가로 제출한 증거 서류의 대략을 정리하면 다음과 같다.

가. 2000년 7~10월경 각 신문기사

H그룹은 2000년 4월경 소위 '왕자의 난' 이후로 급격한 유동성 위기에 직면하였다. 그런데 당시 모든 부실의 근원은 H건설에 있었던 관계로 H그룹 전체가 지배구조 개선에 직면하게 된다. 당시 H그룹 실질적 오너인 J회장은 2000년 5월경 H건설 이사직에서도 물러나게 된다. 당시 H건설의 자금난이 얼마나 심각하였는지를 짐작할 수 있다.

2000년 6월경부터 H건설은 현금이 바닥난 상태에서 모든 현장에서의 사업은 중단되었고, 김포시의 경우도 이후로 새로운 매매계약을 체결한 것은 단 한 건도 없었다. 당시의 H건설 관련 신문기사 내용은 다음과 같다.

① 2000년 7월 26일자 〈머니투데이〉 기사에 의하면, H건설의 채권 은행인 외환은행은 H건설 광화문 사옥 매각 등 자구계획을 지켜 본 뒤 신규자금 지원을 추후 논의하기로 하였다는 내용이 있다.

② 2000년 8월 4일자 〈동아일보〉 기사에 의하면, 정부는 H건설이 보유하고 있는 H중공업, H자동차, H상선 등 **계열 회사의 주식을 전량 매각**해 약 5조 7,000억 원에 달하는 부채를 4조 원 이하로 떨어뜨리라고 채권단 은행을 통하여 요구하였다는 내용이 있다.

③ 2000년 8월 9일자 〈국민일보〉 기사에 의하면, H건설은 2000년 6월경 아랍에미리트 발주 약 6억 3,000만 달러 공사에 관하여 최 저가를 써냈으나, 자금 사정 악화에 대한 소문으로 수주에서 밀 려났으며, **H건설은 현장 고용인력의 임금만 겨우 지급할 정도로 자금 사정이 악화되었다는** 내용이 있다.

④ 2000년 8월 16일자 〈시사저널〉 기사에 의하면, H건설은 영업 현금흐름이 마이너스이고 차입금도 막대해서 자력으로 소생할 수 있을지 의심스러우며, 실질적인 부채비율이 900%가 넘어섰 고, 워크아웃 및 경영자의 퇴진을 요구하는 내용이 있다.

⑤ **2000년 9월 8일자 〈동아일보〉 기사에 의하면**, 이근영 금융감독

위원장은 H그룹이 직면한 유동성 위기의 진원지인 H건설의 지
배구조 개선이 미흡하다고 지적하고 있다.

⑥ **2000년 10월 31일자 〈경향닷컴〉 기사에 의하면**, H건설은 2000
년 10월 31일 오전에 1차 부도를 낸 뒤 **백방으로 돈을 꿔달라고
호소하고 있다**는 내용이 있다.

이와 같이 2000년 9~10월경은 H건설이 유동성 위기 및 자금난으로
부도 직전에 있던 때로서 모든 사업장의 사업이 중단된 상황이었다. 그
런데 이러한 시기에 〈증인A〉, 〈증인B〉는 매매잔금 9억 8,300만 원을
현금으로 지급하겠다고 하면서 기갑노와 매매계약을 체결하였다는 것
이다. 과연 가능한 일일까?

나. 금융감독원 공시자료

2000년 6월부터 같은 해 10월 사이 H건설에 대한 공시 자료(금융
감독원 전자공시 시스템)를 살펴보면 더더욱 당시 H건설의 유동성 부
족 상황을 실감할 수 있다. 위 기간 중 H건설은 은행권으로부터 단 1
원도 차입을 하지 못하면서 심각한 유동성 위기를 겪고 있었고, 이를
모면하기 위하여 H그룹 각 계열사(H상선, H증권, K자동차, H강관,
H종합상사, H엘리베이터, H에너지, H석유화학, H아산, H중공업 등)
및 그룹 오너에게 기업 어음(CP)을 매각하는 방법으로 단기 운영자금
을 조달하고 있었다.

더 나아가 H건설은 소지하고 있는 그룹 계열회사의 모든 지분을 처

분하는 방법으로 재무구조 개선을 위한 자구책을 실시하였는데, 2000년 8월 21일경에는 **5억 원 상당의 H강관 지분을**, 2000년 8월 29일경 **1,500만 원 상당의 H강관 지분을**, 2000년 10월 12일경에는 **약 12억 원 상당의 H강관 지분을**, 같은 달 13일경에는 **약 2억 원의 H강관 지분을**, 같은 달 17일경에는 **120만 원 상당의 H강관 지분을**, 같은 달 19일경에는 **2,000만 원 상당의 지분을** 모두 처분한 사실이 공시자료에서 나타나 있다. 당시 얼마나 심각한 자금난에 시달리고 있는지 알 수 있다.

당시 H건설은 약 120만 원 상당의 계열사 지분까지 남김없이 매각하여 현금 확보에 주력하던 상황이었는데, 〈증인A〉와 〈증인B〉가 이 시기에 매매잔금 9억 8,300만 원을 현금으로 주겠다고 하면서 기갑노와 이 사건 매매계약을 체결하였다는 것이다. 과연 가능한 일인가. H건설의 명운보다도 기갑노와의 매매계약 체결이 더 중요한 일이란 말인가. 한마디로 〈증인A〉, 〈증인B〉의 진술은 그 자체로 엉터리일 뿐이다.

나는 이와 관련한 신문기사와 금융감독원 공시자료를 모두 정리해 추가 증거로 제출하면서 이를 토대로 한 새로운 사실확정을 요청하였다.

다. D건설로부터 승계한 23건의 부동산 매매계약서 등 관련 자료

나는 각 방향으로 증거자료를 수집한 결과, 1997년경에 D건설과 부동산 매매계약을 체결한 향산리 23명의 지주들이, 그 후 2000년경 H건설과의 승계계약에 관한 부동산 매매계약서 등 관련 서류들을 모두 입수할 수 있었다. 위 서류 중에는 H건설로부터 잔금을 받은 영수증, 지주들의 인감증명서, 토지사용 승낙서 등 각종 첨부 서류들이 고스란히 들어 있었는데, 2001년경까지 H건설에서 보관하던 자료들이었다.

위 증거자료에 의하면, 2000년경 D건설에서 H건설로 승계된 23건의 계약서 중 유일하게 **허창-H건설 명의의 계약서와 기갑노-H건설 명의의 계약서**만이 〈증인C〉의 필체로 기재된 상태에서 동일한 형태의 한글 막도장이 날인되어 있었고, 1997년경에 예금계약이 해지된 폐쇄된 계좌번호가 기재되어 있었다. 나머지 21명의 계약 관련 서류에는 〈증인C〉의 필적이 전혀 없었다.

또한 허창, 기갑노 명의의 **두 계약서는 H건설로부터 잔금을 지불받은 영수증 등 H건설과 계약체결을 하였다는 흔적이 전혀 발견되지 않았다.** 나머지 21건의 계약서는 영수증(H건설로부터 제일 마지막으로 돈을 받은 영수증은 2000년 4월경이었다), 무통장입금증, 인감증명서, 토지사용 승낙서, 합의서 등 H건설과의 승계계약을 증명하는 서류가 최소한 1건 이상 첨부되어 있었다. 그리고 H건설은 허창과 관련한 계약서는 위조되었음을 인정하고 있다. 그렇다면 기갑노 명의의 계약서도 당연히 위조되었다고 사실상 추정할 수 있는 것이다.

나는 향산리 지주 23명의 계약서와 부속 서류를 그 목록으로 정리하여 추가증거로 제출하면서 〈증인A〉, 〈증인B〉의 진술은 거짓임을 주장하였다.

라. 〈증인A〉의 다른 소송 과정 진술 기록

나는 향산리 주민들을 찾아다니는 가운데, 〈증인A〉가 다른 소송 과정에서도 그 진술을 번복한 사실이 있었음을 알게 되었고, 이에 대한 소송 기록을 입수하여 추가 증거자료로 제출하였다.

첫째, 〈증인A〉는 서울고등법원 2010나365**호(이형보-H건설) 사건 과정에서, "진술인은 1999년경 이형보 소유의 토지를 매입하면서, 그중 땅 50-19번지 도로부지 193㎡에 대하여는 추후에 평당 190만원을 지급하기로 하고 함께 소유권 이전을 하였으나, IMF로 H건설이 법정관리되면서 지급이 보류되어, 현재까지 지급되지 않고 있다"는 내용의 진술서를 2005년 11월경에 작성해주었고, 그 후 이러한 내용의 경찰 참고인 조서까지 작성하였다.

그런데 그 후 〈증인A〉는 인천지방법원 부천지원 2005가합568*호 매매대금(이형보-H건설) 사건에 증인으로 출석해서는, "위 50-19번지 도로부지 193㎡를 평당 190만 원에 구입하기로 하였다는 부분은 사실과 다르다"고 증언하면서, 기존의 진술을 번복하였고, 이로 인하여 위 소송의 원고였던 소 외 이형보는 소송에서 패소하였던 것이다.

둘째, 〈증인A〉는 서울고등법원 2009나774** 주총결의 부존재확인 사건(김정한-Y종합건설)과 관련하여, 2004년 12월 14일경 서울중앙지방검찰청 진술 조서에서는 "2008년 6월 5일자로 작성된 김정한-정민경-〈증인A〉 사이의 합의각서의 효력은, 그 후 2008년 12월경에 작성된 김정한-정민경-〈증인A〉 명의의 합의약정서에 의하여 효력이 배제되었다. **진술인은 2008년 12월경에 작성된 김정한-정민경-〈증인A〉 명의의 합의약정서를 작성한 것은 사실이다**"라는 취지로 진술하였다. 이러한 〈증인A〉의 진술 등에 의하여, 당시 Y종합건설 대표이사였던 심기섭은 **횡령죄로 징역 8개월의 실형**을 선고받아 복역을 하기도 하였다.

그런데 그 후 〈증인A〉는 인천지방법원 부천지원 2007가합81**호 사건(제1심)에 제출한 진술서에서는, **"진술인은 2008년 12월경 작성된 김정한-정민경-〈증인A〉 명의의 합의약정서를 작성한 사실도 없고, 입회한 사실도 없다.** 김정한의 고소 사건(피고인 심기섭)과 관련하여 검찰에서의 진술은 당시 **심기섭이 나쁜 사람이라고 생각해서 김정한을 도와주었던 것이다"**라는 취지로 진술하였고, 제2심(서울고등법원 2009나774**호)에서는 그대로 증언을 하였다.

〈증인A〉는 각종 소송 사건과 관련하여 수사기관과 검찰을 오가면서 자기의 이해관계에 따라 수시로 진술을 번복하는 자였던 것이다. 특히 2009나774** 주총결의 부존재확인 사건에서는 그 진술번복 경위에 대하여, 단지 **"당시 심기섭이 나쁜 사람이라고 생각해서 김정한을 도와주었던 것이다"**라고 하였다. 당시 담당재판부는 〈증인A〉의 위와 같은 법정 증언에 대하여 **객관적인 사실이 뒷받침되지 아니하는 〈증인A〉의 모든 법정 증언의 증거가치를 배제**하였다.

마. 허창 명의의 계약서가 위조되었음을 인정하는 판결서

나는 법원 전산자료를 조회하는 과정에서, 우연히 허창과 H건설 사이의 양수금 사건(서울중앙지방법원 2008가단1540**호)에 관해 알게 되었고, 대법원 판결교부 신청을 통하여 그 판결서를 입수하였다. 그런데 그 판결이유에는 **'2000년경 H건설은 허창으로부터 부동산 매매계약의 승계에 관하여 동의를 받지 못하였다'는 점을 다툼 없는 사실로 정리하고 있었다. 즉 H건설은 위 소송에서 2000년 1월 7일자 허창-H건설 사이의 부동산 매매계약서가 위조되었다는 점을 다툼 없는 사실로 인정하고 있었던 것이다(그런데도 H건설 소송대리인은 2009재나37** 사건 준비서면에서 허창 명의의 부동산 매매계약서가 위조되었다는 점에 대하여 아무런 증명이 없다고 하면서 부인하였다). 위 판결의 담당 법관은 2009재나37** 판결의 주심판사였던 L판사였다.

바. 직권변론 재개를 요청하는 참고 자료 제출

나는 〈증인C〉가 수사기관에서의 거짓진술임을 자백하였음에도 불구하고 검찰이 공소사실에서 누락한 부분에 대하여 추가 고소를 하였고, 검찰은 이에 대하여 2010년 8월 10일경에 '공소권 없음(인천지방법원 20011노39**호 유죄로 확정판결을 근거)' 불기소 처분을 하였다.

재심청구 사건은 이미 2012년 7월 20일자로 변론이 종결되어 선고를 앞두고 있었다. 나는 2012년 8월 27일경 검찰의 '공소권 없음 불기소 처분 이유서'를 열람·복사하여 재심 재판부에 참고 자료로 제출하면서, 이는 민사소송법 제451조 제2항 후단의 **증거 부족 외의 이유로 확정재판을 할 수 없는 경우**에 대한 증거자료가 될 수 있으므로, **만약 피고(기을호)가 제출한 주장·증거만으로 재심사유를 인정하기 어렵다면, 변론을 재개해줄 것을 요청하였다.**

나는 2012년 2월 20일자로 재심소장을 제출하면서 〈증인C〉의 위증 사건에서의 각 신문조서와 확정판결서를 증거로 제출하였다. 이어서 같은 해 4월 17일자 준비서면을 제출하면서 H건설의 2000년 7~10월경의 재정상황에 관한 각종 신문기사를 스크랩하여 증거로 제출하는 한편, 같은 일시의 금융감독원 공시자료도 증거로 제출하였다.

또한 같은 해 6월 1일자 준비서면을 제출하면서 그동안 수집해온 향산리 23명 지주들과 H건설의 부동산 매매계약서와 각종 첨부 서류들을 빠짐없이 정리하여 증거로 제출하였다.

다른 한편, 2012년 6월 1일자 준비서면과 함께 서울중앙지방법원 2008가단1540** 판결(H건설-허창 양수금 사건)에 대한 인증등본 송부 촉탁을 신청하였다. 즉 H건설은 서울고등법원 2009재나37**호 사건 변론기일에서 H건설-허창 명의의 2000년 1월 7일자 부동산 매매계약서가 위조되었다는 점에 대하여 입증되지 않았다고 주장하였는데[3], 위

---

3) H건설은 서울고등법원 2009재나37** 사건 2009. 9. 16.자 변론기일에서 "허창 명의의 부동산 매매계약서는 허창의 의사에 의하여 작성되지 않았음을 인정한다"라고 진술하였고, 이러한 진술은 변론조서에도 기재되었다. 그런데 그 뒤 H건설은 돌연 허창 명의의 부동산 매매계약서가 위조되었다는 점에 대하여 입증된 것이 없다고 그 주장을 번복하였던 것이다. 나는 재심 재판부가 허창 등에 대한 증인신청을 기각할 것이라고 예상하여, 이러한 H건설의 무분별한 주장 및 진술번복 태도의 부당함을 탄핵하기 위하여 다른 사건기록에 대한 문서송부 촉탁을 신청하였던 것이다.

서울중앙지법 2008가단1540** 판결에서는 H건설이 이미 위조 사실을
인정하고 있었던 것으로 파악하였기 때문이다.

그런데 며칠 뒤 재심 재판부는 위와 같은 문서송부 촉탁 신청을 채
택하지 않겠다는 '불채택' 정보를 대법원 인터넷 사건검색 내역에 기
재하였다. 나는 사태가 심상치 않음을 직감하였다. 증거신청을 전혀 받
아주지 않겠다는 의미로 해석되었기 때문이었다.

2012년 6월 7일 나는 재차 인증등본송부 촉탁 신청을 하였고, 그 외
5명의 증인(증인A, 증인B, 증인C, 허창, 정일석[4])에 대한 증인신청서
도 접수하였다. 아울러 향후 변론기일의 내용을 모두 녹음해줄 것도 신
청하였다.

2012년 6월 14일 나는 다시 준비서면을 제출하면서 그동안 수집해
온 다른 민·형사사건에서 〈증인A〉가 진술번복을 한 소송기록을 정리
하여 증거로 제출하였다.

2012년 6월 20일 서울고등법원 2012재나23** 사건 첫 변론기일이
열렸다. 재판부는 사건의 쟁점을 정리하면서 내가 신청한 5명의 증인

---

4) 즉 〈증인A〉, 〈증인B〉에 대하여는 그동안의 새로운 증거가 제출됨에 따라 종전 진술
   과의 모순점에 대한 증인신문의 필요성을, 〈증인C〉에 대하여는 거짓진술로 판명 난
   부분과 관련하여 신문의 필요성을, 허창에 대하여는 그 명의의 계약서가 위조인지 여
   부 및 그 과정에서 구체적인 사실관계에 대한 증인신문의 필요성을, 정일석에 대하여
   는 그 명의의 계약서가 위조인지 여부에 대한 증인신문의 필요성을 적시하여 증인신청
   을 하였던 것이다.

에 대한 증거신청을 모두 기각하였다. 재심 사건이니만큼 증인신청의 필요성을 인정할 수 없다는 이유였다. 5명의 증인신청이 모두 기각되자 나는 당황했다.

즉석에서 구두로 정일석 외 3명의 위조된 부동산 매매계약서의 필적과 〈증인A〉의 필적의 동일성에 대한 필적감정을 신청하였다. 제1심 증인 〈증인A〉가 이미 2000년 2월경에 부동산 매매계약서 위조에 깊숙이 관계되었음을 입증하기 위한 것이었다. 이미 〈증인A〉의 필적과 정일석 외 3명의 계약서가 증거로 모두 제출되었으므로 한 기일만 속행하면 충분하였다. 재판부는 정일석 외 3명의 부동산 매매계약서를 살펴본 뒤 다시 필적감정 신청을 기각하였다. 그리고 종전에 불채택하였던 문서송부 촉탁만을 허용하였다.

2012년 7월 20일 변론기일을 끝으로 변론이 종결되었고, 2012년 9월 7일로 선고기일이 지정되었다.

2012년 8월 10일 인천지방검찰청은 〈증인C〉가 위증사건 수사 과정에서 거짓증언이라고 자백하였음에도 공소사실에서 제외된 부분에 대해 '공소권 없음' 불기소 처분을 하였고, 같은 달 20일경 나에게 송달되었다.

2012년 8월 28일 나는 〈증인C〉에 대한 '공소권 없음' 불기소이유서를 복사하여 재판부에 참고자료로 제출하면서, 이는 민사소송법 제451조 제1항 제7호, 및 제2항 후단에 의하여 독립한 재심사유의 증거가 되는 것이므로, 종전 재심절차에서 주장한 내용만으로 재심사유가 인정되지 않는다면 변론을 재개해줄 것을 신청하였다.

판결의 선고(2012. 9. 7.)

가. 〈증인C〉 거짓진술 부분의 정리

여기서 〈증인C〉가, (1)서울중앙지방법원 2008고단37＊＊호 사건에서의 거짓진술로 유죄판결을 받은 부분, (2)서울고등법원 2009재나 372호 사건에서의 거짓진술로 유죄판결을 받은 부분, (3)유죄판결을 받지는 않았지만 서울고등법원 2009재나 37＊＊호 사건에서의 진술 중 수사기관에서 거짓진술이라고 자백한 부분을, 판결서에 기재된 내용을 중심으로 정리해보자.

(1) 서울중앙지방법원 2008고단37＊＊호 사건에서의 위증한 부분

사실은 피고인(증인C)이 안천식 변호사에게 준 진술서에 이병학이 도장을 날인한 것을 보았다는 내용이 기재되어 있다는 사실을 진술서 작성 당시 알고 있었음에도 불구하고, "안천식 변호사에게 준 진술서에 이병학이 도장 날인하는 것을 보았다는 내용이 기재되어 있는 것을 언제 알았나요?"라는 변호인의 질문에, "2008년 6월 말경에 〈증인B〉와 전화 통화를 하고 알게 되었습니다"라고 대답하는 등 기억에 반하는 허위의 진술을 하여 위증하였다(이하 '④거짓진술'이라고 함).

(2) 서울고등법원 2009재나 37＊＊호 사건에서의 위증한 부분

① 사실은 피고인(증인C)이 안천식 변호사를 마지막으로 방문한 것

은 2008년 9월경 안천식 변호사에게 돈을 빌려달라고 요구하였음에도 불구하고, "그 당시에 증인이 본 소송대리인을 찾아온 것은 개인적인 어려움으로 인하여 돈을 얼마간 차용해줄 것을 요청하였지요?"라는 피고 대리인의 질문에 "아닙니다. 피고가 증인에게 제의한 것에 대해서 얼마나 받을 수 있는지 확인하려는 차원에서 기대심으로 가보았던 것입니다. 증인이 돈을 차용해달라는 이야기는 하지 않았습니다"라고 대답하는 등 위증하였다(이하 'Ⓑ거짓진술'이라고 함).

② 사실 피고인은 이병학이 주민동의서 작성을 위하여 향산리 주민들의 막도장을 가지고 있었던 사실에 대하여 알고 있음에도 불구하고, "증인이 형사법정에서 증인으로 출석하였을 때 '당시 이병학이 주민동의서 작성을 위하여 향산리 주민들의 막도장을 가지고 있었던 것은 맞나요?' 라는 질문에 증인이 '예' 라고 답변을 하였는데, 이 부분 진술이 잘못된 것인가요?'라는 피고 대리인의 질문에, "그것은 잘못된 기억입니다"라고 대답하는 등 위증하였다(이하 'Ⓒ거짓진술'이라고 함).

(3) 수사기관에서 위증 자백에도 공소 제기되지 아니한 부분(판결서 16면)

① 2008년 4월 4일자 진술서의 기갑노 인장 부분에 관한 진술은 처음부터 허위인 점을 알고 있었지만, 기을호의 회유와 안천식 변

호사의 협박에 의하여 오로지 돈을 받을 목적으로 허위 내용의 진술서를 작성해준 것이다(이하 '①거짓진술'이라고 함).

② 안천식 변호사를 최종적으로 방문한 것은 2008년 6월경으로서 〈증인B〉를 만나기 전이다(이하 '⑥거짓진술'이라고 함).

나. 판결이유

2012년 9월 7일 재심판결이 선고되었다. 또다시 재심청구 기각이었다. 판결이유는 다음과 같다.

(1) 민사소송법 제451조 제1항 제7호 소정의 재심사유인 "증인의 거짓진술이 판결의 증거가 된 때"라 함은 증인이 직접 재심의 대상이 된 소송 사건을 심리하는 법정에서 허위로 진술하고 그 허위진술이 판결주문의 이유가 된 사실인정의 자료가 된 경우를 가리키는 것이고(대법원 1997. 3. 28. 선고 97다3729 판결 등 참조), 증인의 거짓진술이 판결주문에 영향을 미치는 사실인정의 자료로 제공되어 **만약 그 거짓진술이 없었더라면 판결주문이 달라질 수 있는 개연성이 인정되는 경우를 말하는 것이므로, 그 거짓진술이 사실인정에 제공된 바 없다거나 나머지 증거들에 의하여 쟁점 사실이 인정되어 판결주문에 아무런 영향을 미치지 않는 경우에는 비록 그 거짓진술이 위증으로 유죄의 확정판결을 받았다 하더라도 재심사유에 해당하지 않는다**(위 판결서 제13면).

(2) 본 서울중앙지방법원 2008고단37**호 〈증인A〉에 대한 위증 형사사건에서 〈증인C〉의 증언 중 허위의 진술로 인정된 "① 안천식 변호사에게 준 2008년 4월 4일자 진술서에 이병학이 도장을 날인한 것을 보았다는 내용이 기재되어 있다는 사실을 2008년 6월 말경 〈증인B〉와 전화 통화를 하고 알게 되었다(Ⓐ거짓진술)"고 진술한 부분은 **제2재심대상 사건**(서울고등법원 2009재나37**호 사건) **법정에서의 허위의 진술이 아니어서** 재심사유에 해당하지 않는다(**판결서 제15면**).

(3) 또한 제2재심대상 판결(서울고법 2009재나37**호)의 내용에서 **〈증인A〉의 위증 부분이**(서울고법 2007나52**호) **판결의 사실인정과 판결주문에 아무런 영향을 미친 바 없다고 판단하기에 이른 경위**와 위에서 본 서울중앙지방법원 2008고단37**호 〈증인A〉에 대한 위증 형사사건 및 제2재심대상 판결 재판 과정에서의 〈증인C〉의 각 증언 중 유죄가 인정된 허위진술 부분의 내용에 비추어보면, 제2재심대상 판결 재판 과정에서 〈증인C〉의 증언 중 허위의 진술로 인정된 "① 안천식 변호사를 마지막으로 방문한 2008. 9.경 안천식 변호사에게 돈을 차용해달라는 이야기를 하지 않았다(Ⓑ거짓진술)"고 진술한 부분과 "② 서울중앙지방법원 2008고단37**호 〈증인A〉에 대한 위증 형사사건에서 '이병학이 주민동의서 작성을 위하여 향산리 주민들의 막도장을 가지고 있었던 것은 맞다'고 진술한 것은 잘못된 기억이다(Ⓒ거짓진술)"라고 진술한 부분은 모두 **이 사건 계약서의 진정성립에 관한 간접적인 사항이어서 그 증명력이 약하므로**, 유죄가 인정된 〈증인C〉의

허위진술 부분을 제외한 나머지 증언 및 변론 전체의 취지에 의하더라도 제1심 증인인 〈증인A〉의 위증 부분이 제1재심대상 판결(서울고등 2007나52**호)의 사실인정과 판결주문에 아무런 영향을 미친 바 없다고 판단하고, **가정적·부가적으로** 갑 이 사건 계약서가 위조되었다는 피고의 주장에 부합하는 2011. 4. 4.자 〈증인C〉의 진술서, 2009. 4. 18.자 〈증인C〉의 진술조서의 각 기재를 믿기 어렵고 달리 이를 인정할 만한 증거가 없다고 판단하기에 충분한 것이므로, 결국 **〈증인C〉의 위증 부분은 제2재심대상 판결의 사실인정과 판결주문에 아무런 영향을 미친 바 없다**(판결서 제16면).

(4) 〈증인C〉의 제2재심대상 판결 재판 과정에서의 위 Ⓓ-Ⓔ거짓진술 증언에 대하여 2011. 4. 11. 자신의 위증 피의사건 검찰신문 당시 허위임을 자백하였다고 하더라도, 이 부분에 대하여 **위증의 유죄확정 판결이 있었다는 점에 대한 주장, 증명이 없는 이상**, 민사소송법 제451조 제1항 제7호가 정한 재심사유가 있다고 할 수 없다(**판결서 제16면**).

(5) 결국, 제2재심대상 판결에 **민사소송법 제451조 제1항 제7호가 정한 재심사유가 있음을 전제로 한 피고의 주위적 청구는 이유 없다**(판결서 제17면).

다. 판결내용 정리

판결내용을 요약하면, 서울고등법원 2009재나37**호 사건(제2재심대상 사건) 변론기일에서의 〈증인C〉의 거짓증언 중 유죄로 인정된 **Ⓑ-Ⓒ거짓진술은 객관적인 재심요건에 해당하나 요증사실에 간접적인 사항으로서 증명력이 약하여 민사소송법 제451조 제1항 제7호의 제심사유가 되지 아니하므로, 본안에 관한 심리절차를 진행할 필요도 없이** 재심청구를 기각한다는 취지이다.

즉 〈증인C〉의 변론기일에서의 거짓증언을 ① 서울중앙지방법원 2008고단37**호 공판기일에서의 거짓증언 내용(**Ⓐ거짓진술**) ② 제2심 재심대상 판결(서울고법 2009재나37**호) 변론기일에서의 거짓증언 중 유죄로 확정된 부분(**Ⓑ-Ⓒ거짓진술**) ③ 제2재심대상 판결 변론기일에서의 거짓증언이었음을 수사기관에서 자백한 부분(**Ⓓ-Ⓔ거짓진술**)으로 분리하여, **각각의 거짓증언에 대하여 독자적인 재심사유가 있는지에 대한 심리만을 하였을 뿐이다.**

그 결과 〈증인C〉의 **Ⓐ-Ⓓ-Ⓔ거짓진술**은 재심사유로서의 객관적인 요건인 서울고등법원 2009재나37**호 사건 변론기일에서의 거짓진술이 아니거나 유죄의 확정판결이 없었다는 이유로, **Ⓑ-Ⓒ거짓진술**은 서울고법 2009재나37**호 사건 변론기일에서의 거짓진술로서 유죄의 확정판결이라는 객관적 재심요건에는 해당하더라도, 이 사건 계약서의 진정성립에 관한 간접적인 사항이어서 그 증명력이 약하다는 이유로 그 자체 **재심사유가 존재하지 않는다고 판단한 것이었다.**

특히 위 **Ⓑ-Ⓒ거짓진술**에 대한 재심사유 여부를 판단함에 있어서, 객관적으로 허위진술임이 명백한 위 **Ⓐ-Ⓓ-Ⓔ 각 거짓진술**은 물론 기을호가 본건 재심을 청구하면서 "이 사건 계약서는 2000년 9~10월경 기갑노

가 건네주는 도장을 이병학이 날인한 것이다"라는 〈증인A〉의 증언이 거
짓임을 증명하기 위하여 추가적으로 제출한 증거자료를 전혀 참작할 필
요도 없다는 것이다. 즉 무엇이 사실이고 무엇이 거짓인지 살펴보는 종
국판결 본안의 문에 들어가기도 전에, 문 밖으로 쫓아내겠다는 것이다.

판결의 비판

가. 헌법상의 재판청구권의 본질적인 내용의 침해

헌법 제27조 1항은, "모든 국민은 헌법과 법률이 정한 법관에 의하
여 **법률에 의한 재판**을 받을 권리를 가진다"고 선언하고 있다.

민사소송법 제451조 제1항 제7호, 동조 제2항은, **'증인의 거짓진술
이 판결의 증거가 되어 유죄의 확정판결이 된 때'**에는 재심의 소를 제기
할 수 있다고 규정하고 있다.

모든 국민은 민사소송법 제451조 제7호에서 정한 재심사유를 갖추
어 재심의 소를 제기할 수 있는 것이다. 이는 법률이 헌법 제27조의 취
지에 따라 보장된 헌법상 재판청구권에 기한 것이다. 이때 재심청구를
받은 법원은 재판을 하여야 한다. 재판이란 구체적인 사실확정과 그에
따른 법률의 해석 적용의 일련의 과정이다. 법원이 이와 같은 재판을
거부할 수는 없다. 헌법재판소도 동일한 취지로 판시하고 있다. "국민
이 법률이 정하는 요건을 갖추어 재판을 청구하였을 때, **법관에 의한**

사실확정과 법률의 해석 적용의 기회에 접근하기 어렵도록 제약이나 장벽을 쌓는 것은 헌법상 보장된 재판을 받을 권리의 본질적인 내용을 침해하는 것이다(헌법재판소 1995. 9. 28. 92헌가11, 2009. 10. 29. 2008헌바101 전원재판부 등 참조)"라고 하고 있다.

이 사건에서 기을호는 민사소송법이 정하는, '**증인(증인C)의 거짓진술이 판결의 증거가 되어 유죄의 확정판결이 된 때**'라는 재심사유를 갖추어 재심의 소를 제기하였다. 그렇다면 법원으로서는 이러한 재심사유를 갖추었는지 확인한 다음, 재심을 청구하면서 제출한 다른 증거자료들까지 종합하여 종전 판결이 구체적인 정의에 부합하는지 여부를 심리하여 판단하여야 하는 것이다. 즉, 구체적인 사실확정과 그에 따른 법률의 해석적용을 통하여 최종적으로 판결을 선고하는 재판을 하여야 하는 것이다.

다시 말하지만, 〈증인C〉는 서울고등법원 2009재나37**호 사건 변론기일에서, "안천식 변호사를 마지막으로 방문한 2008. 9.경 안천식 변호사에게 돈을 차용해달라는 이야기를 하지 않았다(**Ⓑ거짓진술**)"는 거짓증언을 하였다. 또한 "서울중앙지방법원 2008고단37**호 〈증인A〉에 대한 위증 형사사건에서 '이병학이 주민동의서 작성을 위하여 향산리 주민들의 막도장을 가지고 있었던 것은 맞다'고 진술한 것은 잘못된 기억이다(**ⓒ거짓진술**)"라는 거짓증언도 하였다. 그리고 이와 같은 거짓증언들은 모두 이 사건 계약서의 작성 과정에 관하여 '2000. 1.경 이병학이 W공영 사무실에서 기갑노의 막도장을 날인하였다'는 내용을 부인하는 과정에서 나온 진술들이다. 법원은 위와 같은 거짓진술을 믿고서 〈증인

C)가 이 사건 계약서의 작성 과정에 관한 종전의 일관된 진술내용을 모두 배척하였다. 그런데 위와 같은 진술은 모두 거짓임이 밝혀져 위증죄의 유죄로 확정되기까지 하였고, 민사소송법 제451조 제1항 제7호가 정하는 재심사유를 갖춘 것이다. 법원으로서는 당연히 위와 같은 재심사유 여부를 확인한 후, 구체적인 사실확정과 그에 따른 법률의 해석적용을 통하여 구체적인 정의가 무엇인지 판단하여야 한다.

그런데 2012재나23**호 재판부는 구체적 정의가 무엇인지에 대하여 판단 자체를 하지 않겠다고 한다. 구체적인 사실확정 자체를 할 필요가 없다며 재판 자체를 거부하고 있는 것이다.

이유는 유죄로 확정된 〈증인C〉의 거짓진술이 **이 사건 계약서의 진정성립에 관한 간접적인 사항이어서 그 증명력이 약하여** 민사소송법 제451조 제1항 제7호의 재심사유가 되지 않는다고 한다. 민사소송법 제451조 제1항의 어디에도 유죄로 확정된 거짓진술이 요증사실과 직접적이어야 한다거나, 증명력이 강해야 한다는 요건을 요구하지 않고 있다. 다른 증거들과의 연관성을 고려하지 않고 개개 증언들을 쪼개서 그 신빙성을 판단할 수도 없는 것이다. **법원이 법률에도 없는 이유를 들어 재판을 거부하고 있는 것이다.** 증명력이 강한지 약한지는 법관 개인의 자의적인 판단에 속한다. **법률은 애초부터 법관의 자의적 판단의 개입 여지가 있는 증명력 요건을 재심사유로 요구하지도 않았다.** 그런데 법관이 법률에도 규정되지 아니한 재심사유를 임의로 창조하여, 재판 자체를 거부하고 있는 것이다.

즉 2012재나23** 재판부는 법률에도 없는 **'유죄로 확정된 거짓증거가 요증사실에 관한 직접 사항으로서 증명력이 강할 것'**이라는 요건을 새로운 재심사유로 창작하여 구체적 사실의 확정 및 그에 따른 법률의 해석적용 자체를 거부하고 있는 것이다. 국민의 법관에게 재판받을 권리에 새로운 장벽을 쌓음으로써, 법관에 의한 사실확정을 받을 기회 자체를 허용하지 않겠다는 것이다.

요컨대 국민의 기본권은 최대한 보장되어야 하고, 재판청구권은 기본권 보장을 위한 기본권이므로 더욱 넓게 보장되어야 한다. 법원의 재판이 헌법소원의 대상에서 제외되고 있는 현실에서 법원 스스로가 법률규정에도 없는 이유를 들어 재판을 거부하는 것은 어떠한 경우에도 허용되어서는 아니 될 것이다.

그런데 서울고등법원 2012재나23**호 판결은 법률에도 없는 이유를 들어 재판 자체를 하지 않겠다고 한다. 구체적인 사실확정 자체를 거부하고 있는 것이다. 이는 헌법 제27조 제1항의 재판청구권의 본질적인 내용을 침해하고 있는 것이다.

나. 재심사유에 대한 대법원 판례에도 반하는 판결이었다

(1) 종전 대법원의 일관된 판례

대법원은 민사소송법 제451조 제1항 제7호의 '증인의 허위진술이 판결의 증거가 된 때'와 관련하여 일관되게 다음과 같이 판단해왔다.

첫째, 민사소송법 제451조 제1항 제7호 '증인의 거짓진술이 판결의 증거가 된 때'라 함은, 증인의 거짓진술이 판결주문에 영향을 미치는 사실인정의 자료가 된 경우를 의미하고, **사실인정의 자료로 제공되었다 함은 그 허위진술이 직접적인 증거가 된 때뿐만 아니라 대비증거로 사용되어 간접적으로 영향을 준 경우도 포함되는 것이다.**

둘째, 위증으로 판명된 거짓진술을 제외한 나머지 증거들만에 의하여도 판결주문에 아무런 영향도 미치지 아니하는 경우에는 재심사유에는 해당되지 않는다고 할 것이나, **이 경우 허위의 증언을 제외하더라도 그 확정판결의 결과에 영향이 없는지 여부를 판단하려면 재심 전 확정판결에서 인용된 증거들과 함께 재심소송에서 조사된 각 증거들까지도 종합하여 그 판단의 자료로 삼아야 한다(대법원 1997. 12. 26. 선고 97다 42922 판결 등)**[5].

(2) 서울고등법원 2012재나23** 판결의 태도

그런데 서울고등법원 2012재나23** 재판부는 〈증인C〉의 거짓진술

---

5) 이러한 대법원의 태도, 즉 판결주문이 달라질 일응의 개연성 여부를 별도로 심리하여 재심사유를 가려내려는 태도 역시 재심을 청구하는 당사자의 재판청구권을 제한하는 것으로서, 헌법 제27조에 위반한 것으로 보인다. 재판청구권은 가급적 최대한 보장하여야 함에도, 법관의 자의적 판단에 의하여 법률의 규정에도 없는 또 다른 재심사유를 심리하게 하는 것은 옳은 방법이 아니기 때문이다(14장 참조).

과 재심소송에서 조사된 각 증거들까지 종합하기는커녕, 오히려 〈증인C〉의 거짓진술 자체를 낱낱이 쪼개서 그 자체만을 개별적으로 판단하고 있을 뿐이다.

즉 〈증인C〉는 서울중앙지방법원 2008고단37**호 〈증인A〉에 대한 위증 형사사건에서, "안천식 변호사에게 준 2008. 4. 4.자 진술서에 이병학이 도장을 날인한 것을 보았다는 내용이 기재되어 있다는 사실을 2008. 6. 말경 〈증인B〉와 전화 통화를 하고 알게 되었다(**Ⓐ거짓진술**)"고 거짓진술을 하였고, 이는 유죄로 확정되었다.

또한 〈증인C〉는 서울고등법원 2009재나37**호 사건에서, '**안천식 변호사를 마지막으로 방문한 2008. 9.경 안천식 변호사에게 돈을 차용해 달라는 이야기를 하지 않았다(Ⓑ거짓진술)**', "서울중앙지방법원 2008고단37**호 위증 형사사건에서 '**이병학이 주민동의서 작성을 위하여 향산리 주민들의 막도장을 가지고 있었던 것은 맞다**'고 진술한 것은 잘못된 기억이다(**Ⓒ거짓진술**)"라는 거짓진술도 하여 위증죄로 확정되었다.

그 외 〈증인C〉는 위 서울고등법원 2009재나37**호 사건에서, '2008. 4. 4.자 진술서의 기갑노 인장 부분에 관한 진술은 처음부터 허위인 점을 알고 있었지만, 기을호의 회유와 안천식 변호사의 협박에 의하여 오로지 돈을 받을 목적으로 허위 내용의 진술서를 작성해준 것이다(**Ⓓ거짓진술**)', '안천식 변호사를 최종적으로 방문한 것은 2008. 6. 경으로 〈증인B〉를 만나기 전이다(**Ⓔ거짓진술**)' 라는 거짓진술을 하였고, 이는 검찰이 공소사실에서 누락함으로써 위증죄의 유죄확정 판결은 되지 않았지만, 〈증인C〉는 경찰·검찰 수사 과정에서는 물론, 공판 과정에서도 거짓진술임을 자백하였다는 사실은 기록상 명백하다.

서울고등법원 2012재나23** 판결은, 위 〈증인C〉의 거짓진술 중 서울고등법원 2009재나37**호 사건에서의 진술 중 위증죄로 유죄로 확정된 Ⓑ거짓진술과 Ⓒ거짓진술만을 분리하여, 이러한 거짓진술이 이 사건 계약서의 진정성립과 간접적인 사항이어서 증명력이 약하여 민사소송법 제451조 제1항 제7호의 재심사유가 되지 않는다고 판단하고 있을 뿐이다.

종래 대법원은 일관하여 ① **유죄로 확정된 거짓진술**과 ② **종래 증거조사된 증거자료** 및 ③ **재심청구 이후에 추가로 증거조사된 자료까지 종합하여** 판결의 주문이 달라질 개연성이 있는지 여부를 판단하여야 한다고 하였다. 그런데 서울고등법원 2012재나23** 판결은 종래 증거자료(위 ②부분)로 제출된 정일석 외 3인 명의의 위조된 부동산 매매계약서는 물론, 〈증인C〉의 다른 Ⓐ-Ⓓ-Ⓔ거짓진술과 재심청구 이후에 제출된 다른 어떠한 증거자료(위 ③부분)도 참작하지 않고[6], 오로지

---

6) 〈증인C〉의 다른 Ⓐ-Ⓓ-Ⓔ거짓진술은 물론, 기을호가 재심을 청구하면서 추가로 제출한 2000년 7~10월경 H건설의 모든 사업장이 중단되고 부도직전의 극심한 유동성 위기를 겪고 있었다는 사실을 증명하는 증거자료(각 신문기사 및 금융감독원 공시자료, 이는 〈증인A〉, 〈증인B〉, 〈증인C〉의 진술이 모두 거짓임을 증명하는 증거서류이다), D건설로부터 H건설에 승계된 향산리 주민 23명의 부동산 매매계약서 및 부속 서류(이는 허창 명의의 부동산 매매계약서와 함께 기갑노 명의의 이 사건 계약서도 위조되었음을 증명하는 것이다), 〈증인A〉의 다른 소송 과정에서의 진술기록(이는 종전 제출된

서울고등법원 2009재나37**호 변론기일에서의 진술 중 유죄로 확정된 〈증인C〉의 **Ⓑ-Ⓒ거짓진술**(위 ①부분)만의 증명력을 평가하여 재심사유의 존부를 판단하고 있는 것이었다.

결론적으로, 서울고등법원 2012재나23** 판결은, 재심사유를 판단하는 과정에서 ① **유죄로 확정된 거짓진술** 외의 다른 증거자료, 즉 ② **종래 증거조사된 증거자료** 및 ③ **재심청구 이후에 추가로 증거조사된 자료**를 오히려 적극적으로 배제하여 재심사유 자체를 축소·은폐하였다는 오해를 피하기 어려운 것이다.

만약, 위 판결처럼 유죄로 확정된 거짓진술 자체만의 증명력을 평가하여 재심사유 여부를 판단한다면, 재판 과정에서 적극적으로 거짓말을 하게 한 나쁜 당사자를 더더욱 보호하는 결과를 초래하여 재판의 적정과 신뢰를 더욱 악화할 것이다. 구체적 정의를 회복하여 재판의 적정과 신뢰를 회복하고자 하는 재심제도의 취지에도 반하여 재심제도 자체가 유명무실한 장식적 법률로 전락할 것이다.

무엇보다도 법관의 자의적인 판단에 따라 재심사유 여부가 좌우되고, 법률의 규정보다 법관의 판단을 우위에 두는 불합리가 발생하게 된다. 결국 재심을 통하여 구체적인 정의를 회복하려는 헌법상의 재판청구권도 유명무실하게 될 것이다. 즉 헌법에도 반하고 종래 대법원

정일석 외 3인 명의의 부동산 매매계약서와 함께 〈증인A〉의 증언 자체가 신빙성이 없음을 입증하는 증거자료이다)는 전혀 참작조차 하지 않았던 것이다.

판례의 취지에도 반한다.

매번의 판결이유는 마치 복잡한 수수께끼 문제를 제공하는 것 같았다. 복잡한 법리를 실타래처럼 얽어놓고서는 능력이 있으면 풀어보라는 것만 같다.

다. 민사소송법 제451조 제2항과 관련한 법리오인

민사소송법 제451조 제2항은 '제1항 7호의 경우에는 처벌받을 행위에 대하여 유죄의 확정판결이 확정된 때 또는 **증거 부족 외의 이유로 유죄의 확정판결을 할 수 없을 때**에만 재심의 소를 제기할 수 있다'라고 규정하고 있다. 즉 **증인이 거짓진술을 하였다는 객관적인 위증죄의 구성요건에 대한 증명은 충분하지만 다른 이유로 유죄의 확정판결을 할 수 없을 때**에도 민사소송법 제451조 제1항 제7호의 재심사유가 있다는 것이다.

〈증인C〉가 서울고등법원 2009재나37** 판결 과정에서 "2008. 4. 4.자 진술서의 기갑노 인장 부분에 관한 진술은 처음부터 허위인 점을 알고 있었지만, 기을호의 회유와 안천식 변호사의 협박에 의하여 오로지 돈을 받을 목적으로 허위 내용의 진술서를 작성해준 것이다(Ⓓ**거짓진술**)", "안천식 변호사를 최종적으로 방문한 것은 2008. 6.경으로서 〈증인B〉를 만나기 전이다(Ⓔ**거짓진술**)"라는 증언을 한 것을 기록상 명백하다. 또한 〈증인C〉가 경찰·검찰 수사 과정에서 위 **Ⓓ-Ⓔ 각 진술**이 거짓진술이었다고 자백한 사실도 기록상 명백하다. 더 나아가 〈증인C〉는 위증죄의 공판 과정에서 위 **Ⓓ-Ⓔ 각 진술**이 거짓진술이었다고 자백한 수사기관에서의 피의자신문 조서 내용은 모두 사실임을 인정하였다(임의성, 성립의 진정). 즉 서울고등법원 2009재나37** 판결 변론 과정에서 〈증인C〉가 위 Ⓓ-Ⓔ **각 거짓진술**을 하였다는 점은 객관적으로 모두 증명되었고, 이 점에 대하여 다툼이 없다.

그럼에도 검찰은 〈증인C〉의 Ⓓ-Ⓔ **각 거짓진술**에 대하여 위증죄의 공소사실에서 누락하였다. 아마도 실수였을 것이다. 그렇게 믿고 싶다. 그 후 같은 변론기일에서 〈증인C〉의 Ⓑ-Ⓒ **거짓진술**은 유죄로 확정되었고, 따라서 포괄일죄의 관계에 있는 위 Ⓓ-Ⓔ **각 진술**에 대하여는 추가로 기소할 수도, 확정판결을 받을 수도 없게 되었다. 즉 위증이라는 증거는 충분하지만 별도로 유죄의 확정판결을 받을 수가 없게 된 것이다.

민사소송법 제451조 제2항은 "제1항 7호의 경우에는 ……**증거 부족 외의 이유로 유죄의 확정판결을 할 수 없을 때**에도 재심의 소를 제기할 수 있다"라고 규정하고 있다.

결국 〈증인C〉의 위 Ⓓ-Ⓔ **각 진술**은 유죄의 증거는 충분하지만 그 이외에 다른 이유(다른 범죄에 대하여 이미 기소되어 유죄로 확정됨)로 유죄의 확정판결을 할 수 없는 때에 해당하여 민사소송법 제451조 제2항 후단에 의하여 재심사유가 될 수 있는 것으로 보인다.

나는, 변론과정에서 〈증인C〉는 수사 과정에서 위 Ⓓ-Ⓔ **각 진술**에 대하여 위증임을 자백하였으므로 이를 참작해줄 것을 주장하였다. 검찰이 2012년 8월 10일자(변론종결 이후)로 〈증인C〉에 대한 위 Ⓓ-Ⓔ **각 진술**에 대하여 '공소권 없음' 불기소 처분을 함에 따라 나는 이를 참고자료로 제출하면서 이는 민사소송법 제451조 제2항에 의한 '**증거**

부족 외의 이유로 유죄의 확정판결을 할 수 없을 때' 라는 재심요건을 증명할 관건적인 증거가 되므로 변론을 재개해줄 것을 요청하였다.

그런데도 서울고등법원 2012재나23**호 재판부는 "〈증인C〉의 제2 재심대상 판결 재판 과정에서의 '2008. 4. 4.자 진술서의 기갑노 인장 부분에 관한 진술은 처음부터 허위인 점을 알고 있었지만, 기을호의 회유와 안천식 변호사의 협박에 의하여 오로지 돈을 받을 목적으로 허위 내용의 진술서를 작성해준 것이다(Ⓓ**거짓진술**)', '안천식 변호사를 최종적으로 방문한 것은 2008. 6.경으로서 〈증인B〉를 만나기 전이다(Ⓔ **거짓진술**)'라는 부분은 **유죄확정 판결이 있었다는 점에 대한 주장·증명이 없는 이상**, 〈증인C〉가 2011. 4. 11. 자신에 대한 위증 피의사건에 관한 검찰 피의자 신문 당시 위 각 증언이 허위임을 자백하였다고 하더라도 민사소송법 제451조 제1항 제7호가 정한 재심사유가 있다고 할 수 없다"라고만 하였다.

유죄의 확정판결이 필요하지 않는 재심사유에 대하여 유죄의 확정판결이 없어 재심사유가 되지 않는다는 것이다. 참고서면으로 신청한 변론재개에 대하여는 아무런 설시조차도 없었다. 그대로 묵살된 것이었다.

나는 적어도 변론재개 없이는 재심청구 자체를 기각하지 못할 것이라고 생각했다. 그러나 이는 공허한 기대였다. 나는 판결 선고 시에 재판장에게 '공소권 없음 불기소 처분'에 대한 변론재개 신청은 어떻게 된 것이냐고 물어보려고 하였다. 하지만 재판장은 내 말을 가로채면서, 그 점에 관해서도 판결문에 충분히 기재되어 있다고 하였다. 그러나 판결문에는 아무런 기재도 없었다. 재판장이 내 질문의 취지를 오해하였을 수도 있다.

그렇다면 변론재개 신청은 왜 묵살된 것일까. 재판부가 변론재개를 요청하는 참고서면 자체를 읽어보지도 않고 판결을 선고하였단 말인가.

대법원 2012. 8. 30. 선고 2011다33870호 판결은, "변론재개 여부는 원칙적으로 법원의 재량에 속하는 것이나, **당사자가 변론종결 전에 그에게 책임을 지우기 어려운 사정으로 주장, 증거를 제출할 기회를 제대로 갖지 못했고, 그 주장, 증명의 대상이 판결의 결과를 좌우할 수 있는 관건적 요증(要證)사실에 해당하는 경우** 등에는 변론을 재개하고 심리를 속행해 충분한 심리를 다해야 할 의무가 있다"라고 판시하고 있다.

대법원 2009다64635 판결은 "**당사자가 무지, 부주의 또는 오해로 인하여 증명하지 아니하는 것이 명백한 경우에는 법원은 당사자에게 증명을 촉구하여야 한다**"고 판시하고 있다.

왜 이러한 대법원 판결의 오묘한 법리가 내가 담당하는 사건에서는 적용되지 않는 것일까. 오히려 서울고등법원 2012재나23** 재판부는 내가 신청한 5명의 증인신청을 모두 기각하였고, 정일석 외 3명의 계약서에 기재된 글씨가 〈증인A〉의 것이라는 필적감정 신청도 기각했다.

이 사건 전체의 내용 재확인

가. 계약서의 진정성립의 입증책임

나는 이 사건을 8년째 수행하고 있다. 너무도 말이 되지 않는 법원의 판결이 계속되었지만, 아무도 이를 알아주지 않는다. 부당함과 억울함을 호소하는 내 목소리는 단지 허공을 떠도는 작은 먼지에 불과할 뿐이다. 이제 이 사건 전체의 내용을 살펴보자.

이 사건 계약서(기갑노-H건설 명의의 1999. 11. 24.자 부동산 매매계약서)는 사문서이고 처분문서이다. 사문서는 이를 제출한 자가 진정한 것임을 증명하여야 하는 것이다(민사소송법 제357, 358, 359조). 이 사건 계약서는 H건설이 제출하였다. 그런데 거기에는 기갑노의 필적도 없었고 인감도장이 아닌 한글 막도장이 날인되어 있었다. 이 사건 계약서 외의 기갑노의 다른 모든 계약서에는 인감도장이 날인되었고, 기갑노 또는 기을호의 필적이 기재되어 있다. 오로지 이 사건 계약서에만 기갑노의 필적이 전혀 없고 한글 막도장으로 날인되어 있다.

2000년 7월 28일경 Y종합건설은 기갑노가 계약체결 자체를 거부한다는 이유로 내용증명까지 발송한 사실이 있다. 이 사건 계약서가 기갑노의 의사에 의하여 작성되었다는 사실은 H건설이 의심의 여지가 없을 정도, 즉 **"통상인의 일상생활에 있어서 진실하다고 믿고 의심치 않는 정도의 고도의 개연성"** 에 이를 정도로 증명하여야 한다. H건설이 이를 전혀 증명하지 못하였다.

나. 구체적으로 살펴보자

이 사건 계약서가 기갑노에 의하여 작성되었음을 인정할 만한 증거는 단 한 가지, 〈증인A〉의 증언밖에 없다. 자칭 유일한 증인이라고 하는 〈증인A〉가 이를 지켜보았다는 것이다. 결국 〈증인A〉의 증언이 신빙성이 있는지가 문제된다.

(1) 처음 〈증인A〉는 2005년 11월 16일자 진술서에서 **"망 기갑노와의 이 사건 계약체결은 1999년 11월 24일 진술인과 망 이병학이 망 기갑노의 자택을 방문하여 이루어졌다"**라고 하였다. 그런데 Y종합건설이 기갑노에게 2000년 7월 28일자로 보낸 **"귀하가 D건설(주)로부터 양도 승계받은 부동산 양도권리를 인정하지 않음에 따라 ……내용증명을 발송합니다"**라는 통고서가 반대증거로 제시되었다.

〈증인A〉는 2006년 7월 25일 변론기일에서 **"이 사건 계약서가 작성된 것은 1999. 11. 24. 이 아니라 2000. 9~10경이다"**라고 진술을 번복하였다. 뒤이어 나온 H건설의 〈증인B〉도 2000년 9~10월경에 이 사건 계약서를 건네받았다고 하였다. 종전에는 2000년 3월경에 기갑노가 계약에 체결되었다고 하였다. 〈증인C〉, 〈증인B〉, 〈증인A〉는 2000년 9~10월경에 기갑노와의 계약을 체결한 뒤 시내에서 **축하 회식**까지 하였다고 하였다.

〈증인A〉는 계약일자에 대한 진술을 번복한 이유로, 1999년 11월 24일은 H건설과 D건설 간의 사업권 양수도 계약일로, 위 양수도 계약 이후에야 D건설로부터 승계한 승계계약 작업이 시작되었으므로, 1999년 11월 24일은 계약일자가 될 수 없다고 하였다.

그런데 뒤이어 증인으로 출석한 H건설의 〈증인B〉는 "1999. 11.

24. 이전에 D건설과의 승계계약은 대부분 마무리된 상태에서 D건설과 H건설의 사업권 양수도 계약이 체결되었다"고 하였다. 〈증인A〉의 증언과는 정반대의 진술이다. 〈증인A〉의 진술번복의 이유가 틀렸다는 것이다.

그런데 〈증인A〉의 증인신문 조서에서는 〈증인A〉의 위와 같은 잘못된 진술번복의 이유가 모두 삭제되어 작성되었다. 〈증인B〉의 증인신문조서에만 기재되어 있었다. 누군가 의도적으로 삭제하였다는 의심을 하기에 충분하다. 누군가 의도적으로 〈증인A〉의 증인신문 조서를 H건설에게 유리하게 조작하였다는 의문이 드는 것이다. 여기서부터 이미 재판은 왜곡되기 시작하였던 것으로 보인다.

다른 한편, 이 사건 계약서를 2000년 9~10월경에 기갑노의 집에서 작성하였다는 〈증인A〉, 〈증인B〉의 진술 역시 사실일 수가 없다. 시기적으로 **2000년 9~10월경은 H건설이 부도 직전의 재정위기에 있던 시기였다.** 당시 모든 사업장의 사업 자체가 중단된 상태였다. 새로이 부동산 매매계약을 체결하고 잔금을 지급할 시기가 전혀 아니었던 것이다. 당시의 신문기사나 금융감독원 공시자료에 의하면, 이 시기에 H건설은 대한민국에서 가장 극심하게 유동성 위기를 겪고 있었고, 이로 인하여 H그룹 전체가 위험한 상태였다. H건설은 2000년 10월경까지 단 120만 원 상당의 계열사 지분까지 모두 처분하였고, 은행권으로부터 단 1원도 차입하지 못할 정도로 유동성 위기를 겪고 있었다. 결국 2000년 10월 말경에 1차 부도까지 겪었다.

회사가 부도 직전의 위기상황에서, 기갑노에게 현금 9억 8,300만 원이 곧 지급될 것이라면서 매매계약을 체결하였다는 〈증인A〉의 진술은 사실일 수가 없다. 잔금 9억 8,300만 원을 지급하려 하였으나 잔금 지불 전 이행조건이 완료되지 않아 지불하지 못하였다는 〈증인B〉의 진술도 사실일 수 없다. 이와 같은 상황에서 기갑노와 계약체결을 **축하**하는 **회식**까지 하였다는 〈증인C〉, 〈증인B〉, 〈증인A〉의 진술은 허구에 불과할 뿐이다.

(2) 〈증인A〉는 2000년 7월 25일자 변론기일에서, "기갑노는 서랍에서 통장과 막도장을 가지고 나와서 마루에 있는 이병학에게 막도장을 건네주면서 계약서에 날인하라고 하였고, 기갑노가 **통장 계좌번호를 불러주는 것을 이병학이 현장에서 직접 계약서에 기재하여 넣었다**"라고 진술하였다.

그런데 계약서에 기재된 기갑노의 농협 **241084-56-002254 계좌번호는 기갑노가** 1997년 9월 24일자로 예금계약을 해지하고 폐쇄한 계좌번호임이 밝혀졌다. 즉 당시 기갑노는 1997년 9월 24일경에 기존에 사용하던 보통예금을 해지하여 통장을 폐쇄하고 보다 금리가 높은 다른 통장을 개설하여 2004년경까지 사용하고 있었던 것이었다. 〈증인A〉는 2000년 9~10월경에 기갑노가 통장을 보고 계좌번호를 불러주었다고 하였는데, 계약서에 기재된 통장번호는 1997년 9월 24일자로 예금계약이 해지된 계좌번호가 기재되어 있었던 것이다.

기갑노가 2000년 9~10월경에 매매계약을 체결하면서 이미 1997년 9월 24일자로 예금계약이 해지된 계좌번호를 불러주었다는 것은 통상

적으로는 있을 수 없는 일이다. 즉 자칭 유일한 목격자라고 하는 〈증인
A〉의 진술이 거짓일 개연성이 매우 높은 것이다.

담당재판부도 이상하게 여겨 〈증인A〉를 다시 증인으로 소환하였
다. 〈증인A〉는 재차 소환된 변론기일에서, "기갑노가 불러주는 대로
이병학이 적는 것을 봤다는 것은 틀림이 없다", "증인이 참여한 가운데
망인이 불러주는 통장번호를 기재했기 때문에 이병학이 임의로 기재했
다는 것도 사실일 수 없다", "증인은 기자 출신으로서 그것만은 정확하
고 잘못 생각한 것이 없다"라고 하면서 무려 10여 차례나 자신의 진술
이 틀림없다고 강조하였다.

결국 재판부는 증인 〈증인A〉의 진술을 증거로 채택하여 이 사건 계
약서는 기갑노에 의하여 작성되었음을 인정하였다. 재판부는 판결이유
에서 **"이 사건 계약 당시 75세의 고령으로서 병석에 누워 있던 기갑노가
착오로 폐쇄된 계좌번호를 불러줄 가능성도 존재한다"**라는 이례적이고
경험칙에 반하는 판결이유까지 기재하였다. 또한 **"만약 H건설이나 이
병학이 D건설로부터 받았거나 매매계약 대행 과정에서 이미 알고 있던
기갑노의 계좌번호를 이용하여 이 사건 계약서를 위조하였다면 위와 같
이 이미 폐쇄된 계좌가 아니라 2차 중도금이 지급된 계좌번호를 적었을
것이다"**라는 판결이유까지 기재하면서 적극적으로 〈증인A〉의 증언을
신뢰하였던 것이다.

그러나 기갑노는 2000년 11월 29일경에 뇌경색으로 쓰러졌을 뿐
2000년 9~10월경은 병석에 누워 있지도 않았다. 무엇보다도 이 사건
계약서에 기재된 계좌번호는 2000년 9~10월경 이병학이 기갑노의 집

현장에서 기재한 것이 아니라, **2000년 1월경 〈증인C〉가 W공영 사무실에서 직접 자필로 기재하였다는 사실이 밝혀졌다.**

〈증인A〉가 2006년 7월 25일자 변론기일에서 진술하고, 2006년 11월 28일자 변론기일에서 그토록 강조하던 증언 내용들이 모두 거짓으로 판명되었다. 즉 기갑노가 불러주는 대로 이병학이 적는 것을 틀림없이 봤다는 증언도 거짓이었고, 당시 현장에서 남의 계좌번호를 입수할 방법은 전혀 없었다는 진술도 거짓이었으며, **기자 출신이라는 자신의 과거 명예를 걸고 맹세한 진술이 모두 거짓임이 드러났던 것이다.**

특히 제1, 2심 판결서 이유에 기재된 "이 사건 계약 당시 75세의 고령으로서 병석에 누워 있던 기갑노가 착오로 폐쇄된 계좌번호를 불러 줄 가능성"은 현실과는 전혀 유리된 것으로서, 상상 속에나 억지로 만들어낸 허구임이 드러났다. **"만약 H건설이나 이병학이 D건설로부터 받았거나 매매계약 대행 과정에서 이미 알고 있던 기갑노의 계좌번호를 이용하여 이 사건 계약서를 위조하였다면 위와 같이 이미 폐쇄된 계좌가 아니라 2차 중도금이 지급된 계좌번호를 적었을 것이다"**라는 판결이유 역시 명백한 오판임이 드러나 재판의 적정과 위신이 크게 손상되었다. 결국 자칭 유일한 목격자라는 〈증인A〉의 증언만을 신뢰한 제1, 2심 판결은 그 판결의 기초에 분명한 오류가 명백하게 드러난 것이었다. 즉 다른 객관적인 증거자료 없이 〈증인A〉의 증언만을 근거로 이 사건 계약서의 진정성립을 인정하여서는 아니 되는 것이었다.

(3) 〈증인A〉의 증언을 믿지 못하는 다른 이유도 있었다. 〈증인A〉

는 이미 2000년 2월경에 향산리에 거주하는 정일석 외 3인 명의의 부동산 매매계약서를 위조한 다른 증거자료도 발견되었다.

〈증인A〉는 2000년 2월경에 정일석 외 3인 명의의 부동산 매매계약서를 임의로 작성하여 그들의 막도장을 날인하는 방법으로 계약서를 위조한 사실이 있다. 나는 이와 관련된 증거자료들을 빠짐없이 수집하여 증거로 제출하였다. 그 자료들은 H건설의 직인까지 날인된 내부 자료들이었다. H건설도 이를 인정하여 정일석 외 3인 명의의 부동산에 경료된 가처분을 취소해주었다. 그 위조된 계약서는 모두 〈증인A〉의 필적으로 작성되어 있었다.

그 외에도 〈증인A〉는 H건설로부터 계약서 체결의 용역을 맡은 Y종합건설의 전무이사이자 대주주였다. 즉 이 사건 계약서의 진정성립에 관하여 직접적인 이해관계를 가진 자로서 처음부터 허위의 진술을 할 개연성을 배제하기 어려운 자였다.

무슨 이유에서인지, 법원은 이러한 〈증인A〉의 증언을 너무도 쉽게 믿어주었다. 계속해서 진술이 번복되고, 거짓진술이 드러남에도 불구하고 아무런 제약 없이 이를 모두 믿어주었다. 계속해서 반대사실을 증명하는 증거자료가 제출됨에도 모두 무시되었다. 도저히 자유심증에 의한 것이라고 인정하기 어렵다.

(4) 〈증인A〉는 다른 부동산 관련 소송에서도 수차례 증언을 번복한 사실이 있었다. 그중 한 사건의 항소심은 내가 직접 소송대리인으로 재판에 참여하였다.

특히 〈증인A〉는 서울고등법원 2009나774**호 사건에서 종전진술을 번복하는 이유에 대하여, **"본인은 당시 심기섭이 나쁜 사람이라고 생각해서 김정한을 도와주었던 것입니다"**라고 진술하고 있다. 즉 누군가가 **나쁜 사람이라고 판단되면 언제든지 기억에 반하는 진술을 해줄 수 있다는 의미였다.** 그야말로 재판 자체를 마치 도박과 같은 것으로 여기는 듯하였다. 승소하기 위하여서는 얼마든지 거짓진술을 할 수 있다는 태도이다. 이러한 자의 증언만을 근거로 이 사건 계약서의 진정성립을 인정하는 것이 재판의 적정과 위신을 담보하는 것일까.

(5) 서울중앙지방법원 2008고단37** 판결이 〈증인A〉의 제1심 변론 과정에서의 **'기갑노의 인장 관련 증언'**에 대하여 무죄를 선고하고 벌금 500만 원을 선고한 것은, 그 자체로 의혹투성이다. 유죄의 입증에 관심이 없는 검찰의 태도와 부장판사 출신 2명의 변호사를 선임하여 재판을 연기하는 등 적극적으로 재판부에 영향을 미치려고 하는 피고인 측의 태도 자체도 이율배반적이었다.

피고인에게 유죄를 선고하기 위하여 어느 정도의 심증이 필요할지는 재판장의 자유심증에 의한다. 비록 실체진실에는 반하더라도 '의심스러운 때는 무죄'를 선고하는 것이 좋은 판결일 수도 있다. 그럼에도 위 판결은 절대로 좋은 판결이라고 동의하기 어렵다. 대기업이 관련되지 않고, 부장판사 출신 두 명의 변호인이 선임되지 않았어도 이와 같은 판결을 할 수 있을까 하는 의문이 든다.

제1심 법원이 2006년 11월 28일자 변론기일에 〈증인A〉를 왜 재소환하였는지, 재소환되어 〈증인A〉가 한 진술 내용이 어떠하였는지, 제1심 법원 판결이유에 기재된 내용이 어떠한지를 살핀다면, '도장 관련 〈증인A〉의 진술'을 유죄로 단정할 수 없다고 할 수 있을지 의문이다. 양형에 있어서도 두 차례의 변론기일에서 위증한 〈증인A〉에 대하여 벌금 500만 원을 선고한 것을 어떻게 이해해야 하는가. 힘없는 기을호만 서러울 뿐이다.

(6) 서울중앙지방법원 2008고단37** 판결에서 〈증인A〉의 인장 관련 증언에 대하여 증거불충분으로 무죄가 선고되었다는 이유로, 〈증인A〉의 인장 관련 증언이 증명력이 높다고 판단한 2009재나37** 판결은 논리의 왜곡에 불과할 뿐이다.

형사재판에서 증거불충분으로 무죄를 선고하였다는 것은, 검찰이 합리적인 의심의 여지가 없을 정도로 공소사실을 입증하지 못하였다는 의미일 뿐이다(대법원 2006. 9. 14. 선고 2006다27055 판결 등).

그런데 서울고등법원 2009재나37** 판결은, 〈증인A〉의 인장 관련 증언은 무죄로 선고되어 증명력이 강하다고 판단하고 있다. 즉 증거불충분으로 위증죄의 유죄로 단정할 수 없다는 의미를, '위증죄의 혐의가 전혀 없다'는 의미로 받아들이고 있다. 형사소송에서 유죄의 입증책임은 검사에게 있고, 민사소송에서 문서의 진정성립의 입증책임은 H

건설에게 있는 것이다. 법원은 형사소송에서는 적극적으로 검사의 입증책임을 강조하더니. 민사소송에서는 H건설의 입증책임을 조금도 강조하지 않고 있다. 오히려 민사소송에서도 기을호 측이 이 사건 계약서가 위조되었음을 입증하여야 한다는 태도를 취하고 있다. 이는 논리의 왜곡이다. 논리인 것처럼 보이지만 교묘하게 위장되고 왜곡된 논리인 것이다.

(7) 무엇보다도 허창 명의의 부동산 매매계약서에 대하여는 H건설도 그 위조를 인정하고 있다.

나는 어렵사리 D건설로부터 H건설에 승계 작성된 23명의 명의의 부동산 매매계약서와 부속서류를 모두 입수하여 재판부에 증거로 제출하였다. 위조된 허창 명의의 계약서와 동일한 시기, 동일한 필체, 동일형태의 한글 막도장, 동일하게 1997년경에 폐쇄된 계좌번호가 기재되는 방법으로 작성된 계약서는 기갑노 명의의 이 사건 계약서밖에 없었다.

다른 21명의 모든 계약서에는 최소한 2000년 4월 이전에 H건설로부터 잔금을 지급받은 영수증, 인감증명서, 동의서, 무통장입금증 등 최소한 하나 이상의 부속서류들이 존재하였다. 그러나 허창, 기갑노 명의의 계약서와 관련하여서는 이러한 서류가 전혀 발견되지 않았다. 두 계약서는 모두 위조된 것이라는 의미이다. 위와 같은 서류 역시 2001년경까지 H건설이 보관하던 서류를 복사한 것이었다.

(8) 증인으로 출석한 H건설 〈증인B〉의 "2000. 9~10.경에 이 사건

계약서를 Y종합건설로부터 건네받았고, **잔금 983,000,000원을** 기갑노에게 지불하려고 하였으나 **잔금지불 전 이행조건인** 지상물 철거가 이루어지지 않아 이를 지불하지 않았다"는 증언은 완전히 엉터리이다.

2000년 9~10월경은 H건설이 심각한 유동성 위기를 겪은 시기였다. 이 시기에 H건설은 은행권으로부터 단돈 1원도 차입하지 못한 채 고스란히 1차 부도까지 겪을 정도로 심각한 유동성 위기에 직면하고 있었다. 그즈음 H건설은 심지어 **2000년 10월 17일경에는 120만 원 상당의 H강관 지분을,** 2000년 10월 19일경에는 2000만 원 상당의 지분을 각 **매각하여 유동성 위기를 극복하려고 몸부림을 치던 시기**였음은 금융감독원 공시자료를 통하여 확인되는 사실이다. 모든 사업장에서 사업이 중단된 상태였다. 누구보다도 H건설의 직원인 〈증인B〉는 이를 잘 알고 있었을 것이다.

그런데 〈증인B〉는 이 시기에 이 사건 계약서를 건네받고, 유일하게 돈을 먼저 달라고 하는 기갑노에게 잔금 9억 8300만 원을 지불하려고 직·간접적으로 확인까지 하였으나, **잔금지불 전 이행조건인 건물 5채에 대한 철거**가 되지 않아 지불하지 않았다는 얼토당토 않은 진술을 하고 있다. 이 사건 계약서 제6조 후단에는, **건물 등 일반구조물 철거는 H건설(을)에서 책임**지기로 되어 있는데도 말이다.

약정에도 없는 잔금지불 전 이행조건을 이유로 잔금을 지불하지 않았다는 진술이나, 극심한 유동성 위기를 겪던 시기에 잔금 9억 8,300만 원을 지급하려고 하였다는 진술 모두 사실일 수가 없다. 그럼에도 법원은 아무런 의심 없이 이를 믿고 있다.

(9) 마지막으로 〈증인C〉의 진술 번복 경위를 살펴보자.

① 〈증인C〉는 2008년 4월 4일경 나에게 "**이 사건 계약서의 인장은 당시 이병학이 가지고 있던 막도장을 날인한 것으로 기억합니다**"라는 진술서를 작성해주었다. 이때까지 〈증인C〉는 기을호를 한 번도 만난 사실이 없었다.

② 〈증인C〉는 그 후 2008년 4월 18일자 방배경찰서에 출석해서도 동일한 내용을 진술하였다. 기을호에게 사죄한다고까지 하였다.

③ 2008년 6월 12일 검찰은 〈증인A〉를 위증혐의로 기소하였다.

④ **2008년 7월 초경(6월 말경) 〈증인C〉는** H건설의 〈증인B〉로부터 진술번복을 요구받게 된다. 그 뒤 〈증인B〉, 〈증인A〉로부터 다시 진술번복을 요구받게 된다. 〈증인B〉가 인정한 사실이다.

⑤ **2008년 8월경 〈증인C〉는** 기을호에게 찾아가서 '〈증인B〉가 진술번복을 요구하고 있다'는 사실을 알려주면서 두 차례에 걸쳐 돈을 요구하기 시작한다. 그러나 거절당했다.

⑥ 2008년 9월 초경 〈증인C〉는 소송대리인이던 나를 찾아와서 **2008년 4월 4일자 〈증인C〉의 진술서 작성 경위에 대하여 "진짜로 정의를 위하여, 거짓말 치는 사람이 오히려 큰소리치는 그런 사회를 어떻게 해볼까 하는 심정"**에서 작성해 주었다고 하였다. 그리고 나에게 돈 200만 원을 요구(차용)하였으나 거절당

하였다.

⑦ 2008년 12월 18일경 〈증인C〉는 "2008년 4월 4일자 〈증인C〉의 진술서 내용 중 '이병학이 기갑노의 도장을 날인한 것으로 기억한다' 라는 것은 잘못된 진술이다"라는 번복진술서를 H건설 〈증인B〉에게 작성해주고, 〈증인B〉는 이를 〈증인A〉의 형사 공판절차에 제출한다.

이상의 내용은 모두 재판 과정에서 밝혀진 사실들이다. 〈증인C〉는 적어도 나를 찾아온 2008년 9월 초경까지는 일관하여, **'이 사건 계약서에 이병학이 기갑노의 막도장을 날인한 것으로 기억한다'** 라고 하였다. 진짜 정의를 위하여 사실대로 진술했다고 하였다. 그런데 갑자기 진술을 번복하였다. 도대체 왜 그랬을까.

〈증인C〉는 검찰 수사 과정에서 "2008. 4. 18. **경찰조사를 받고 난 뒤, 아무런 외적 요인 없이 스스로의 기억으로 '이 사건 계약서는 이병학이 기갑노의 도장을 찍은 것이 아니다' 라는 기억이 떠올랐다**"고 하였다. 이는 앞뒤가 맞지 않는다. 2008년 4월 18일경에 이미 〈증인A〉 인장 관련 진술이 잘못된 점이 기억났다면 2008년 9월 초경에 나를 찾아왔을 때 왜 그런 말을 전혀 하지 않았단 말인가. 〈증인C〉는 오히려 진짜 정의를 위하여, 거짓말하는 사람이 오히려 큰소리치는 그런 세상을 어떻게 해볼까 하는 심정에서 사실대로 진술하였다고 하였다. 이러한 대화는 녹취록으로 작성되어 재판부에 증거로 제출되었다. 〈증인C〉는 그 외에도 수많은 거짓증언을 하였고 재판 과정에서 대부분 탄로가

났다.

그런데도 서울고등법원 2009재나37**호 재판부는 명백히 거짓증언을 하는 〈증인C〉의 법정증언을 이유로, **"진짜 정의를 위하여 2008. 4. 4.자 진술서를 작성하였다"**는 종전 〈증인C〉의 진술은 믿지 못하겠다고 하면서 모두 배척하였다. 더 나아가 서울고등법원 2012재나23** 판결은 〈증인C〉의 거짓증언이 유죄로 확정되었어도 이는 재심사유가 될 수 없다고 한다. 도대체 어쩌란 말인가. 힘없는 자들은 대기업에게 절대로 대항하지 말라는 말인가. 이게 법이고, 정의이고, 공정한 재판이란 말인가. 어떻게 이러한 법원 판결을 마음으로 승복하고 받아들이란 말인가.

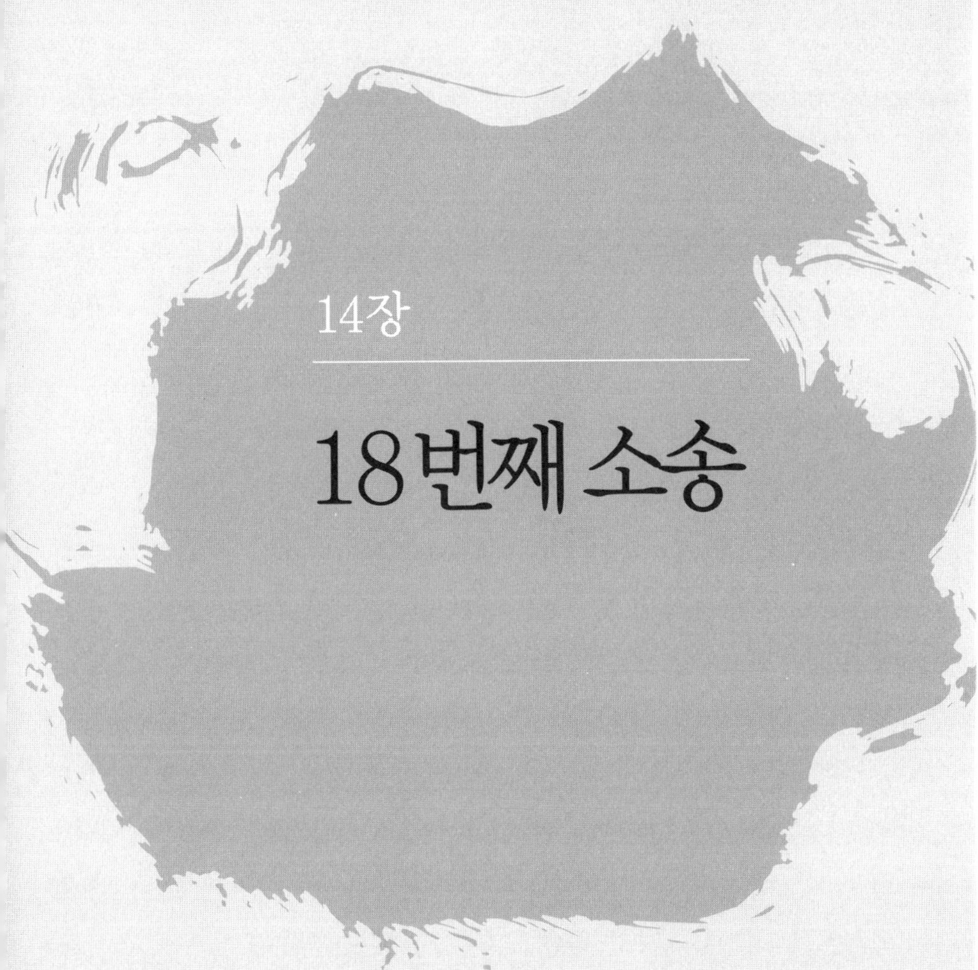
14장
18번째 소송

"18번째 소송"

상고이유서 제출

나는 지금까지 H건설을 상대로 열일곱 번의 민사소송을 진행하였고, 열일곱 번 모두 패소하였다. 본안소송이 열두 번이었고 가처분 등 보전소송이 다섯 번이었다. 모두 이 사건 계약서의 진정성립에 관한 것들이었다. 그리고 나는 열여덟 번째 소송으로 다시 대법원에 상고이유서를 제출하였다. 그 내용은 이제까지 살펴본 것과 같다.

여기서 2000년 4월 이후 H건설과 H그룹이 처했던 상황에 대해서 잠시 살펴보자.

H그룹은 창업주 J회장이 해방 이후 H토건사를 시작으로, 6·25 이

후 전후복구와 국토개발 및 동남아, 중동개발 등 해외 진출을 토대로 성장일로를 달렸고, 자동차와 중공업, 선박 등 광범위한 분야로 진출하여 대한민국 최고의 재벌기업을 이루게 된다. 2000년경 창업주가 연로함에 따라 그룹 후계자 지명과 관련하여 두 형제가 첨예하게 대립하게 되는데, 이것이 바로 **'H그룹 왕자의 난'** 이라는 것으로, 이 시대를 살아온 대한민국 국민이라면 누구에게나 뚜렷이 기억되는 **'현저한 사실'** 에 해당하는 사건이다. 당시 창업주의 두 아들은 서로 후계자임을 자처하면서 그룹 핵심 임원자리에 서로 자기 사람을 심어 놓으면서 대립하였고, 심지어는 기자들 앞에 창업주의 친서를 공개하는 일을 온 국민과 세계가 TV를 통해 지켜보았다. 결국 재계 1위의 H그룹은 4개의 계열사로 분리하게 되면서, 주식은 연일 폭락하게 되고, 부실의 근원이 된 H건설은 가장 심각한 유동성 위기에 직면하게 되는데, 2000년 5월 31일부터 10월까지 4차례에 걸쳐서 자구계획안을 발표하게 된다.

한편, 〈증인A〉는 "이 사건 계약서는, **'2000년 늦가을로서 문을 열어 놓으면 약간 추울 정도의 날씨'** 즈음에 작성하였다"고 증언하였는데, 당시의 기상관측도를 확인한 결과 2000년 10월 9일의 최고기온은 섭씨 25도였고, 최저기온은 섭씨 16도였다. 즉 이 즈음까지는 비교적 무더운 초가을 날씨가 계속되었던 것이다. 그렇다면 〈증인A〉가 말하는 **'2000년 늦가을, 문을 열어 놓으면 약간 추울 정도의 날씨'** 는 적어도 2000년 10월 중순 이후라는 것으로 추정할 수 있을 것이다.

그런데 2000년 10월 중순 이후의 H건설에 관한 신문기사에 의하면, 당시 재경부 장관은 'H건설이 자구노력을 지키지 않을 경우 원칙대로 처리하겠으며 그룹 내에 있는 한 출자전환도 어렵다' 고 공공연하게 압박하고 있었고, H건설 등 그룹 계열사 주식의 폭락으로 자구계획안은 차질을 빚고 있었으며, 국내에서 계획 중이던 대부분의 사업은 이미 중단된 상태였고, 임 · 직원들은 사표를 제출한 뒤 다른 직장을 알아보러 다니기도 하였으며, 경영진은 퇴출 압력을 받고 있었던 시기였다.

남아 있는 앙금 탓인지, 계열분리 된 타 그룹 대주주들마저, '형제간의 화해는 가족간 사안이고 공과 사는 엄격히 구분해야 한다' 라고 하면서 H그룹(건설) 계열사의 주식매입과 전환사채의 인수를 거부하면서 자구계획안에 협조를 하지 않았고, H건설은 현금을 마련하기 위하여 다른 계열사로부터 **45억 원**을 4일간 지원받기도 하였고, H강관 지분 전량을 **2억 1천 552만 원**에 매각하였으며, 그룹계열사인 H증권에게 **150억 원 상당의 기업어음(CP)**을 매각하여 현금을 마련하여 위기를 넘기려고 하였으나, 결국 40억 원이 부족하여 1차 부도를 맞이하게 된다. 이와 같은 일은 모두 **'2000년 늦가을, 문을 열어 놓으면 약간 추울 정도'** 의 시기에 발생하였던 것이다.

그런데 H건설은 **'2000년 늦가을, 문을 열어 놓으면 약간 추울 정도'** 의 시기에 이미 중단된 향산리 사업지의 지극히 일부분을 매입하려고 유일하게 현금지급을 요구하는 기갑노에게 지급할 현금 9억 8천만 원을 준비하였으나, 기갑노가 매매계약 체결 후 잔금지불전 조건을 이행하지 않아 잔금을 지급하지 않았다고 주장하고 있다. 더 나아가 〈증인 A〉는 이 시기에 기갑노와 매매계약을 체결한 후 **"잔금이 곧 들어갈 겁니다"**라고 하였다고 한다. 이러한 주장과 증언들을 믿어야 한단 말인가.

위헌법률심판 제청

민사소송법 제451조 제1항 제7호에 대하여 위헌법률심판 제청도 하였다. 민사소송법 제451조 제1항 제7호, 제2항의 "증인의 거짓진술이 재판의 증거가 되고, 유죄가 확정된 때"라는 규정을, "증인의 거짓진술이 판결의 기초가 되어 유죄판결이 확정되고, 유죄로 확정된 증인의 거짓진술이 요증사실에 대한 직접적 증거로서 증명력이 높은 것일 것"이라고 해석하는 한, 이는 헌법 제27조 제1항, 헌법 제37조 제2항 및 법치국가의 원리에 반한다는 것이다. 이는 법관의 자의적 판단에 따라 재심사유 해당 여부를 결정되게 하는 것으로서, 법관의 판단을 법률보다 우위에 두어 국민 재판청구권의 본질적인 내용을 침해하는 것으로 보인다.

이와 관련한 대법원 판례도 헌법에 위반되는 것으로 보인다(**대법원 1997. 12. 26. 선고 97다42922 판결**).

대법원의 입장은, ① 민사소송법 제451조 제1항 제7호 소정의 재심사유인 '증인의 허위진술이 판결의 증거가 된 때'라는 객관적인 재심 요건을 갖추었다고 하더라도, ② **재심 전 증거들과 함께 재심소송에서 조사된 각 증거들까지도 종합하여, 증인의 거짓진술이 없었더라면 판결주문이 달라질 수도 있었을 일응의 개연성이 있는지 여부를 심리하여야 하고**, ③ 이와 같은 판단에 의하여 판결주문이 달라질 수도 있는 일응의 개연성이 인정되는 경우에만 재심소송 이후에 조사된 증거자료까지 종합하여 종국판결에 대한 본안심리를 진행하여 사실확정과 그에 따른 법률의 해석·적용을 할 수 있다는 입장이다(**3단계 심리**). 두 차례의 재심사유의 존부에 대한 심리단계를 거쳐서 종국판결의 본안심리에 들어간다는 것이다.

이러한 대법원의 입장 역시 법률의 규정에도 없는 "**판결주문이 달라질 일응의 개연성**" 여부를 그 추가적인 재심사유로 심리하도록 하고 있다. 불필요하게 법관의 자의적인 판단이 개입될 소지를 남겨, 재심을 청구하는 당사자에게 새로운 장벽을 쌓게 하여 재판청구권의 본질적 내용을 침해하게 하는 것으로 보인다.

국민의 기본권은 최대한 보장되어야 하고, 특히 재판청구권은 기본권 보장을 위한 기본권으로 더더욱 넓게 보장되어야 한다. 어떠한 경우에도 법원 스스로가 법률 규정에도 없는 사유를 들어, 국민이 재판청구권 행사를 위하여 법원에 접근하는 것을 방해하거나 장벽을 쌓아서는 아니 되는 것이다.

요컨대, 재심소송 이후에 조사한 증거자료까지 종합하여 판결의 주

문이 달라질 일응의 개연성 여부를 심리하는 것과, 동일한 조건하에 종
국판결의 본안을 심리하는 것과의 차이점이 없음에도 불구하고, 불필
요하게 **법률 규정에도 없는 추가적인 재심사유의 존부**를 다시 심리하는
절차를 부가하여 **법관의 자의적 판단이 개입할 여지**를 두고 있다. 이는
결국 국민의 재판청구권의 실현을 어렵게 하는 것으로 보인다. 아마도
열아홉 번째 소송은 헌법재판소법 제68조 제2항에 의한 헌법소원이 될
지도 모르겠다.

법정 외 변론

이 사건 변론을 시작한 지 8년의 세월이 흘렀다. 그동안 기을호는
기면증이라는 희귀 질병에 걸렸다. 스스로 목숨을 끊은 사람도 있었다.
내가 겪은 고통은 변호사의 숙명이라고 생각하겠다.

훌륭한 대법관이 새로 임명되었다. 소외된 작은 목소리에도 귀를
기울이겠다고 한다. 열여덟 번째 소송에서는 기을호의 억울함이 해소
되고 실체진실에 맞는 정의로운 판결이 내려질 것이다. 온갖 거짓증언
과 거짓서류와 상상력으로 법원과 당사자를 농락한 H건설의 잘못된
행태들이 이번에는 백일하에 드러날 것이다.

열일곱 번의 재판을 하는 동안 매번 그렇게 기대했다. 매번 이번 재

판부는 공정하고 성실한 자세로 사건을 불편부당(不偏不黨)하게 재판하는 훌륭한 재판부일 것이라고 기대했다. 기갑노의 계좌번호가 1997년 9월 24일자로 예금계약을 해지하고 폐쇄한 계좌라는 사실을 알게되었을 때도 그랬고, 허창 명의의 위조된 부동산 매매계약서를 찾아냈을 때도 그랬다. 〈증인C〉를 찾아내고 정일석 외 3인 명의의 위조된 부동산 매매계약서가 〈증인A〉의 글씨로 작성된 것임을 알아냈을 때도 그랬고, D건설로부터 승계받은 향산리 23명의 부동산 매매계약서 등 서류를 찾아내고 2000년 9~10월경에 H건설이 파산 직전의 유동성 위기를 겪은 시기임을 밝히는 증거를 제출할 때도 그랬다. 정말 그렇게 믿었고 기대했다.

서울고등법원 2012재나23**호 재심재판을 진행하던 중에는 어느 시민단체 간부가 찾아와 법정 밖에서 피케팅 시위로 지원하겠다고 하였다. 나는 거절했다. 진행중에 있는 재판을 그와 같은 방법으로 간섭하는 것은 옳지 않다고 충고까지 하였다. 판결 선고 2~3주일 전쯤에는 어느 종합편성 채널 탐사 보도팀에서 이 사건을 방송에 보내자는 제안도 하였다. 나는 거절했다. 마지막으로 법원이 실체진실을 밝혀 구체적 정의가 무엇인지 판단해주는 것을 보고 싶었기 때문이다.

열여덟 번째 소송마저 기각당하면 이제 사건은 영원히 묻히게 될 것이다. 기을호는 억울하게 재산을 빼앗기고 병환은 더 깊어질 것이다. 그 누구도 관심을 가져주지 않는다. 하소연해봐야 병환만 더 깊어질 뿐이다. 그와 함께 대한민국의 슬픔도 더욱 깊어지게 될 것이다.

변호사는 법정에서 변론을 하는 사람이다. 사건의 실체에 관한 증거를 법정에 제출하고 법정에서의 변론을 통해 공방을 하는 것이다. '법은 논리 이전에 경험'이라고 하였다. 나는 이번에는 법정 외에서도 변론을 하기로 결심했다. 그리고 이 글을 쓰기 시작했다.